KB171278

Hermann
Hesse

게르트루트

이 책의 저작권은 (주)현대문학에 있습니다.
저작권법에 의해 보호를 받는 저작물이므로 무단 전재와 복제를 금합니다.

게르트루트

Gertrud

헤르만 헤세 지음 | 황종민 옮김

현대문학

차례

제1장

내 인생은 제삼자의 눈으로 돌아보자면 그리 행복해 보이지 않는다. 하지만 숱한 잘못을 저지르긴 했어도 불행하다고까지는 말할 수는 없다. 어쩌면 행복한지 불행한지 따지는 것부터가 어리석기 짝이 없는 일이다. 나에게는 인생에서 가장 행복했던 시절을 잃는 것보다, 가장 불행했던 시절을 잃어버리는 게 더 힘들 것 같다. 인간의 인생에서 중요한 일이란, 피할 수 없는 운명을 분명히 받아들이고 좋은 일과 궂은일을 빠짐없이 음미하는 것이라면, 그렇게 외적 운명을 견디면서도 우연에 뒤바뀌지 않는, 본래 타고난 내적 운명을 만들어 내는 것이라면, 내 인생은 초라하지도 형편없지도 않았다. 외적 운명은 누구에게나 마찬가지로 내게도 닥친다. 이는 피할 수 없으며 신이 내린 운명이다. 하지만 나의 내적 운명은 나 스스로 만든 작품이다. 그 쓴맛과 단맛을 모두 맛보며, 그 책임을 오로지 나 홀로 지고 가려 한다.

어렸을 적, 때때로 시인이 되고 싶었다. 만일 그 꿈이 이루어 졌다면, 나는 어린 시절의 아련한 어둠을 헤치고, 까마득한 기억 안에 소중히 간직했던 원천까지 파헤치고 싶은 유혹을 이겨 내지 못하리라. 하지만 내게는 그 추억이 너무 귀중하고 성스러워 내 손으로 망가뜨리고 싶지 않다. 단 하나 말할 수 있는 사실은, 내 어린 시절은 아름답고 즐거웠다는 것이다. 나는 자유를 누리면서 소질과 재능을 스스로 발견하고, 마음속 깊이 기쁨과 슬픔을 스스로 만들어 내고, 미래를 하늘이 내린 낯선 운명이라 생각지 않고 내 힘으로 거둬들인 운명이라 여겼다. 그렇게 나는 인기도 없고 재능도 부족하고 말수 적은 학생으로서, 별다른 간섭 없이 여러 학교를 거쳤다. 어떤 조언을 해도 효과가 신통치 않자, 선생들은 마침내 나를 가만히 내버려 두었다.

예닐곱 살 때부터였을까. 나는 눈에 보이지 않는 모든 힘 가운데 음악에 가장 강하게 사로잡히고 지배당할 운명이라는 사실을 깨달았다. 그때부터 나는 나 자신만의 세계를 갖게 되었다. 내 피난처요 내 천국인 그곳을 어느 누구도 내게서 빼앗을 수도 넘볼 수도 없었다. 나는 그곳을 어느 누구와도 나눠 가지고 싶지 않았다. 나는 음악가였다. 열두 살이 될 때까지 악기 다루는 법을 배운 적도 없고, 장차 작곡으로 생계를 유지할 줄은 꿈에도 몰랐지만 말이다.

그 뒤에도 별다른 변화 없이 그러한 상태가 이어졌다. 그러므로 돌이켜 보건대 내 인생은 다채롭지도 다양하지도 않았고, 처음부터 하나의 으뜸음에 맞춰져 단 하나의 별만 우러른 듯하다. 다른 일들이 잘 풀리든 잘못 풀리든, 나의 가장 내적인 인생은 전혀 달라지지 않았다. 내가 오랫동안 다른 일에 한눈팔고 악보나 악기에 손도 대지 않더라도, 선율은 언제나 내 피와 입술에 감돌았고 박자와 리듬은 삶의 숨결에서 뛰놀고 있었다. 여러 다른 길들을 헤매며 구원을 받아 망각과 해탈에 이르기를 열망했지만, 신을 만나 깨달음과 평화를 얻기를 갈망했지만, 그 모든 것을 발견할 수 있었던 곳은 오로지 음악뿐이었다. 굳이 베토벤이나 바흐가 아니어도 좋다. 어느 음악이든 이 세상에 있다면, 그리하여 인간의 가슴이 때로 박자에 뛰놀고 화성에 넘놀 수 있다면, 누구의 인생이든 늘 따뜻이 위로와 격려를 받을 수 있다고 나는 생각한다. 아, 음악이란! 어떤 선율이 네게 떠오른다. 너는 그 선율을 소리 내지 않고 마음으로만 부른다. 네 몸과 마음이 그 선율에 젖어든다. 선율은 네 모든 힘과 움직임을 휘감는다. 그렇게 네 안에서 울리는 동안 네가 품고 있던 모든 우연한 것, 나쁜 것, 거친 것, 슬픈 것들을 없애고, 온 세상이 공명하도록 하며, 무거운 마음을 가볍게 만들고 경직된 영혼을 비상하게 만든다. 민요의 선율만으로도 그 모든 것이 가능한데, 하물며 화성으로서야! 각각의 음들이 이를테면 교회 종소리에서처럼 순수하게 조율되어 듣기 좋게 화음을 이루기만 해도, 마음은 우아한 매력과 쾌락에 휘감긴다. 그러한 화음은 음이 하나씩 더해질 때마다 더욱더 고조되어, 마음을 불타오르게 하고 심지어 환희에 떨게 만들 수도 있다. 그 어떤 정욕도 하지 못하는 일을 하는 것이다.

예부터 여러 민족들과 시인들은 순수한 행복이란 과연 무엇일까 상상해 왔는데, 나는 그중에서 천체의 화성을 들을 수 있는 행복이 최고의 무구한 행복이라고 생각한다. 나는 마음속 깊이 황금색 꿈을 꾸며, 눈 깜짝하는 순간 우주 질서와 생명 전체가 은밀히 태초의 화성을 내는 것을 듣곤 했다. 아, 인생은 어찌 이리 어수선하고 그 곡조가 어긋나고 거짓투성이일 수 있을까. 어떻게 인간들 사이에 거짓과 사악과 질투와 증오만 남아 있을 수 있을까. 아무리 짤막한 노래라도, 아무리 수수한 음악이라도, 맑게 조율된 음들이 순수하게 울리고 화성을 이루며 다정히 어우러지면 천국이 눈앞에 열린다는 것을 우리에게 분명히 알려 주는데! 하기야 나 자신도 내 인생을 그 어떤 노래나 어떤 순수한 음악처럼 만들고자 안간힘을 다했으나 그렇게 만들지 못했으니, 어찌 세상을 나무라고 노여워할 수 있을까? 내 마음속 깊은 곳에 거스를 수 없는 욕망이 꿈틀거린다. 순수하고 쾌적하고 스스로 행복하게 울려 퍼졌다가 은은히 사라지는 음처럼 살고 싶다는, 간절한 소망이다. 하지만 내 인생은 우연과 불협화음으로 가득 차 있으며, 어디를 가든, 어디를 두드리든, 순수하고 맑은 음이 그 어디에서도 들려오지 않는다.

사설은 이쯤 해두고, 이야기를 시작하겠다. 내가 이 글을 누구를 위해 쓰고 있는지, 도대체 누가 내게 그리도 엄청난 힘을 미쳐서 내가 고백하게 만들 수 있으며 내 외로움을 달래 줄 수 있는지 곰곰이 생각해 보면, 나는 어느 그리운 여인의 이름을 말하지 않을 수 없다. 그 이름은 내 체험과 운명을 고스란히 품어 안고 있을 뿐 아니라, 하나의 별이자 드높은 상징으로 내 모든 것 위에 떠 있다고까지 말할 수 있으리라.

제2장

　마지막 학년이 되어 친구들이 모두 장래 어떤 직업을 가질 것인지 말하기 시작했을 무렵에야 나도 무엇을 해야 하나 골똘히 생각하기 시작했다. 애초에는 음악을 직업으로 삼아 생계를 유지할 마음은 거의 없었다. 하지만 내게 기쁨을 줄 만한 다른 직업을 생각해 낼 수 없었다. 상업이나, 아버지가 내게 권했던 다른 직업들이 싫지는 않았다. 그저 관심이 가지 않았을 따름이다. 하지만 내 친구들이 저마다 고른 직업을 자랑하는 데다, 내 마음 속 깊은 곳에서 구슬리는 소리가 들렸으므로, 어차피 내 머리를 가득 채우고 있고 내게 유일하게 기쁨을 주는 것을 직업으로 삼는 게 바람직하겠다고 생각했다. 열두 살 때부터 바이올린을 켜기 시작했고 훌륭한 선생에게 제대로 배웠던 게 큰 밑천이 됐다.

아버지가 아무리 쌍지팡이를 짚고 나서도, 외아들이 예술가라는 앞을 알 수 없는 길로 접어들까 봐 아무리 두려워해도, 오히려 그러한 반대 때문에 내 의지는 더욱 굳어졌고, 나를 아꼈던 선생은 내 소원을 온 힘을 다해 밀어줬다. 마침내 아버지는 고집을 꺾었다. 내 끈기를 시험해 보고도 싶었거니와 혹시라도 마음이 바뀌지 않을까 하는 기대에서, 한 학년을 더 다니라고 일렀을 뿐이었다. 나는 1년간 제법 잘 참고 견뎠고, 그동안 내 소망은 더욱더 굳어만 갔다.

그 마지막 학년 동안, 나는 알고 지내던 어느 예쁘고 어린 소녀와 난생처음 사랑에 빠졌다. 자주 만나지도 않았고 함께 있기를 애타게 열망하지도 않았지만, 첫사랑의 달콤한 설렘을 꿈결에서처럼 만끽하고 또 감내했다. 아울러 그 무렵 나는 하루 종일 사랑 못지않게 음악만 생각하다가 밤이 되면 흥분에 들떠 잠을 이루지 못했고, 내게 떠오른 선율들을 처음으로 머릿속에 포착하여 짤막한 가곡 두 곡을 작곡하려 시도해 봤다. 그것을 통해 나는 부끄러우면서도 짜릿한 기쁨을 느꼈고, 내 설익은 풋사랑의 고통도 거의 잊을 수 있었다. 그사이 나는 내 연인이 노래 교습을 받는다는 말을 듣고서, 그 소녀가 부르는 노래를 무척이나 들어 보고 싶었다. 몇 달 뒤 우리 집 저녁 모임에서 내 소원은 이루어졌다. 다들 그 예쁜 소녀에게 노래를 불러 보라고 채근했다. 소녀는 손사래 쳤으나 마침내 어쩔 수 없이 받아들였고, 나는 더없이 마음 졸이며 노래를 기다렸다. 한 신사가 우리의 작고 기다란 피아노에 다가앉아 반주를 넣었다. 그 신사가 몇 소절을 연주한 뒤 소녀가 노래를 시작했다. 아, 소녀는 노래를 잘 부르지 못했다. 너무도 노래를 못 불렀다. 소녀가 노래하는 동안 나는 당황스럽고 고통스럽다 못해 이내 가여운 생각이 들더니, 마침내 익살스럽게까지 느껴졌다. 그 뒤로 나는 그 사랑에서 깨어났다.

나는 참을성도 있고 게으르지도 않았지만, 모범생은 아니었다. 마지막 학년에는 노력이라고는 터럭만큼도 하지 않았다. 나태하거나 사랑에 빠진 탓이 아니라, 철없이 꿈꾸는 듯 무덤덤한 상태에 젖어 감각과 정신이 무뎌 있었기 때문이었다. 그렇게 나른한 상태가 멎는 때는, 어느 경이로운 시간이 철 이르게 창작욕을 일깨우며 나를 에테르처럼 감쌀 때뿐이었다. 그러면 나는 맑디맑은 수정 같은 공기에 둘러싸인 듯 느껴졌고, 그 안에서는 꿈에 젖을 수도 없었고 무덤덤하게 있을 수도 없었다. 거기에서는 모든 감각이 날카로워지고 꼿꼿이 곤두섰다. 그 시간들에서 거두는 수확은 대단치 않았다. 여남은 가닥의 선율이나 서너 토막의 화성 구성에 대한 실마리 정도라고 할까. 하지만 나는 그 시간의 공기를 잊지 못했다. 그 맑디맑고 차갑기조차 한 공기를, 정신을 팽팽히 모아, 선율이 올바르고 비길 데 없고 더 이상 우연치 않게 흘러가도록 만들어야 하는 시간을 결코 잊지 못했다. 나는 그 적은 성과에 성이 차지 않았고, 이를 무언가 가치 있고 좋은 것이라고 여긴 적도 없었다. 하지만 그렇게 청명한 창조의 시간들이 되돌아오는 일보다 더 바람직스럽고 중요한 일은 내 인생에 없다는 것을 나는 똑똑히 알고 있었다.

　때로 나는 바이올린을 즉흥 연주하며 순간적인 착상과 다채로운 기분에 도취되어 하루를 허비하기도 했다. 하지만 이는 창조가 아니며 경계해야 할 유희이자 탐닉이라는 사실을 이내 깨달았다. 꿈결에 빠져들어 도취하여 시간을 보내는 일은, 마치 적수와 드잡이라도 하듯, 가차 없이 맑은 정신으로 형식의 비밀과 맞싸우는 일과는 다르다는 사실을 알아챘다. 또한 진정한 창조는 인간을 외롭게 만들며, 우리에게 인생의 즐거움 가운데 무언가를 떼어내어 바치라고 요구한다는 사실을 당시 이미 깨달았다.

　마침내 나는 자유로워졌다. 학교를 졸업하고 부모님에게 작별인사를 하고 수도에 있는 음악학교 학생으로서 새로운 인생을 시작했다. 나는 크나큰 기대에 부풀어 새길에 접어들며, 음악학교에서는 모범생이 될 수 있으리라 믿어 의심치 않았다. 하지만 괴롭고 유감스럽게도 그렇게 되지 않았다. 어느 강의든 따라가기 벅찼고, 필수 과목이었던 피아노 수업에서 말 못할 고통을 겪었으며, 이내 전체 학업이 오르지 못할 산처럼 눈앞에 가로놓였다. 포기할 생각까지 하지는 않았지만, 여간 실망스럽고 당황스럽지 않았다. 나는 짐짓 겸손한 체했지만 나 자신을 천재라 여기고 예술의 길을 걷는 데 필요한 노력과 난관을 위험천만할 만큼 우습게 여겼었다는 것을 깨달았다. 작곡에 대한 흥미마저 고스란히 잃었다. 과제가 아무리 쉬워도 이제 산더미 같은 난관과 규칙에 가로막힌 듯 느껴졌고, 내 감정을 처음부터 끝까지 믿지 못하게 됐으며, 내 가슴속에 창조력의 불씨가 남아 있는지조차 이제 알 수 없었다. 그래서 분수를 깨달아 딱하고 처량한 신세가 되어, 어떤 사무실이나 일반 학교에 다니듯이, 다시 말해 부지런을 떨기는 하지만 아무 기쁨도 느끼지 못한 채 학업을 이어갔다. 하소연할 데도 없었고, 무엇보다도 부모님에게 보내는 편지에서는 그럴 수 없었다. 그래서 실망을 감추고서 이미 시작한 길이니 어쩔 수 없다며, 제대로 된 바이올리니스트라도 되어야겠다고 마음먹었다. 그래서 나는 연습하고 또 연습했다. 선생이 심술궂게 굴며 비웃을 때도 참아 넘겼다. 내가 우습게 여겼던 다른 학생들은 실력이 쑥쑥 늘며 칭찬을 받는 것을 지켜보며, 목표를 항상 낮게 잡았다. 내 바이올린 실력조차 자랑할 만하지 않았고 명인이 될 자질이 보이지 않았기 때문이었다. 부지런히 노력하면 겨우 평범한 바이올린장이나 되어, 소규모 오케스트라에서 썩 부끄럽지도 썩 훌륭하지도 않게 그럭저럭 바이올린을 연주하여 밥벌이는 할 수 있을 듯 보였을 뿐이다.

그리하여 내가 바라 마지않았고 모든 기대를 걸었던 그 시절에 나는, 내 인생 가운데 음악의 정신에게 버림받고 아무 기쁨도 없는 길을 걸었다. 울림도 박자도 없이 무의미한 나날을 보냈던 유일한 시기였다. 나는 즐거움, 드높음, 빛남, 아름다움만 찾고자 했던 곳에서, 요구, 규칙, 의무, 난관, 위험에만 부딪혔던 것이다. 무언가 음악적인 것이 떠오르더라도, 이미 진부하고 수백 번 반복되어 나왔던 것이거나 아니면 예술의 모든 법칙에 명백히 어

16

굿나서 아무 가치가 없는 것이었다. 그래서 원대한 포부와 희망은 모두 다 거둬들였다. 나는 철없이 건방지게 예술로 달려들었다가, 막상 예술에 전념해야 할 때가 닥치자 힘겨워하는 흔하디흔한 보통내기에 지나지 않았다.

그러한 상태가 3년쯤 지속됐을 것이다. 나는 스무 살이 넘었고, 직업을 잘못 고른 듯 보였지만 부끄럽기도 하고 어쩔 수 없기도 해서 이미 시작한 길을 계속 걷고 있을 뿐이었다. 음악이 무엇인지도 더 이상 알지 못했다. 손가락 연습을 하고, 어려운 과제에 허덕이고, 화성악의 금칙禁飭을 배우고, 견디기 힘든 피아노 수업을 받았을 뿐이었다. 피아노 선생은 내가 아무리 연습해도 시간 낭비일 뿐이라 여기며 비웃는 듯했다.

예전에 품었던 이상이 마음속에 은밀히 도사리고 있지 않았더라면, 그 몇 해 동안 나는 그런대로 즐겁게 지낼 수도 있었을 것이다. 나는 자유로웠고 친구가 많았으며, 잘생기고 혈기왕성한 젊은이자, 유복한 집안의 아들이었다. 나는 얼마간 이것저것 가리지 않고 즐겼다. 기분 좋게 하루하루를 보냈으며, 시시덕거리고, 술잔치를 벌이고, 방학이면 여행을 했다. 하지만 할 일을 금세 제쳐 두고 그저 젊은 날을 즐긴다고 해서 내 마음을 달랠 수는 없었다. 아무도 보는 사람이 없을 때면, 예술가가 되겠다는 꿈을, 이제는 저물어 버린 별을 그리움에 젖어 돌아보았다. 그렇게 되지 못한 실망감을 잊거나 달랠 수 없었다. 철저히 그럴 수 있었던 적은 단 한 번뿐이었다.

내 어리석었던 젊은 시절 중에서도 가장 어리석었던 날이었다. 나는 그 당시 유명한 성악 선생 H의 한 여제자를 쫓아다니고 있었다. 그 여학생도 나와 비슷한 처지인 듯싶었다. 크나큰 기대를 품고 왔으나 엄격한 선생들을 만났고 공부에 익숙지 않았으며 마침내 노래하는 목소리까지 잃게 되리라 생각하고 있었다. 그녀는 걱정을 떨치고 싶었는지, 우리 교우들과 시시덕거렸고, 우리 모두를 반하게 만들었는데, 그렇게 하는 게 그녀로서는 그다지 어려운 일은 아니었다. 그녀는 불길처럼 활활 타오르다 금세 사라지는 아름다움을 지니고 있었던 것이다.

이 아름다운 소녀 리디는 내가 그녀를 만날 때마다 천연덕스럽게 애교를 부려 나를 사로잡았다. 나는 그녀를 오래 좋아했던 적이 없으며 종종 까맣게 잊기도 했지만, 그녀와 한자리에 있기만 하면 언제나 다시 사랑에 휩쓸렸다. 그녀는 나뿐만 아니라 다른 친구들도 가지고 놀았다. 우리를 약 올리며 마음대로 주물렀지만, 그녀 자신은 한창 젊을 때의 성적 호기심을 채우고 있을 뿐이었다. 그녀는 매우 아름다웠지만, 말을 하거나 움직일 때만, 따스하고 깊은 목소리로 웃을 때만, 춤을 추거나 연인들의 질투에 즐거워할 때만 그랬다. 나는 그녀를 만나고 모임에서 돌아올 때마다 나 자신을 비웃으며, 나 같은 인간은 그런 간사스러운 처세의 대가를 진정으로 사랑할 수 없다고 스스로 타일렀다. 하지만 그녀는 어떤 몸짓이나 속살거리는 말로 나를 몹시 달뜨게 해, 가끔은, 밤이 이슥하도록 그녀 집 근처에서 열정에 휩싸여 서성

거리게 만든 적도 있었다.

　나는 당시 짧은 시기 동안 거칠게 놀았고, 반은 부추김에 못 이겨 들떠 지냈다. 며칠 동안 풀이 죽어 덤덤히 말없이 지내고 난 뒤에는, 그동안 억눌렸던 젊음을 발산하기 위해 한바탕 몸을 굴리고 무언가에 취해야 했다. 그럴 때면 몇몇 동갑내기 교우들과 오락거리나 장난거리를 찾아 나섰다. 우리는 희희낙락하고 거리낌 없고 위험천만하기까지 한 왈짜들이라는 소리를 들었는데, 실은 내게는 잘 어울리지 않는 말이었다. 리디와 그 여자 친구들로부터는 영웅이라는 찬사를 듣기도 했는데, 그런 명성이 맞는지는 모르겠지만 듣기에는 달콤하기 그지없었다. 그 철없는 짓 중에 얼마나 많은 것이 순수한 젊은 혈기에서 나온 것이며, 얼마나 많은 것이 실망을 달래기 위한 것이었는지 오늘날에는 더 이상 가늠할 수 없다. 나는 그 당시의 상태에서, 그 모든 철없는 객기에서 이미 오래전에 벗어났기 때문이다. 지나친 방종의 죗값을 나는 이미 치렀다.

　강의가 없던 어느 겨울날, 우리는 다 함께 시외로 나갔다. 여덟 명에서 열 명쯤 되는 젊은이들이었고 그중에는 리디를 비롯해 세 명의 여자 친구도 끼어 있었다. 우리는 당시만 해도 아이들이나 타고 노는 것이라 여겨지던 썰매를 들고 갔다. 언덕진 교외에 이르러 썰매 타기 좋은 길이나 풀 비탈을 찾아다녔다. 그날을 똑똑히 기억한다. 아주 춥지는 않았고, 이따금 해가 구름 사이로 잠깐씩 얼굴을 내밀었으며, 짙게 깔린 공기는 눈 냄새를 화하게 풍겼다. 소녀들은 알록달록한 옷과 스카프를 눈부시게 걸치고 눈 덮인 땅 위에서 구경을 했다. 쌀쌀한 공기에 정신이 어리어리했고, 그렇게 시원한 곳에서 세차게 달리자니 더없이 즐거웠다. 우리 작은 패거리는 기분이 들떠 때때로 서로 별명을 부르며 놀려 댔고, 서로 눈뭉치로 응수하여 눈싸움이 벌어졌다. 마침내 모두 땀에 젖고 눈 범벅이 되어 잠시 숨을 돌렸다가 다시 싸움을 시작했다. 커다란 눈 성곽을 쌓으면 이를 포위하여 공략했고, 그러는 틈틈이 우리는 여기저기에서 썰매를 타고 좁다란 풀 비탈을 미끄러져 내려갔다.

정오가 되자 신나게 뛰놀던 우리는 엄청나게 배가 고파졌다. 우리는 어느 마을에서 한 음식점을 찾아내어 이것저것 푸짐하게 주문했고, 피아노를 차지하여 노래하고 고함을 질렀다. 포도주와 럼주를 주문했고 음식이 나오자 거방지게 먹어댔다. 좋은 포도주를 양껏 마셨고, 그런 뒤 소녀들이 커피를 마시는 동안 우리는 리큐어를 입에 댔다. 비좁은 방에서 소리치며 신나게 떠드느라 우리 모두는 머리가 어찔어찔해졌다. 나는 리디의 옆에 붙어 있었다. 그녀는 그날은 자비라도 베풀고 싶었는지 내게 특별히 곰살궂게 대했다. 그녀는 그렇게 환락에 도취된 분위기 속에서 눈부시게 아름다워 보였고, 매초롬한 두 눈을 반짝거렸으며, 내가 대담함과 소심함이 뒤섞인 손길로 여러 번 어루만지는 것을 눈감아 줬다. 우리는 벌금 게임을 시작했는데, 벌금은 피아노에 놓였으며 우리 선생들 중 어느 한 사람의 흉내를 낸 다음에야 도로 찾을 수 있었다. 하지만 어떤 친구들은 키스를 해서도 벌금을 되찾을 수 있었는데, 그럴 경우 키스를 몇 번이나, 얼마나 농도 짙게 하는지 보고서야 벌금을 돌려줬다.

우리가 신나서 떠들썩하게 음식점을 떠나 집으로 돌아오는 길에 들어섰을 때는 아직 이른 오후였지만 벌써 땅거미가 지기 시작하고 있었다.[+] 다시금 우리는 철부지들처럼 거리낌 없이 눈길에서 날뛰며, 자늑자늑 내리는 어스름을 헤치고 느릿느릿 도시로 돌아가고 있었다. 나는 리디의 곁에서 떨어지지 않을 수 있었고, 내가 그녀의 기사임을 자처하자, 다른 친구들은 따가운 눈총을 보냈다. 나는 곳곳에서 그녀를 내 썰매에 태워 끌었고, 다른 친구들이 줄곧 던져 오는 눈뭉치에 그녀가 맞지 않도록 온 힘을 다해 지켰다. 마침내 친구들은 우리를 내버려 뒀고, 소녀들은 저마다 짝을 구했으며, 여기에 끼지 못한 두 외톨이만이 다른 쌍들을 놀려 대고 집적거리며 옆에 따라왔다. 나는 그때만큼 달뜨고 미친 듯 사랑을 느껴 본 적이 없었다. 리디는 나와 팔짱을 꼈고 그녀는 내가 걸으며 가볍게 끌어안는 것을 눈감아 줬다. 그녀는 어둠 속에서 재잘재잘 속살거렸다가, 이내 행복한 듯 입을 다물었다. 내가 옆에 있으니 든든한 듯했다. 나는 가슴이 불타올라 그 기회를 한껏 활용하기로 작정했다. 적어도 이 아늑하고 살가운 상태를 될 수 있는 대로 오랫동안 끌기로 결심했다. 나는 시내

[+] 독일에서는 겨울에 오후 3시면 어두워지기 시작한다.

에 거의 다 와서 에움길로 가보자고 말하며 경치 좋은 등성잇길로 접어들었다. 아무도 이에 반대하지 않았다. 그 등성잇길은 반원을 그리며 골짜기를 가파르게 기어올랐고, 강 골짜기와 도시가 훤히 내려다 보였다. 저 아래 도시에서는 이미 가로등들이 줄지어 반짝이고 빨간색 전등들이 수없이 빛나고 있었다.

리디는 아직 내 팔에 매달려 나에게 말을 시키면서 내 들끓는 열정을 웃음으로 받아넘겼지만, 그녀 자신도 몹시 달뜬 듯 보였다. 하지만 내가 살짝 힘을 주어 그녀를 끌어안고 키스하려 하자, 그녀는 몸을 빼고 옆으로 비켜섰다.

"보세요," 그녀는 숨을 깊이 내쉬며 외쳤다. "저 아래 풀밭까지 우리는 썰매를 타고 내려가야 해요! 무섭지는 않겠지요, 영웅님?"

나는 아래를 내려다보고 깜짝 놀랐다. 비탈이 얼마나 가파른지, 여기서 무모하게 썰매를 지칠 생각을 하자 정말 당장 등골이 서늘해졌다.

"안 돼요," 나는 태연한 척 말했다. "너무 어두워졌거든요."

그러자 그녀는 나를 비웃으면서 불같이 화를 내더니 나를 겁쟁이라고 불렀고, 내가 비겁하게도 함께 가지 않겠다면 혼자서라도 비탈을 내려가겠다고 큰소리쳤다.

"물론 우리가 뒤집어지기야 하겠지요." 그녀는 웃으면서 말했다. "하지만 그거야말로 썰매 탈 때 가장 재미있는 일 아니에요?"

그녀가 나를 그렇게 부추겼으므로, 어떤 좋은 생각이 떠올랐다.

"리디," 나는 나직이 말했다. "썰매를 타자고요. 우리가 뒤집어지면 내 몸에 눈을 문질러 넣어도 좋아요. 하지만 우리가 탈 없이 저 아래에 내려가려면 내게 그 보답을 해줘야 해요."

그녀는 웃음만 터뜨리고서 썰매에 올라앉았다. 나는 그녀의 따스하고 빙긋빙긋 빛나는 두 눈을 들여다봤다. 나는 썰매 맨 앞에 걸터앉아 그녀에게 나를 꼭 붙들라고 말하고 출발했다. 그녀가 내 가슴에 두 손을 깍지 끼고 나를 부둥켜안고 있는 게 느껴졌다. 나는 그녀에게 무언가 더 외치려 했으나 소리가 나오지 않았다. 된비탈은 얼마나 가파른지, 나는 허공으로 뛰어드는 듯한 느낌이 들었다. 곧바로 나는 두 발바닥을 땅에 대고 멈추거나 아니면 뒤집어지기라도 하려 했다. 퍼뜩 리디가 무시무시할 만큼 걱정되어서였다. 하지만 이미 때는 늦었다. 썰매는 멈추지 않고 비탈 아래로 쌩쌩 달렸고, 나는 눈가루가 무더기로 날아올라 차갑고 매섭게 내 얼굴을 때리는 것을 느꼈다. 리디의 겁에 질린 비명을 들었고 그다음에는 아무것도 듣지 못했다. 대장간 망치로라도 머리를 세게 두드려 맞은 듯했고, 어딘가 찢어지는 듯 아팠다. 내가 느꼈던 마지막 느낌은 춥다는 것이었다.

그 짧고도 철없던 썰매 타기로 나는 내 젊은 혈기와 어리석음에 대한 죗값을 치렀다. 나중에는 이런저런 일들과 더불어 리디에 대한 사랑도 가뭇없이 사라졌다.

그 사고 뒤에 어떤 소동과 법석이 일었는지 나는 알 수 없었다. 하지만 다른 친구들은 괴로운 시간을 겪었다. 그들은 리디의 비명을 듣고, 위쪽에서 보이지 않는 아래쪽 어둠을 향해 웃고 놀려 대다가, 마침내 무언가 좋지 않은 일이 일어난 것을 알아채고 엉금엉금 아래로 내려왔다. 그들이 취하고 들뜬 기분에서 깨어나 분별이 돌아오기까지는 한참이 걸렸다. 리디는 얼굴이 핼쑥하고 반쯤 까무러쳐 있었지만 아무 데도 다치지 않았다. 다만 장갑이 갈기갈기 찢어지고, 고운 두 손이 약간 긁혀 피가 맺혔을 뿐이었다. 친구들은 나를, 죽었다고 생각하고 떠메어 날랐다. 사과나무인지 배나무인지에 부딪혀 썰매와 내 뼈가 으스러졌는데, 나는 이 나무를 나중에 다시 찾아 보려 했으나 어떤 것인지 알 수 없었다.

친구들은 내가 뇌진탕으로 죽었다고 생각했지만, 상태가 그렇게까지 나쁘지는 않았다. 머리와 뇌에 충격을 받았고 병원에서 의식이 다시 들 때까지 시간이 오래 걸렸으나, 상처는 아물었고 뇌도 다치지 않았다. 하지만 왼쪽 다리는 뼈가 여러 군데 부러져 다시는 제대로 쓸 수 없었다. 그 뒤로 나는 불구가 되어 절름거렸다. 걷지 못했으니, 뛰거나 춤추는 것은 생각할 수 없었다. 그리하여 내게는 젊은 나이에 뜻하지 않게도 조용한 인생길이 주어졌다. 나는 그 길을 가는 게 사뭇 창피하고 못내 싫었다. 하지만 나는 그 길로 접어들었고, 이제는 그날 저녁 썰매 타기로 불구가 된 것을 생전 아쉬워하지 않을 듯한 느낌마저 때때로 든다.

물론 이런 생각을 할 때는 나는 부러진 다리보다는, 그 사고로 말미암아 생긴 다른 훨씬 바람직하고 즐거운 결과들을 떠올린다.

사고를 겪으며 공포를 느끼고 어둠을 들여다보게 되어서였는지, 아니면 오랫동안 몸져누워 몇 달 동안 아무 말없이 생각을 굴릴 수 있어서였는지, 요양은 내게 좋은 영향을 주었다.

오랜 자리보전이 시작된 첫 한 주가량은 내 기억에서 아예 지워져 있다. 나는 의식이 가물가물했으며 마침내 정신이 깨어난 뒤에도 기력이 없어 만사가 귀찮을 뿐이었다. 어머니가 와서 병원 침대맡에 앉아 날마다 정성스레 내 수발을 들었다. 내가 어머니를 바라보며 몇 마디 건넬 때 어머니는 상냥하고 자못 밝아 보였다. 하지만 나중에 알게 된 바로는, 어머니는 그때 나를 무척 염려하고 있었다. 생명에는 지장이 없지만 내 머리가 이상해질 것 같아서였다. 때때로 우리는 고요하고 밝은 병실에서 오랫동안 잡담을 나눴다. 나는 어머니와 그다지 살갑게 지낸 적이 없었다. 늘 아버지를 더 가깝게 여겼다. 이제 어머니는 내가 안쓰러워서, 나는 어머니가 고마워서 마음이 풀렸고 사이좋게 지내고 싶은 기분이 들었다. 하지만 우리는 너무 오랫동안 서로 참아 넘기며 하는 대로 놓아두는 데 익숙해 있었던지라, 곰살궂은 말을 막상 입 밖에 내기가 쑥스러웠다. 우리는 서로를 흐뭇하게 바라봤을 뿐 그런 감정을 말로 드러내지는 않았다. 어머니는 앓아누운 나를 간병하면서 또다시 내 어머니가 됐고, 나는 어린애 같은 감정으로 어머니를 올려다보며 한때나마 다른 모든 일을 잊어버렸다. 물론 나중에는 예전처럼 사이가 다시 멀어져, 우리는 내가 앓아누워 있던 그 시절을 입에 올리기조차 꺼리게 되었다. 우리 두 사람 모두에게 거북했기 때문이었다.

차츰차츰 나는 내 상황을 돌아보기 시작했다. 내가 고열도 가
라앉고 안정을 찾은 듯 보이자 의사도, 비탈에서 떨어지면서 입
은 부상이 영원히 남을 것이라는 사실을 더 이상 숨기지 않았다.
나는 아직 마음껏 즐겨 보지도 못했던 청춘이 아릿하게 잘려 토
막 난 것을 보았지만, 이 운명에 순응할 시간은 충분했다. 세 달
이나 더 병상에 누워 있었던 것이다.

나는 또한 머릿속으로 내 상황을 파악하고 장래의 모습을 그
려 보려 했지만 그리 잘되지 않았다. 생각을 많이 하는 것은 아
직 무리였다. 나는 이내 피로해져서 꿈속에 푸근히 젖어 들었고,
그렇게 하여 자연히 두려움과 절망을 느끼지 않게 되었고 안정
을 취하며 몸을 회복할 수 있었다. 그러면서도 내 불운 때문에
몇 시간이고 한밤중이 다 되도록 괴로워했고, 그럴 때면 어떤 마
땅한 위안거리도 생각나지 않았다.

어느 날 밤 설핏 잠이 들었다가 몇 시간 되지 않아 깨어났을
때였다. 나는 무언가 좋은 꿈을 꾼 듯했고 그 꿈을 다시 생각해
내려 애썼지만 잘되지 않았다. 야릇할 만큼 기분 좋고 자유로운
느낌이 들었다. 온갖 거북한 것을 다 뛰어넘고 이겨 낸 듯했다.
누운 채 생각에 잠기자 치유와 구원의 물결이 조용히 나를 감도
는 느낌이 들었고 한 선율이 아주 조용히 내 입술에 내려앉았다.
나는 그 선율을 계속해서 흥얼거렸다. 홀연, 내가 오랫동안 멀리
했던 음악이 구름을 헤치고 나타난 별처럼 나를 굽어봤다. 내 가

슴은 음악의 박자로 뛰었고 내 온몸은 생기를 되찾아 새롭고 맑은 공기를 들이마셨다. 내가 미처 깨닫지 못하는 사이 그런 작용이 일어나, 내 몸에 살그머니 배어들었다. 저 멀리서 합창이 내게 아슴푸레 들려오는 듯했다.

그렇게 마음속 깊이 상쾌함을 느끼며 나는 다시 잠이 들었다. 아침에 일어나니 오랫동안 맛본 적 없는 즐겁고 개운한 기분이 들었다. 어머니가 이를 눈치채고 무슨 좋은 일이라도 있느냐고 물었다. 나는 잠시 생각을 가다듬은 뒤, 바이올린을 오랫동안 까맣게 잊고 있었는데 방금 다시 떠올랐고, 다시 바이올린을 켜보고 싶다고 어머니에게 말했다.

"하지만 아직은 오랫동안 바이올린을 켜서는 안 될 텐데." 어머니가 사뭇 걱정스럽게 말했다.

"괜찮아요. 앞으로 바이올린을 아예 켤 수 없게 되더라도요."

어머니는 내 말을 이해하지 못했고 나는 어머니에게 명확하게 설명할 수 없었다. 하지만 어머니는 내가 몸이 좋아졌고, 그런 까닭 없는 즐거움 뒤에 어떤 꺼림칙함도 숨어 있지 않다는 것을 알아챘다. 며칠 뒤 어머니는 그 이야기를 조심스레 다시 꺼냈다.

"애야, 네 음악은 도대체 어떻게 됐니? 우리는 네가 음악에 흥미를 잃었다고 생각했단다. 아버지는 네 선생님들께 찾아가 이야기를 나눴지. 우리는 네게 이래라 저래라 말하고 싶지 않다, 더욱이 지금은 말이다. 하지만 네가 음악에 실망해서 차라리 포기하고 싶거든, 지금이라도 그렇게 해야 하지, 오기나 수치심에서 괜히 고집 부려서는 안 된다고 생각한다. 네 생각은 어떠냐?"

그러자 내가 음악을 멀리하며 실망했던 시간이 낱낱이 다시 떠올랐다. 나는 어머니에게 내가 어떻게 지냈는지 설명하려 했다. 어머니는 내 말을 납득한 듯 보였다. 하지만 이제 나는 앞으로 어떻게 할지 마음을 굳혔으며, 어쨌든 이제 음악에서 도망치지 않고 끝까지 공부하려 한다고 말했다. 얼마간 이런 상태가 이어졌다. 어머니가 엿볼 수 없는 내 마음속 깊은 곳에는 오로지 음악만이 가득 들어차 있었다. 바이올린으로 성공할지 그 여부는 알 수 없었으나, 나는 세계가 훌륭한 예술작품처럼 울리는 소리를 다시 들었고, 음악 없이는 행복할 수 없다는 것을 깨달았다. 내가 불구가 된 탓에 바이올린을 다시 켤 수 없다면, 나는 바이올리니스트가 되기를 포기하고 아마도 다른 직업을 구해, 이를테면 상인이라도 되어야 했을 것이다. 하지만 아무래도 상관없었다. 나는 장사든 무엇이든 다른 어떤 일을 했더라도 변함없이 음악을 느끼고 음악 속에서 살고 숨 쉬었을 것이다. 나는 다시 작곡을 할 것이다! 내가 어머니에게 말했듯, 내 두 손이 떨렸던 것은 바이올린을 켜고 싶어서가 아니라 작곡을 하고 싶어서였다, 창작을 원해서였다. 나는 이전에 더없이 경이로운 시간에 그랬던 것처럼 다시금 맑은 공기가 순수하게 울리고, 정신이 팽팽해지며 차가워지는 것을 이따금 느꼈다. 그러면 내 불구가 된 다리나 다른 고통 따위는 대수롭지 않게 여겨졌다.

그때부터 나는 가슴을 펴고 살았다. 그 뒤로도 건강하게 혈기

부리며 살고 싶은 생각이 불쑥불쑥 들었다. 몸이 불구가 된 것이 괴롭고 울화가 터질 만큼 부끄러워 이를 두고두고 증오하고 저주했지만, 그러한 고통은 이겨 내기 그리 어렵지 않았다. 이를 달래 주고 마음을 밝혀 줄 일이 있었기 때문이었다.

이따금 아버지는 어머니와 나를 만나러 병실로 찾아왔다. 어느 날 내가 그럭저럭 견딜 만하게 된 지 한참 지났을 때, 아버지는 어머니를 다시 집으로 데리고 갔다. 처음 며칠 동안은 사뭇 쓸쓸했고, 어머니와 살가운 말을 주고받지도 않았고, 어머니의 생각과 걱정에 마음 쓰지도 않았던 게 부끄럽기도 했다. 하지만 맑은 공기가 울리는 느낌이 내 마음을 가득 채우고 있어서, 어머니에 관한 애틋한 생각은 그저 잠깐 가슴을 스치며 흔들어 놓는 데 그쳤다.

그런데 뜻밖에 누군가 나를 찾아왔다. 어머니가 내 곁을 지키고 있는 동안에는 그럴 엄두를 못 냈던 사람이었다. 리디였다. 나는 그녀를 보고 몹시 놀랐다. 처음에는 얼마 전만 해도 내가 그녀와 얼마나 가까웠으며 그녀를 얼마나 사랑했는지 전혀 기억나지 않았다. 그녀는 들어와서 안절부절못하는 기색을 감추지 못했다. 내 사고에 책임이 있기 때문에 어머니가 있을 때 찾아오기를 꺼렸고, 뿐더러 법정에까지 서야 할까 봐 겁을 냈다. 그러다가 상황이 그렇게 나쁘지 않으며 그녀와 아무 상관없다는 것을 뒤늦게 깨닫고 그녀는 안도의 한숨을 쉬었지만, 은근히 실망하는 눈치도 역력했다. 이 소녀는 양심에 가책을 느끼기는 했지만, 계집아이 같은 마음속 깊은 곳에서는 그 일 때문에, 그렇게 애처롭고 가슴 아픈 사고 때문에 신바람이 일었다. 그녀는 '비극적'이라는 말을 여러 번 사용하기까지 하여, 나는 웃음을 참을 수 없었다. 그녀는 내가 이렇게 기분 좋으며 사고를 대수롭지 않게 여기는 것을 보게 되리라고는 꿈에도 생각지 못했다. 그녀의 깜냥으로는, 그녀가 내게 용서를 빌면 내가 이를 받아들이면서 그녀의 연인으로서 엄청난 만족을 얻을 것임에 틀림없으므로, 그러한 가슴 뭉클한 장면을 연출함으로써 내 마음을 새로이 손아귀에 넣을 수 있으리라 여겼다.

이제 이 어리석은 철부지 소녀는 이렇게 쾌활한 내 모습을 보고 죄책과 비난을 떨칠 수 있었으므로 마음이 적잖이 가벼워졌다. 하지만 이렇게 마음이 가뿐해지는 게 기쁘기는커녕, 가책이 줄면 줄수록 가슴에 품고 왔던 두려움이 엷어지면 엷어질수록, 더욱더 말수가 적어지고 표정이 차가워지는 낌새가 뚜렷했다. 그녀는 나중에 기분이 몹시 상했는데, 내가 그 일에 그녀는 거의 상관없다고 여길뿐더러 그녀가 관련되어 있다는 사실마저 잊은 듯 보였고, 그리하여 그녀가 가슴 뭉클하게 용서를 빌 싹을 아예 짓밟음으로써 그녀가 눈물겹도록 아름다운 장면을 만들어 낼 기회를 앗아갔기 때문이었다. 내가 몹시 정중하게 대했는데도 그녀는 내가 그녀를 전혀 사랑하고 있지 않다는 것을 아마 눈치챘고, 이는 그녀에게 더없이 좋지 않은 일이었다. 나는 팔다리를 잃었다 할지라도 그녀의 숭배자 중의 한 사람이어야 했다. 그녀는 이 숭배자를 사랑하지도 않고 기쁘게 하지도 못했지만, 이 숭배자가 비참할 대로 비참해져서 그녀를 애타게 갈구하면 할수록 그녀는 더욱더 만족했을 것이다. 이제 이 모든 게 허튼 꿈이었다는 것을 뚜렷이 눈치채자, 그녀의 매초롬한 얼굴에 어린 문병자의 온정이나 동정은 점점 더 사라지고 식어갔다. 마침내 입에 발린 작별 인사를 늘어놓고 떠났고, 또 오겠다고 약속했지만 다시는 들르지 않았다.

예전의 연인이 이렇게 딱하고 우스꽝스러워지는 광경을 보는 것이 몹시 거북스러워 마음이 불편했지만, 이 문병은 내게 무척 도움이 됐다. 열망하던 아름다운 소녀를 처음으로 격정에서 벗어나 콩깍지를 떼고 바라보자, 내가 그녀를 제대로 알지 못했다는 사실을 깨닫고 몹시 놀랐다. 내가 세 살배기였을 때 얼싸안고 좋아했던 인형을 누가 내게 보여 줬더라도, 그때만큼 감정이 서먹해지고 뒤바뀐 데 대해 놀라지 않았을 것이다. 몇 주 전에 뜨겁게 갈망했던 소녀가 내 눈에 난생처음 보는 여자처럼 보였던 것이다.

그 겨울날 일요일에 함께 놀러 나갔던 친구들 중 두 친구가 문병 왔지만 우리는 서로 주고받을 이야기가 없었다. 내가 몸이 나아지고 있으며 이제 걱정하지 말라고 부탁하자, 그들이 안도하는 것을 뚜렷이 느낄 수 있었다. 그 뒤 우리는 더 이상 만나지 않았다. 내 젊은 시절에 내 인생을 차지했던 모든 일들이 내게서 떨어져 나가 서먹해지고 사라져 가는 것은, 야릇할 뿐만 아니라 서글프도록 기이한 인상을 남겼다. 그 시절의 사랑이며 우정이며 버롯이며 기쁨이 거추장스러운 옷처럼 내게서 벗겨져 아무 고통 없이 떨어져 나가자, 내가 그 시절 내내 얼마나 그릇되고 슬프게 살았는지 문득 깨달았다. 내가 패거리들과 어울려, 아니면 패거리들이 나와 어울려 그토록 오랫동안 견뎌 낼 수 있었던 게 신기할 따름이었다.

다른 한편 생각지도 못했던 다른 문병객이 나를 놀라게 했다. 어느 날 피아노 선생이 찾아왔다. 야단치고 비웃기만 하던 그 양반이었다. 그는 한 손에 지팡이를 들고 손에 낀 장갑을 벗지도 않은 채, 여느 때의 퉁명스럽다 못해 모질기까지 한 말투로 그 망할 놈의 썰매 타기를 '계집애들이나 하는 놀이'라고 일컬었다. 말투만 들으면 내 불운을 고소하게 여기는 듯했다. 그렇지만 그가 찾아왔다는 것은 놀랄 만했고, 게다가 어투를 바꾸지는 않았지만 나쁜 의도를 품고 온 게 아니라 덕담을 해주러 온 것이었다. 그는 나를 습득 속도가 느리기는 하지만 제법 괜찮은 학생이라고 여기고 있으며, 그의 동료인 바이올린 선생도 그와 생각이 같으므로, 내가 빨리 몸이 나아져서 학교로 돌아오기를 바란다는 것이었다. 그 말은 예전에 못되게 굴었던 것을 용서하라는 말처럼 들렸다. 앞서 한 말들과 마찬가지로 쏘아붙이듯 모질고 매서운 말투로 내뱉었지만, 내게는 마치 사랑의 고백처럼 들렸다. 나는 이 인기 없는 선생에게 고마워하며 손을 내밀었고 그를 믿는다는 것을 보여 주기 위해, 지난 몇 년 동안 내가 어떻게 지냈으며 이제 음악에 대한 내 옛 태도가 되살아나기 시작하고 있다는 것을 설명하려 들었다. 선생은 머리를 가로젓더니 코웃음 치며 물었다.

"아, 그러니까 자네는 작곡가가 되고 싶다는 거군?"

"가능하면요." 나는 기어드는 듯한 목소리로 말했다.

"그렇다면, 행운을 빌겠네. 나는 자네가 이제는 아마도 새로이 열성을 다해 연습을 시작할 거라 생각했네만, 작곡가가 되려 한다면 그럴 필요가 없겠지."

"아, 제 말은 그런 뜻이 아닙니다."

"그래, 그렇다면 무슨 뜻이지? 음악도가 게으름에 빠져 공부를 하기 싫으면 항상 작곡에 빠져든다는 사실을 자네는 아는가? 그건 누구라도 할 수 있으니까, 알다시피 누구나 스스로 천재라고 생각하니까."

"제 말은 정말 그런 뜻이 아닙니다. 그렇다면 제가 피아니스트가 되어야 하겠습니까?"

"아니지, 여보게, 자네는 피아노에는 그다지 재능이 없어. 하지만 바이올린을 제대로 배우면 썩 잘 켤 수 있게 될 거야."

"이제, 저도 그렇게 하려고 합니다."

"진정으로 그렇게 생각하는 것이길 바라네. 이제 가봐야겠어. 쾌유를 빌겠네. 잘 있게나!"

그러고선 그는 나를 깜짝 놀라게 만든 채 자리를 떴다. 나는 공부를 다시 시작할 생각을 거의 하지 않고 있었다. 어려워하고 버거워하다가 마침내 모든 게 다시 예전과 같이 되리라는 두려움이 지레 찾아들었다. 하지만 이런 생각은 오래가지 않았다. 무뚝뚝한 선생이 찾아온 것은 정말로 선의에서였으며 진정한 호의의 표시였다는 것도 밝혀졌다.

나는 몸이 나은 뒤 원기를 찾기 위해 여행을 떠나기로 했지만, 이는 다음번 긴 방학으로 미루고 이제 곧바로 공부에 온 힘을 쏟자고 생각했다. 그때 나는 휴식 기간이, 특히 어쩔 수 없이 취한 휴식이 얼마나 놀랄 만큼 효과적일 수 있는지 난생처음 느꼈다. 나는 수업과 연습을 자신감 없이 시작했지만, 모든 게 전보다 더 나아졌다. 내가 명인이 될 수 없다는 것은 스스로도 잘 알았지만, 그런 깨달음도 당시 상태에서는 내 가슴을 아프게 하지 않았다. 대체로 다 잘되어 갔다. 특히 오랜 휴식 뒤에는 으스스한 덤불숲 같던 음악 이론, 화성학, 작곡 이론이, 길이 트인 밝은 정원으로 뒤바뀌어 있었다. 나는 내 경이로운 시간들에 떠오른 착상과 시도가 더 이상 규칙과 법칙에 어긋나지 않고, 학생으로서 엄격히 복종하는 가운데서도 자유를 추구할 수 있는 길이 좁다랗기는 하지만 뚜렷이 눈에 보인다고 느꼈다. 모든 것이 가시울타리처럼 앞을 가로막고 있어서, 내가 상처 난 머리를 감싸 쥐고 모순과 결함에 괴로워했던 그 시간과 나날들과 밤들은 여전했지만, 그렇다고 절망에 빠지지는 않았다. 좁다란 오솔길이 더 뚜렷하고 더 걷기 쉽게 내 눈앞에 펼쳐졌다.

학기말에 우리 이론 선생은 방학 전 작별 인사를 하며 내게 이렇게 말했다. "자네는 금년 수강생 중에서 음악에 관해 무언가 이해하고 있는 듯한 유일한 학생일세. 무언가 작곡한 게 있거든 내가 기꺼이 봐주겠네."

　이러한 마음 든든한 말을 귀에 담고 나는 귀향길에 올랐다. 오랫동안 집을 떠나 있었던지라, 기차를 타고 가는 동안 고향이 가슴에 사무치고 애틋한 그리움이 치받치면서 어린 시절과 소년 시절의 아련한 기억들이 물결처럼 밀려들었다. 고향 역에는 아버지가 마중 나와 있었고, 우리는 역마차를 타고 집으로 갔다. 이튿날이 되자마자 예전에 다녔던 길들을 걷고 싶다는 충동을 느꼈다. 그때 나는 처음으로 내가 몸 성한 젊은이가 아니라는 슬픔에 사로잡혔다. 구부러진 번정다리를 끌고 지팡이를 짚고 고샅길들을 절름거리고 다니자니 괴롭기 그지없었다. 모퉁이를 돌 때마다 어릴 적 놀던 기억과 이제 사라져 버린 기쁨이 떠올랐다. 나는 기분이 우울해져 집으로 돌아왔다. 누구의 얼굴을 보든, 누구의 목소리를 듣든, 어떤 일을 생각하든, 옛날이 떠오르면서 내 불구가 쓰라리게 느껴졌다. 아울러 나는 다른 일로도 괴로움을 겪었다. 어머니가 드러내 놓고 말하지는 않았지만 내 직업 선택을 전보다 더 탐탁지 않게 여기는 기색이 뚜렷했던 것이다. 훤칠한 명연주자나 활기찬 지휘자로 등장할 수 있다면, 그런 음악가라면 어머니도 인정했을 것이다. 하지만 몸도 성치 않은 내가 실력도 변변찮고 재능도 시원찮으면서 바이올리니스트로서 어떻게 살아가려 하는지 어머니는 이해할 수 없었다. 어머니의 이런 생각에 맞장구를 쳐준 것은 먼 친척뻘 되는 오랜 친구였다. 아버지는 그 여자가 집에 드나들지 못하게 막은 적도 있었다. 그러자 그 여자는 아버지를 사무치게 증오했지만 집 안 출입을 멈추지도 않았다. 아버지가 사무실에 나가 있는 동안 자주 어머니를 찾아왔던 것이다. 그 여자는 내가 어렸을 적부터 나와 거의 한마디도 주고받은 적이 없었다. 나를 싫어했고 내 직업 선택을 유감스러운 타락의 징조라 여겼으며, 반면 내가 당한 사고는 섭리에 따른 천벌이자 훈계임에 틀림없다고 여겼다.

아버지는 나를 기쁘게 해주기 위해 손을 써놓아, 나는 시립 음악협회 연주회에서 솔로 연주를 요청받았다. 하지만 나는 그럴 수 없다는 생각에서 이를 거절했다. 그런 다음 며칠 동안 내가 어렸을 때부터 썼던 작은 방에 틀어박혀 있었다. 특히나 괴로웠던 것은 만나는 사람마다 어쩌다 그렇게 됐느냐고 캐묻는 데 대답해야 하는 것이었다. 그래서 아예 문밖에 나가지 않았다. 그러던 중 내가 창문으로 길거리의 삶을 내다보며, 어린 학생들을, 특히 어린 소녀들을 바라보며 서글프게 질투하고 있다는 것을 퍼뜩 깨달았다.

나는 생각했다. 언제 다시 어느 소녀에게 사랑을 고백할 수 있단 말인가! 나는 남들이 춤출 때 늘 그랬듯 항상 한구석에 처박혀서 구경만 하고 있어야 할 것이고, 소녀들은 나를 사내 축에 넣지도 않을 것이며, 누군가 내게 상냥하게 대한다 할지라도 이는 가엾어서 그러는 것일 뿐이다! 아, 동정을 받는다는 것은 생각만 해도 역겨웠다.

그러한 상태로는 집에 머물 수 없었다. 부모님도 내가 걸핏하면 우울해지자 적잖이 괴로워했다. 그래서 내가 오래전부터 계획했으며 아버지도 약속했던 여행을 이제 바로 떠나고 싶다고 허락을 구하자, 이에 반대하지 않았다. 나중에도 장애가 나를 괴롭히고 내가 간절히 바랐던 소망과 희망을 깨뜨렸지만, 몸 성한 젊은 사내나 아리따운 여성만 보면 굴욕과 고통에 휩싸였던 그때만큼 내 결함과 불구를 뼈저리게 느낀 적은 두 번 다시 없었다. 내가 지팡이를 짚고 절름거리는 게 차츰차츰 몸에 배고 그 일이 더 이상 거북스럽지 않게 될 때까지, 나는 여러 해 동안 불구를 괴로워하지 않고 체념과 유머로 견뎌 내는 습관을 길러야 했다.

다행스럽게도 나는 혼자 여행할 수 있었고 특별한 시중이 필요하지 않았다. 누가 따라오는 것도 나는 바라지 않았으며, 그랬더라면 내 마음을 치료하는 데 방해만 됐을 것이다. 기차에 타 자리에 앉자 아무도 호기심이나 동정 어린 눈으로 나를 바라보지 않아 마음이 한결 가벼워졌다. 나는 마치 도망이라도 치는 심정으로 쉬지 않고 밤낮없이 기차를 타고 갔고, 두 번째 날 저녁에 흐린 차창 밖으로 뾰족하고 높은 산봉우리들이 보이자 안도의 한숨을 내쉬었다. 어둠이 깔렸을 때 종착역에 도착했다. 몸은 지쳤지만 마음은 들떠서 스위스 그라우뷘덴 주의 한 소도시의 어스레한 고샅길을 헤치고 가장 먼저 눈에 띈 여관을 찾아가, 진홍색 포도주를 한 잔 들이켠 뒤 열 시간 동안 잠에 빠져 여독뿐 아니라 마음에 품고 온 고민마저 웬만큼 풀었다.

새벽에는 작은 산악 열차에 몸을 실었다. 기차는 좁은 골짜기들을 헤치고, 하얗게 거품을 일으키는 시냇물들을 따라 산속으로 달렸다. 나는 작고 외딴 간이역에서 마차로 갈아탔고, 정오에는 이 나라에서 가장 높은 곳에 있다고 손꼽히는 어느 마을에 도착했다.

그 조용하고 가난한 마을에 단 하나밖에 없는 작은 여관에서 이제 나는 가을까지 묵었다. 이따금 투숙객이 나밖에 없는 때도 있었다. 나는 여기서 잠시 쉬었다가 스위스를 두루 여행하여 이 세상 낯선 곳을 조금이나마 구경하려고 작정했었다. 하지만 그 꼭대기에는 바람이 세차게 불었고, 정신이 번쩍 들 만큼 맑고 드높은 공기가 몰아쳤으므로, 나는 여기를 떠나고 싶지 않았다. 높은 골짜기의 한쪽 비탈은 꼭대기에 이르기까지 전나무 숲으로 덮이고 다른 한쪽 비탈은 벌거숭이로 바위투성이였다. 여기서 나는 볕이 내리쬐는 바위에 걸터앉거나, 시냇가에 다가앉아 하루하루를 보냈다. 그 시내는 얼마나 힘차고 사납게 흐르는지 그 물소리가 밤이면 온 마을에 울렸다. 처음 며칠 동안 나는 차가운 물약을 마시듯 외로움을 즐겼다. 아무도 나를 눈여겨보지 않았고, 아무도 내게 호기심이나 동정을 보이지 않았다. 나는 높은 곳을 나는 새처럼 자유롭고 호젓했고, 이내 내 고통과 내 병든 질투심을 잊었다. 산속 깊숙이 들어가지도 못하고, 아무도 모르는 골짜기나 알프스를 찾아가지도 못하고, 위험한 산길들을 올라가지도 못한다는 게 때로 가슴 아프기도 했다. 하지만 내심 행복했다. 지난 몇 달 동안의 체험과 흥분 뒤에 찾아든 외로운 고요가 안전

한 성처럼 나를 감싸 줬다. 나는 깨졌던 마음의 평온을 되찾았으며, 내 신체의 결함을 즐거이는 아닐망정 체념을 통해서라도 받아들이는 법을 익혔다.

그 고지대에서 보낸 몇 주는 내 인생에서 가장 아름다운 한때였다고 할 수 있다. 나는 깨끗하고 맑은 공기를 호흡했고, 시내에 흐르는 얼음처럼 차가운 물을 마셨으며, 가파른 비탈에서는 머리털이 검은 염소치기가 꿈결처럼 조용히 염소 떼를 몰고 다니며 풀을 먹이고 있는 것을 보았다. 때로는 폭풍우가 골짜기에 휘몰아치는 소리를 들었으며, 안개와 구름이 놀랄 만큼 가까이에서 얼굴로 밀려드는 것을 느꼈다. 바위틈에서는 연약하고 알록달록한 꽃들이 올망졸망 피어나고 여러 신기한 이끼들이 돋아난 것을 들여다봤다. 맑은 날이면 한 시간 동안 산을 타고 올라, 건너편 꼭대기 너머 저 멀리 뚜렷이 보이는 드높은 산봉우리들이 푸르스름한 산 그림자를 드리우고 순은색 눈밭을 눈부시게 펼치고 있는 광경을 올려다봤다. 한 자그마한 샘물에서 가느다란 물줄기가 감질나게 솟아나 오솔길을 적셨는데, 그 오솔길 한쪽에서는 환한 날이면 언제나 수백 마리의 앙증맞고 파란 나비 떼가 내려앉아 물을 마셨다. 나비들은 내 발소리가 들려도 피하려 들지 않았고 내가 놀라게라도 하면 비단처럼 얇은 깜찍한 날개를 파닥거리며 내 주위에 어지럽게 날아올랐다. 나는 그 나비들을 알게 된 뒤로 그 길을 햇빛 나는 날에만 걸었으며, 그럴 때마다 파란 나비 떼가 빼곡히 앉아 있었고, 그럴 때마다 축제일을 맞는 것 같

있다.

하지만 더 꼼꼼히 생각해 보면, 그 시절은 내가 기억하는 것만큼 그렇게 마냥 파랗지도 햇빛 찬란하지도, 축제 같은 나날도 아니었다. 안개 낀 날도, 비 오는 날도, 심지어 눈 오고 추운 날도 있었을 뿐만 아니라 내 마음속에 폭풍우 불고 비바람 치는 날도 있었다.

나는 혼자 있는 데 익숙하지 않았다. 처음 얼마간의 휴식과 쾌락이 지나가자, 내가 도망쳐 나왔다고 생각했던 고통이 어느새 다시 놀랄 만큼 가까이 다가와 있는 게 때때로 느껴졌다. 추운 밤이면 나는 내 좁은 방에서 여행용 담요로 무릎을 덮고, 힘이 빠져 속절없이 어리석은 생각에 빠져들었다. 젊은 혈기가 갈망하고 소망했던 모든 것, 이를테면 축제, 춤추는 즐거움, 여성에 대한 사랑, 모험, 힘과 사랑의 승리, 그 모든 것은 영원히 나와 동떨어져, 영원히 도달할 수 없이 건너편 강가에 놓여 있었다. 반은 부추김에 못 이겨 희희낙락하며 멋대로 거리낌 없이 놀다가 마침내 썰매를 타고 떨어졌던 그 시절마저 그때 내 기억에는 낙원처럼 아름답게 채색되어, 잃어버린 기쁨의 나라인 듯 보였다. 술에 취했다 깨어날 때처럼, 그 기쁨의 여운만이 저 멀리에서 아직 내게 들려올 뿐이었다. 때때로 한밤중에 폭풍우가 몰아칠 때면, 그리하여 전나무 숲이 뒤흔들리며 거세게 쏴쏴 울부짖는 소리가 시냇물들이 차갑게 흘러내리며 줄곧 내던 소리를 덮어 버릴 때면, 그렇잖아도 삐걱거리는 집의 지붕에서 정체를 알 수 없는 수

천 가지 소음들이 여름밤에 잠 못 이루고 비명을 지를 때면, 나는 인생에서 사랑의 격정을 느껴 보고 싶다는 절망적이면서도 애절한 꿈에 몸을 뒤척였고, 울분을 터뜨리며 신을 모독했다. 내 눈에도 나는 불쌍한 시인이요 몽상가로 보였다. 아무리 아름다운 꿈을 꾸더라도 그 꿈은 얇은 비눗방울처럼 아른거리다 터질 뿐이었다. 반면에 세상 도처의 수많은 다른 사람들은 젊은 혈기에 넘쳐 환호하며 손을 내밀어 인생의 어떤 기쁨이든 즐길 수 있었다.

하지만 산들의 성스러운 아름다움뿐만 아니라 내 감각을 나날이 즐겁게 해줬던 모든 것들이, 어떤 베일을 통해 나를 건너다보며 이상할 만큼 멀리서 내게 말을 건다고 느꼈듯이, 나와 종종 사납게 도지는 나의 고통 사이에도 어떤 베일이나 무언가 낯설음이 끼어들었다. 그래서 이내 나는 낮의 찬란함과 밤의 비참함 두 가지 모두를 밖에서 나는 목소리처럼 들었고, 그 목소리에 마음 상하지 않고 귀 기울일 수 있었다. 나는 나 자신을 구름 떼가 떠다니는 하늘로, 전투병 무리로 가득 찬 전장이라 여기고 그렇게 느꼈다. 기쁨과 즐거움이든 슬픔과 우울함이든, 둘 다 더 뚜렷하고 더 알기 쉽게 울리더니, 내 영혼에서 빠져나온 뒤 밖에서 내게로 다가와 화성과 선율을 이뤘다. 그 화성과 선율은 꿈결에 들리는 듯했고 나도 모르는 사이 나를 사로잡았다.

어느 날 저녁 고즈넉할 무렵 바위 비탈에서 집으로 돌아오다가, 그 모든 것을 처음으로 뚜렷이 느꼈다. 이를 골똘히 생각할수록 나 자신이 수수께끼처럼 보였을 때, 불현듯 그 모든 것이 무엇을 뜻하는지 떠올랐다. 내가 어렸을 적 어렴풋이 맛봤던 저 낯설고 경이로운 시간이 돌아온 것이었다. 그 기억과 더불어 눈부시게 맑은 시간이 되돌아왔다. 감정들이 거의 유리처럼 환하게 내비쳐서 어느 감정이든 아무 가식이 없었고, 어떤 감정도 고통이나 행복을 품지 않고 오로지 힘과 울림과 흐름만을 의미했다. 내 고조된 느낌들이 일렁거리고 아른거리고 맞싸우면서 음악이 생겨났다.

이제 나는 환한 낮에는 해, 숲, 갈색 바위, 먼 은색 산들을 바라보며 행복하고 아름답고 무언가를 수태하는 듯한 감정이 곱절로 들었고, 어두운 밤에는 내 병든 가슴이 애간장을 태우며 분노로 들끓는 것을 곱절로 느꼈다. 나는 향락과 고통을 분간하지 않았다. 이것이나 저것이나 다 똑같았으며, 둘 다 고통스럽기도 하고 감미롭기도 했다. 내가 마음속으로 달콤함이나 괴로움을 느끼고 있는 동안, 내 창조력은 이를 넘어선 곳에서 조용히 아래를 내려다보며, 빛과 어둠은 한형제이고 고뇌와 평화는 한 위대한 음악의 박자인 동시에 힘이자 일부임을 깨달았다.

나는 그 음악을 받아쓸 수는 없었다. 그 음악은 나 자신에게 아직 낯설고 그 끝이 어딘지 알 수 없었다. 하지만 이를 들을 수 있었으며, 그 세계를 마음속으로 완전하게 느낄 수 있었다. 그 여운과 메아리를 줄이고 뒤바뀐 형태로나마 얼마간 마음속에 포착할 수도 있었다. 나는 이를 떠올리며 며칠 동안 젖처럼 빨아들였고, 이를 바이올린 이중주로 표현할 수 있다는 것을 깨닫자 어린 새가 날갯짓을 해보듯, 순결한 기분으로 내 첫 소나타를 쓰기 시작했다.

어느 날 아침 방에서 첫 악장을 바이올린으로 연주했을 때, 나는 무언가 결함 있고 미비하고 불안하다고 느꼈지만, 한 소절이 지날 때마다 가슴이 서늘해졌다. 나는 그 음악이 좋은지 알 수 없었다. 하지만 그것은 나 자신의 음악이었으며 내 마음속에서 체험되어 생겨났고 이전에 어디서도 듣지 못했다는 것만큼은 잘 알 수 있었다.

아래층 객실에는 여관 주인의 여든 살도 넘은 아버지가 살았다. 해가 가고 해가 바뀌어도 고드름처럼 꿈쩍 않고 허연 모습으로 앉아 있었다. 말 한마디 하지 않고 그윽한 눈으로 조심스레 주위를 둘러볼 뿐이었다. 그 엄숙하게 입을 다물고 있는 노인이 초인적 지혜와 영혼의 평화를 누리고 있는지, 아니면 정신이 나갔는지는 아무도 알 수 없는 수수께끼였다. 그날 아침 나는 바이올린을 옆구리에 끼고 그 노인에게 내려갔다. 노인이 내 연주뿐 아니라 어떤 음악이든 귀 기울여 듣는다는 것을 눈치챘기 때문이었다. 노인이 혼자 있는 것을 보고 노인 앞에 서서 바이올린을 조율한 뒤 내 첫 악장을 연주했다. 그 나이 많은 노인은 흰자위가 누르스름하고 언저리가 불그스레한 고요한 두 눈을 내게 돌리고 귀 기울였다. 내가 그때의 음악을 생각할 때마다 그 노인이 다시 떠오른다. 노인의 얼굴은 표정 없는 돌처럼 보였지만 그윽한 두 눈은 나를 바라보고 있었다. 내가 연주를 마치고 노인에게 고 개인사를 하자, 노인은 은근하게 눈을 깜빡거렸다. 모든 것을 다 알고 있는 듯 보였으며, 내가 눈길을 던지자 누르스름한 두 눈을 들어 마주 봤다. 그런 뒤 눈길을 피하고 고개를 약간 숙이더니 원래대로 꼼짝달싹하지 않았다.

　가을은 그 산꼭대기에 일찍 찾아왔다. 어느 날 아침 내가 그 곳을 떠날 때는 안개가 자욱이 끼었고 차가운 비가 부슬부슬 빗 방울을 뿌렸다. 하지만 나는 날씨가 좋았던 날에 받았던 햇빛도 함께 안고 왔다. 고마운 기억뿐 아니라 다음 인생길을 즐거이 맞 이할 용기까지 품고 온 것이다.

제3장

음악학교에서의 마지막 학기 동안 나는 그 도시에서 상당히 높은 평판을 받고 있던 가수 무오트와 사귀었다. 무오트는 4년 전 학업을 마치자마자 궁정 오페라 가수로 채용되었다. 얼마간은 그저 그런 역할로만 등장했고, 노련하고 인기 있는 동료들에 밀려 각광받지 못했지만, 머지않아 분명 화려한 명성을 얻을 만한 미래의 스타감이라는 평판을 받았다. 나는 무오트가 맡았던 서너 가지 역할을 무대에서 보았는데, 그는 순수하다고는 말할 수 없었지만 항상 강렬한 인상을 남겼다.

우리가 사귀게 된 전말은 이러했다. 나는 학교로 돌아간 뒤 내게 자상하게 관심을 보여 준 선생에게 내 바이올린 소나타와 내가 작곡한 가곡 두 곡을 들고 갔다. 그는 내 작품을 꼼꼼히 훑어

보고 어떻게 생각하는지 말해 주겠다고 약속했다. 그가 평을 해 주기까지는 시간이 오래 걸렸고, 만날 때마다 그가 왠지 당황스러워하는 것을 눈치챌 수 있었다. 어느 날 마침내 그는 나를 부르더니 내 악보를 돌려줬다.

"여기 자네 작품을 돌려주겠네." 그는 주저하며 말했다. "지나치게 큰 기대를 품고 있지는 않았기를 바라네! 여기에는 틀림없이 무언가 있기는 있네. 자네는 뭐가 돼도 될걸세. 하지만 솔직히 말하면, 나는 자네가 더 무르익고 더 진중할 것이라고 여겼네. 자네의 천성이 그리 격정적일 줄은 꿈에도 몰랐네. 나는 고요하고 즐거운 것을, 기법상 좀 더 안정돼 있어서 그 기법을 평가할 수 있을 만한 것을 바랐네. 하지만 자네 작품은 기법상 실패일세. 그래서 말해 줄 만한 게 없네. 물론 내가 평가할 수 없는 대담한 시도이기는 하네만, 자네 선생으로서 칭찬하고 싶지는 않네. 자네는 내 기대에 못 미치기도 하고 넘어서기도 하여 나를 당황하게 만들었네. 나는 학교 선생인지라 양식상의 결함을 눈감아 줄 수 없네. 이 결함이 독창성으로 메워졌는지는 아직 판단하고 싶지 않네. 자네가 무언가 또 써 올 때까지 기다리겠네. 잘되기를 바라네. 작곡은 계속하겠지? 그럴 거라고 짐작하네만."

이런 말을 듣고 나는 물러나왔다. 딱히 평이라 할 수도 없는 그런 평을 듣고 어떻게 해야 할지 몰랐다. 모름지기 평이란 어떤 작품을 보고 그것이 재미 삼아 심심풀이로 끼적거린 것인지, 욕구가 우러나 진심으로 만들어 낸 것인지 단박에 분간해야 한다고 나는 생각했던 것이다. 나는 악보를 치워 둔 채 당분간 모든 것을 잊고 마지막 몇 달 동안 공부에만 매달리기로 했다.

그 무렵 한 가족의 초대를 받았다. 그 집에서는 음악이 자주 연주됐는데, 부모님이 잘 아는 사람 집이었으므로는 1년에 한두 번 방문하곤 했다. 여느 때와 똑같은 저녁 모임이었다. 내가 얼굴을 아는 몇몇 유명한 오페라 가수가 참석했다는 것만 달랐다. 가수 무오트도 왔는데, 그는 모든 사람들 중에 가장 내 관심을 끌었다. 나는 그를 그렇게 가까이에서 본 것은 처음이었다. 그는 훤칠하고 잘생겼으며, 머리털이 검고 강렬한 인상을 주는 사내였다. 매너 면에서는 자신만만하다 못해 얼마간 멋대로라고 느껴지기까지 했고, 여자들에게 인기 있다는 것을 한눈에 알 수 있었다. 하지만 그는 몸짓으로는 으스대고 쾌활해했지만, 눈길과 표정으로는 무언가 찾으며 불만스러워하고 있었다. 그는 나를 소개받자 인사치레로 딱딱하게 고개만 끄덕였을 뿐 한마디도 건네지 않았다. 하지만 잠시 뒤 느닷없이 다가오더니 이렇게 물었다. "혹시 쿤 씨가 아니십니까? 당신이라면 내가 좀 알고 있습니다. S선생이 내게 당신 작품을 보여 줬거든요. 그분을 나쁘게 생각지는 마십시오. 그분이 경솔했던 게 아니니까요. 내가 마침 거기 갔을 때 가곡이 놓여 있기에 그분의 허락을 얻어 훑어본 것이니까요."

나는 깜짝 놀라 당황스러워했다. "왜 그 작품에 관해 말씀하시는 거죠?" 내가 물었다. "선생의 마음에 들지 않았을 텐데요."

"그래서 가슴이 아팠습니까? 난 그 가곡이 아주 마음에 들었습니다. 누가 반주만 해준다면 그 가곡을 부를 수 있을 텐데요. 당신이 반주해 주신다면 좋겠습니다."

"그 가곡이 당신 마음에 들었다고요? 그렇다면 그 가곡은 부를 만합니까?"

"그렇고말고요. 어느 음악회에서나 부를 수 있는 건 아니지만요. 하지만 그 악보를 얻고 싶습니다. 집에 놓아두려고요."

"베껴 드리지요. 하지만 무슨 이유로 얻으려 하시는 건지요?"

"흥미롭기 때문이지요. 그것은, 그 가곡은 진짜 음악입니다. 당신 자신도 잘 아실 텐데요!"

그는 나를 바라봤다. 사람을 빤히 보는 태도가 못내 거북스러웠다. 내 얼굴을 똑바로 들여다보더니, 아무 거리낌 없이 이리저리 뜯어봤다. 눈에 호기심이 가득했다.

"당신은 내가 생각했던 것보다 젊군요. 하지만 틀림없이 수많은 고통을 겪으셨을 겁니다."

"그렇습니다." 나는 말했다. "하지만 그 이야기는 꺼내고 싶지 않습니다."

"이야기하지 않아도 됩니다. 나도 캐묻지 않을 겁니다."

그의 눈길은 나를 당황하게 만들었다. 거기에다 그는 이를테면 유명인이었고 나는 아직 학생이었으므로, 그가 묻는 태도가 내 마음에 들지 않았어도 별수 없이 주뼛주뼛 맞받을 수밖에 없었다. 그는 도도하지는 않았지만 왠지 내 수치심을 건드렸다. 나는 이를 조용히 삭이는 수밖에 없었다. 하지만 반감이 일지는 않왔다. 나는 그가 불행하며 어떤 난폭한 성향을 자신도 모르게 품고 있다고 느꼈다. 사람들에게서 자신을 위로해 줄 만한 것을 낚아채고 싶은 듯 그들을 대하는 기질이었다. 그의 까맣고 뚫어져라 바라보는 두 눈은 슬프다 못해 뻔뻔스러웠고, 그의 얼굴은 나이보다 더 늙어 보였다.

그런 바로 뒤 그가 건넨 말이 아직 내 뇌리에 맴돌고 있을 때, 나는 그가 그 집의 딸과 예의 바르고 즐겁게 잡담하는 광경을 보았다. 그녀는 그의 말에 넋을 잃고 귀 기울이며 용왕이라도 보듯 우러러봤다.

나는 사고를 겪은 뒤 매우 외롭게 살았으므로, 그 만남 이후 며칠 동안 여운이 남아 마음이 어수선했다. 나는 아직은, 나보다 뛰어난 사내를 두려워하지 않을 만큼 자부심이 충분하지는 않았다. 그렇다고 그의 접근이 반갑지 않기에는 너무 외롭고 쓸쓸했다. 그러던 끝에 그가 그날 밤 나를 만났던 일도 그때의 기분도 잊었을 것이라 결론 내렸다. 바로 그때 그가 내 방에 찾아와 나를 당황하게 했다.

12월 어느 저녁. 이미 칠흑같이 어두워졌을 때였다. 그 가수는 노크를 하고, 예사로 드나들던 곳인 양 방으로 들어왔다. 그러더니 순서고 인사고 따지지 않고 다짜고짜 본론으로 들어갔다. 나는 그에게 가곡을 건네줘야 했고, 그는 방에 빌려 놓은 피아노가 있는 것을 보고 곧바로 노래를 부르고 싶어 했다. 나는 피아노 앞에 앉아 반주해야 했고, 난생처음 누군가 내 노래를 제대로 부르는 것을 들었다. 노래는 슬펐고 나도 모르게 가슴이 저렸다. 그는 가수답게 목청껏 부른 게 아니라 나직이 혼자 부르듯 흥얼거렸기 때문이었다. 가사는 내가 한 해 전에 어느 잡지에서 읽고 베낀 것인데 이런 내용이었다.

남풍이 불 때마다
산에 눈사태 인다
우르릉 쓸어버릴 듯,
이는 신의 뜻이런가?

나는 아는 이 없는
인간의 땅을
낯설게 방랑한다
이는 신의 뜻이런가?

신은 보는가? 내가 곤경과
고통으로 떠도는 것을?
아, 신은 죽었다!
— 그래도 나는 살아야 하는가?

나는 그가 노래하는 것을 들으며, 그가 내 가곡을 좋아하고 있다는 것을 알아챘다.

우리는 잠시 말없이 있었다. 그런 다음 나는 그에게 무언가 결점이 있다면 말하고 고쳐 주지 않겠느냐고 물었다.

무오트는 어두운 눈길로 나를 물끄러미 바라보더니 머리를 가로저었다.

"고칠 것은 없습니다." 그는 말했다. "나는 모릅니다. 작곡이 좋은지 나쁜지 그런 것은 나는 모릅니다. 이 가곡에는 체험과 감정이 살아 있습니다. 나 자신은 가사를 쓰거나 작곡을 하지 못하기 때문에, 나 자신의 것처럼 생각되고 나 자신이 불러 보고 싶은 곡을 발견하면 기쁠 따름입니다."

"그러나 가사는 제가 쓴 게 아닙니다." 나는 바로잡아 주었다.

"당신이 쓰지 않았다고요? 그래요, 그런 건 아무래도 좋습니다. 가사는 지엽적인 것이니까요. 하지만 당신은 틀림없이 비슷한 체험을 했을 것입니다. 그렇지 않다면 이런 시에 곡을 붙이지 않았을 거예요."

나는 그에게 며칠 전에 베껴 뒀던 사본을 건네줬다. 그는 악보를 받아 돌돌 말더니 외투 주머니에 넣었다.

"언제라도 좋으니 내 방에 한번 찾아와 주십시오." 그는 그렇게 말하고 내게 손을 내밀었다. "당신은 외롭게 살고 있군요. 그것을 방해하고 싶지는 않습니다. 하지만 가끔은 좋은 사람의 얼굴을 보고 싶을 때도 있을 것입니다."

그가 떠난 뒤에도 그의 마지막 말과 미소는 내게 남아서, 그가 불렀던 가곡과 내가 지금껏 그 사내에 관해 알고 있었던 모든 사

실과 함께 어우러져 울려 퍼졌다. 내가 그 모든 것을 두고두고 되
작거리며 오랫동안 돌이켜 볼수록 모든 것이 뚜렷해졌고, 마침내
나는 그 사내를 이해하게 되었다. 그가 내게 왜 찾아왔으며, 내
가곡을 왜 좋아했으며, 왜 내게 거의 무례할 만큼 달려들었으며,
내게 왜 소심하게도 뻔뻔하게도 보였는지 이해했다. 그는 고통받
고, 쓰라린 괴로움을 겪고, 외로움에 시달리는 늑대 같았다. 이
고통받는 짐승은 꿋꿋이 외따로 살고자 했으나 이를 견뎌 내지
못했다. 그는 사람들을 사귀고, 상냥한 눈길을 받고, 따스하게 이
해받을 수 있는 기회를 몰래 숨어 엿봤으며, 그럴 수 있다면 체면
도 가리지 않았다. 이것이 당시 내 생각이었다.

  하인리히 무오트에 대한 내 감정은 어정쩡했다. 나는 그의 욕
망과 곤경을 잘 알았지만, 그가 뛰어나고 잔인한 사람이어서 나
를 이용하고 내버리지나 않을까 두려웠다. 나는 너무 어리고 인
간사에 경험이 적었던 터라, 그가 말하자면 알몸을 내바쳤으면
서도 고통스러운 수치심마저 잊은 듯 보인다는 것을 알아채지도
받아들이지도 못했다. 그렇지만 여기 정열에 불타며 마음이 깊
은 인간이 고통받고 버림받고 있다는 것만큼은 깨달았다. 불현듯
내가 무오트에 관해 들었던 소문이 떠올랐다. 학생들 사이에 떠
도는 종잡을 수 없고 소름이 돋는 풍문이었다. 그 내용이 도대체
무엇이었는지는 잊어버렸지만, 그 색조와 음조만큼은 선하게 기
억하고 있었다. 사람들은 그가 여자들과 벌인 연애 사건들에 관
해 입방아를 찧었다. 내용이 낱낱이 기억나지는 않았지만, 그가

살인이나 자살 사건에 말려들기라도 했던 듯, 무언가 피비린내 나는 일이 있었다는 생각이 들었다.

얼마 뒤 망설임을 떨쳐 내고 한 친구에게 이에 관해 물어보니, 내가 생각했던 것만큼 그렇게 대단한 일은 아니었다. 무오트는 상류사회의 젊은 여인과 연애를 했으며, 그 여인은 2년 전에 자살하긴 했지만, 가수가 그 사건에 연루됐다고 딱 부러지게 말할 수는 없다는 것이었다. 모르긴 몰라도 나는 이 독특할 뿐만 아니라 자못 으스스하게 느껴지는 인간과의 만남에 들뜬 나머지, 엉뚱한 공상을 하여 그자에게 무시무시한 분위기를 덧씌운 것 같았다. 그렇더라도 무오트는 그 사랑을 통해 좋지 않은 체험을 했음이 틀림없었다.

나는 그에게 찾아갈 용기를 내지 못했다. 하인리히 무오트라는 인간이 고통받고 어쩌면 절망에 빠져, 나를 붙들고 매달리고 있는 것을 모르는 척할 수 없었으며, 나는 그 부름에 따르지 않으면 몹쓸 놈이 될 듯싶기는 했다. 그렇지만 나는 찾아가지 않았다. 또 다른 감정이 나를 가로막았다. 무오트가 내게서 찾는 것을 나는 그에게 줄 수 없었다. 나는 그와 전혀 다른 인간이었다. 나도 여러모로 외로웠고 사람들에게 제대로 이해받지 못하는 처지였으며, 나도 어쩌면 여느 사람과는 다르고 운명이나 기질상 대다수 사람들과 동떨어져 있지만, 그렇다고 유난 떨고 싶지도 않았다. 그 가수가 마성적 인간이라면 나는 그렇지 않았으며, 나는 눈에 띄거나 유별나게 구는 것을 마음속 깊이 싫어했다. 나는 무오트의 격렬한 몸짓이 싫었고 마땅치 않았다. 그는 무대와 연애를 좋아하는 사내인 듯했고, 어쩌면 비극적으로 만인에게 주목받으며 살 운명인 듯했다. 반면에 나는 조용히 지내고 싶었다. 내게는 어떤 몸짓이나 대담한 말도 어울리지 않았고 나는 체념하고 살 운명이었다. 나는 때때로 그렇게 생각을 굴리며 마음을 다독였다. 누군가, 내가 가엾게 생각하지만 공평히 말하면 나보다 뛰어나다고 여겨야 할 사람이, 내 문을 두드렸다. 하지만 나는 쉬고 싶었고 그래서 그를 맞아들이지 않았다. 나는 열심히 공부에 매달렸지만, 누군가 내 뒤에 서서 내게 손을 내밀고 있다는 괴로운 생각을 떨칠 수 없었다.

내가 찾아가지 않자, 무오트가 다시 일을 꾸몄다. 나는 무오트로부터 짧은 편지를 받았다. 편지는 큼직하고 시원스런 글씨로 쓰여 있었으며 이런 내용이었다.

안녕하십니까! 1월 11일에 나는 여느 해와 마찬가지로 몇몇 친구들과 더불어 생일잔치를 열려고 합니다. 당신을 초대해도 될런지요? 이 기회에 당신의 바이올린 소나타를 들을 수 있다면 좋겠습니다. 어떻게 생각하는지요? 당신과 함께 이 소나타를 연주할 동료가 있나요? 없다면 내가 당신에게 누군가 보내 드릴까요? 슈테판 크란츨이 기꺼이 가겠다고 하는데요. 당신이 승낙해 주면 기쁘겠습니다.

하인리히 무오트

전혀 예상치 못한 일이었다. 아무도 모르는 내 음악을 내가 전문가들 앞에서 연주하다니, 그것도 크란츨과 협연하게 되다니! 고마워 몸 둘 바를 모르고 나는 초대를 받아들였으며, 이틀이 지나기도 전에 크란츨로부터 악보를 보내 달라는 요청을 받았다. 다시 며칠이 지난 뒤 크란츨은 나를 집으로 불렀다. 그 인기 있는 바이올리니스트는 아직 젊고, 명인의 자태가 엿보이는 사내였으며, 깡마르고 늘씬하고 핼쑥했다.

"아," 그는 내가 들어서자마자 말했다. "그러니까 당신이 무오트의 친구로군요. 그럼, 바로 시작합시다. 정신 차리고 두세 번만 연습하면 잘될 겁니다."

그렇게 말하며 그는 내게 의자를 가져다주고 내 앞에 제2바이올린 분보分譜*를 펼쳐 놓았으며, 박자를 잡은 뒤 연주를 시작했다. 그의 가볍고 섬세한 활 놀림에 옆에 있던 나는 몸이 굳었다.

"너무 긴장하지 마시고," 그는 연주를 중단하지 않고 이렇게 말했다. 우리는 처음부터 끝까지 다 연주했다.

"보세요, 잘되잖아요!" 그가 말했다. "당신 바이올린이 좀 더 나았으면 좋을 텐데. 하지만 괜찮아요. 이번에는 알레그로를 약간 빨리 연주합시다. 장송 행진곡처럼 들리지 않도록이오. 시작!"

그래서 나는 그 명인만 믿고 의지하며 내 악보를 그럭저럭 연주해 냈다. 내 수수한 바이올린이 그의 값비싼 바이올린과 화음

◆ 관현악 등의 합주 음악에서 각각의 성부를 개별적으로 적은 악보.

을 이뤘다. 그래야 마땅하기라도 한 듯했다. 나는 이 매력 있는 외모의 사내가 이렇게 소탈하다 못해 순진하기까지 한 것을 보고 깜짝 놀랐다. 마음이 포근해지고 약간 용기가 생기자, 나는 내 작곡에 대해 어떻게 생각하는지 조심스레 물었다.

"그건 다른 사람에게 물어보세요. 저는 작곡에 대해서는 모르거든요. 자못 기이하기는 하지만 사람들이 좋아할 거예요. 무오트 마음에 들었다면 자랑스러워해도 괜찮을 거예요. 무오트는 취향이 까다롭거든요."

그는 연주 기법에 대해 충고해 주고 두세 군데 고쳐야 할 부분을 짚어줬다. 그러고선 이튿날 계속 연습하기로 약속한 뒤 나는 돌아올 수 있었다.

그 바이올리니스트가 이렇게 수수하고 소탈하다는 사실이 위안이 됐다. 이런 사람이 무오트의 친구라면 나도 그들과 어울릴 수 있을 것 같았다. 물론 크란츨은 기성 예술가이고 나는 장래 어떻게 될지 모르는 초심자였지만 말이다. 다만 어느 누구도 내 작품에 관해 솔직하게 말하려 하지 않은 것만이 아쉽다면 아쉬웠다. 그렇게 상냥하게 얼버무리며 아무 말도 하지 않는 것보다 더없이 혹독한 비평을 해주기를 바랐다.

그 즈음에는 추위가 몹시 매서웠다. 아무리 불을 때도 따뜻하지 않았다. 내 친구들은 스케이트를 타는 데 열을 올렸다. 리디와 함께 시외로 나간 지 한 해가 되어 가고 있었다. 나는 그다지 잘 지내지 못했다. 그래서 무오트의 생일잔치에 큰 기대를 걸지는 않았지만 너무 오랫동안 친구도 즐거운 일도 없었으므로, 그날 저녁이 오기를 기다렸다. 1월 11일 전날 밤 나는 낯선 소리와 놀랄 만큼 따뜻해진 공기에 잠이 깨었다. 잠자리에서 일어나 창가로 가며, 왜 추위가 가셨는지 의아해했다. 그때 갑자기 남풍이 불어왔다. 엄청나게 끈적끈적하고 미지근한 바람이었다. 공중에서는 폭풍이 떼구름을 하늘에 몰고 왔고, 그 좁은 틈새로 별들이 기이할 만큼 크고 눈부시게 반짝거렸다. 지붕에는 눈이 군데군데 녹아 있었고, 아침에 내가 집을 나섰을 때는 눈은 가뭇없이 사라져 있었다. 거리도 사람들의 얼굴도 희한하게 달라진 듯했고, 만물 위에 봄기운이 때 이르게 감돌았다.

나는 그날 가볍게 열에 들뜬 듯 취해 돌아다녔다. 남풍이 불어 공기가 끓는 듯했기 때문이기도 했고 그날 저녁이 오기를 들떠 기다렸기 때문이기도 했다. 때로 내 소나타를 꺼내어 몇 악절을 연주했으나 다시 집어던졌다. 나는 금방 그 소나타를 정말 아름답다고 여기며 뿌듯해서 기뻐하다가, 금방 시시하고 너절하고 흐릿하다고 생각했다. 그런 흥분과 불안을 오랫동안 견딜 수 없을 것 같았다. 저녁이 다가오는 것을 기뻐하고 있는 건지 두려워하고 있는 건지 분간할 수 없는 지경에까지 이르렀다.

이윽고 저녁은 찾아왔다. 나는 프록코트를 입고 바이올린 케이스를 들고 무오트의 집에 찾아갔다. 교외 저 멀리 들어 본 적도 없고 인적도 드문 어느 길에 있는 집을, 나는 어둠 속에서 간신히 찾아냈다. 그 집은 넓은 뜰 안에 덩그러니 놓여 있었으며

다 무너져 가는데도 손질하지 않는 것 같았다. 잠겨 있지 않은 앞뜰 문 뒤에서 덩치 큰 개가 나를 노려봤는데, 창문에서 휘파람으로 부르는 소리가 나자 으르렁거리며 현관문까지 나를 따라왔다. 그곳에서 한 키 작은 노파가 걱정스러운 눈빛으로 나를 맞이하더니, 코트를 받아들고 환하게 불이 켜진 복도를 지나 안으로 안내했다.

바이올리니스트 크란츨의 집은 매우 근사했으므로, 부유하다고 알려진 무오트 집도 자못 화려하리라 생각했다. 그런데 방들은 집에 잘 붙어 있지도 않는 총각 혼자 살기에는 지나치게 넓었으나, 모든 게 너무 수수했다. 아니 수수하다기보다는 되는대로 어수선하게 놓여 있었다. 어떤 가구들은 낡아서 집의 일부처럼 보였고, 그 사이에 도나캐나 사들인 새 가구들이 아무렇게나 들어서 있었다. 눈부신 것이라고는 조명뿐이었다. 가스등이 아니었다. 수수하고 아름다운 주석 촛대에 수많은 하얀색 양초들이 세워져 있었다. 큰방에는 일종의 상들리에도 있었는데, 소탈한 황동 고리에 수많은 양초들이 꽂혀 있었다. 그 방에 매우 아름다운 그랜드피아노가 더할 나위 없이 소중하게 놓여 있었다.

내가 안내된 방에서는 몇몇 신사들이 한데 모여 대화를 나누고 있었다. 내가 케이스를 내려놓고 인사를 하자, 몇 사람은 고개 인사를 하고 눈길을 다시 서로에게 돌렸다. 나는 그 자리에 어색하게 서 있었다. 그때 크란츨이 사람들과 함께 있다가 뒤늦게 나를 보고서 다가왔다. 그는 나와 악수를 하고 나를 친구들에게 소개하며 말했다. "우리의 새로운 바이올리니스트입니다. 바이올린을 가져오셨지요?" 그러고서 그는 옆방을 향해 소리쳤다. "이봐, 무오트, 이 친구가 소나타를 들고 왔네."

하인리히 무오트가 들어와서 내게 매우 상냥하게 인사하고 나를 곁방으로 데리고 갔다. 그 방은 화려하고 따뜻해 보였으며, 하얀 원피스를 입은 아름다운 여인이 내게 셰리주*를 한 잔 따라줬다. 그녀는 궁정 극장 여배우였는데, 그녀 말고는 무오트의 궁정 극장 동료 중 아무도 초대받지 않아 놀랍기조차 했다. 또한 그녀는 유일한 여성이었다.

내가 당황하기도 하고 추운 밤길을 걸은 뒤라 몸을 녹이고도 싶어 잔술을 훌쩍 들이마시자마자, 그녀는 다시 술을 따랐고 내가 사양해도 들은 척하지 않았다. "드세요. 괜찮을 거예요. 우리는 음악을 듣고 난 뒤에야 요기를 할 거예요. 바이올린과 소나타는 들고 오셨겠지요?"

나는 서름하게 대답하며 어쩔 줄 몰라 했다. 그 여자가 무오트와 어떤 관계인지도 알 수 없었다. 그녀는 안주인처럼 보였을뿐더러 시선을 절로 사로잡았다. 나의 새로운 친구는 항상 눈이 시리도록 아름다운 여인들만 사귄다는 사실은 나중에 알게 됐다.

이제 모두 음악실에 모였다. 무오트가 악보대를 세우고, 손님들이 자리에 앉았으며, 나는 이내 크란츨과 함께 연주를 시작했다.

---

* 스페인산 백포도주.

나는 연주하고 있다는 것을 느끼지 못했다. 연주는 내게 형편없게 여겨졌다. 다만 이따금 번갯불처럼 번쩍이며 잠깐잠깐 이런 생각이 스쳤다. 내가 여기서 크란츨과 함께 연주하고 있고, 지금이 마음 졸이며 기다리던 바로 그 저녁이라는 것, 내 앞에 전문가들과 까다로운 음악가들이 모여 앉아 있다는 것, 그들에게 내 소나타를 연주하고 있다는 생각이었다. 론도에 이르러서야 비로소 크란츨의 뛰어난 연주가 귀에 들리기 시작했지만, 나는 여전히 어쩔 줄 몰라 하며 음악에 몰두하지 못하고 끊임없이 다른 일을 생각했다. 무오트에게 생일을 축하한다는 인사도 하지 않았다는 사실이 느닷없이 떠올랐다.

소나타 연주가 끝나자 아름다운 여인이 자리에서 일어나 나와 크란츨에게 악수를 하고 작은 방으로 통하는 문을 열어 줬다. 거기에는 음식상이 차려져 있었고 상에는 꽃과 포도주잔이 놓여 있었다.

"드디어 끝났군!" 한 신사가 말했다. "시장해 죽을 뻔했어요."

여인이 말했다. "무슨 말씀을 그리 함부로 하시나요. 작곡가가 들으면 어떻게 생각하겠어요?"

"작곡가라니요, 여기에 와 있습니까?"

그녀가 나를 가리켰다. "저기 앉아 있잖아요."

그는 나를 바라보고 웃었다. "진작에 말해 줬어야지요. 말이 나온 김에 말하자면, 음악은 자못 아름다웠어요. 다만 배가 고프면……."

우리는 식사를 시작했다. 수프를 다 먹고 백포도주를 따르자, 크란츨이 집주인의 생일을 축하하며 건배하자고 말했다. 술잔을 부딪히자마자 무오트가 자리에서 일어났다. "사랑하는 친구 크란츨, 내가 자네 축사에 답사를 할 거라고 여겼다면 잘못 생각한걸세. 우리는 이제 연설 따위는 집어치우기로 하세, 부탁이네. 꼭 해야 할 연설은 어쩌면 이것뿐인데, 그 연설이라면 내가 지금 하겠네. 우리의 젊은 친구가 더없이 굉장한 소나타를 들고 와준 데 대해 감사 드립니다. 아마도 우리의 크란츨은 이 젊은이의 작품을 연주하게 된 것을 기뻐할 날이 올 것입니다. 크란츨은 이 작품을 연주해야 할 의무도 있습니다. 그는 이 소나타를 진정으로 이해하고 있기 때문입니다. 이 작곡가를 위해, 이 친구와의 깊은 우정을 위해 건배를 제안합니다!"

손님들은 잔을 부딪치고 웃으며 나를 슬그머니 놀렸다. 질 좋은 포도주에 취해 잔치는 흥겨워졌고, 나도 마음이 풀려 그 분위기에 젖어들었다. 그렇게 기분 좋고 홀가분했던 건 참으로 오랜만이었다. 거의 1년 만이었다. 이제 웃음소리와 포도주, 잔 부딪치는 소리, 수군거리는 목소리, 아름답고 즐거운 여인의 모습, 그런 것들이 꽉 닫혀 있던 기쁨의 문을 활짝 열어 줬고, 나는 그 관문을 슬쩍 넘어, 나긋나긋 생기 있게 대화하고 환한 표정으로 웃으며, 즐거운 분위기에 마음껏 빠져들었다.

손님들은 식사를 마치자마자 바로 일어서서 음악실로 되돌아갔고, 거기에서도 포도주와 담배가 곁들여진 연회가 곳곳에서 펼쳐졌다. 말수가 거의 없었고 이름도 모르는 한 조용한 신사가 내게 다가오더니 소나타에 대해 덕담을 해줬는데, 무슨 말이었는지 지금은 까맣게 잊었다. 그런 뒤 여배우가 나를 대화에 끌어들였으며 무오트가 한자리에 앉았다. 우리는 깊은 우정을 위해 다시 건배했고, 무오트는 어둡게 미소 띤 두 눈을 반짝이며 느닷없이 말했다. "나는 이제 당신이 어떤 일을 겪었는지 압니다." 그러고선 아름다운 여인에게 이렇게 말했다. "이 젊은 친구는 썰매를 타다가 뼈가 부러졌어. 예쁜 소녀를 사랑한 까닭에." 그는 다시 내게 이렇게 말했다. "멋진 일입니다. 사랑이 가장 아름답고 때 묻지 않았을 순간에 산 아래로 곤두박질치는 것은. 건강한 다리 하나를 잃을 만한 가치가 있는 일입니다." 그는 웃으며 잔을 비웠고, 금세 다시 어둡고 골똘한 표정으로 이렇게 물었다. "작곡은 어떻게 하게 됐습니까?"

나는 어렸을 적부터 어떻게 음악과 함께 살아왔는지 이야기했고, 지난여름에 산으로 도피하여 가곡과 소나타를 작곡한 일을 말해 줬다.

"그렇군요." 그가 느릿느릿 말했다. "그런데 왜 작곡이 당신에게 기쁨을 주지요? 고통을 악보에 옮긴다고 해서 거기서 벗어날 수 있는 건 아닐 텐데요."

"고통에서 벗어나려고 이러는 게 아닙니다." 나는 말했다. "제가 떨쳐 내어 벗어나고 싶은 것은 연약함이나 부자유일 뿐입니다. 저는 고통과 기쁨은 같은 뿌리에서 나온 것으로, 한 힘의 작용이자 한 음악의 박자라는 것을 느끼고 싶습니다."

"그럴 수가," 그가 놀라 소리쳤다. "당신은 다리를 잃었어요! 음악에 몰두하면 그 사실을 잊을 수 있단 말입니까?"

"아니요, 왜 잊어야 하지요? 그 일은 달리 어찌할 도리가 없는데요."

"그래서 절망스럽지 않나요?"

"기쁜 일은 아니지요. 그건 두말할 나위도 없지요. 하지만 저를 절망에 빠뜨리지 않습니다. 그러지 않기를 바라고요."

"당신은 행복하다는 거군요. 나라면 그런 행복을 얻기 위해 다리를 잃지는 않겠지만. 그렇다면 당신의 음악도 행복을 위한 건가요? 이봐, 마리온, 이게 책에 흔히 나오는 예술의 마력이야."

나는 화가 나서 그에게 소리 질렀다. "그런 식으로 말하지 마십시오! 당신도 노래를 함으로써 봉급을 받을 뿐만 아니라 그 일에서 기쁨과 위안을 누리고 있잖습니까? 왜 저와 당신 자신을 비웃는 겁니까? 이는 예의에 어긋난다고 생각합니다."

"조용하세요, 조용히!" 마리온이 말했다. "무오트가 화를 내겠어요."

무오트는 나를 바라봤다. "나는 화내지 않아. 이 친구 말이 옳으니까. 하지만 당신은 다리를 잃은 걸 그리 불운하다고 여기지 않습니다. 그렇게 생각한다면 작곡을 통해서도 아무 위안을 얻지 못할 겁니다. 당신은 세상사에 만족하는 사람입니다. 그런 사람은 무슨 일이 일어나도 늘 만족스러워하지요. 하지만 나는 그런 태도를 믿지 않습니다." 그러더니 그는 뻣성을 내며 벌떡 일어섰다. "실제로 그렇지도 않고요! 당신은 눈사태에 대한 노래를 작곡했어요. 이는 위안도 아니고 만족도 아니고 절망을 담고 있어요. 들어 보세요!"

무오트는 느닷없이 그랜드피아노에 다가앉았다. 방 안이 더욱 조용해졌다. 그는 연주를 시작했다. 건반을 이리저리 누르더니 전주를 건너뛰고 노래를 불렀다. 그는 이제 내 방에 왔을 때와 다르게 노래했다. 그가 그 뒤로 그 노래를 이따금 불렀다는 것을 알아챌 수 있었다. 이번에 부를 때는 목청도 높였다. 높은 바리톤이었다. 내가 무대에서 늘 들었던, 그 힘과 물 흐르는 듯한 격정 덕분에 그의 가창에 담긴 웬지 모를 딱딱함을 잊게 만드는 목소리였다.

"이 친구 말로는 이것을 순수하게 즐기기 위해서 썼다는군. 이 친구는 절망이란 모르며 자신의 운명에 한없이 만족한다는 거야!" 그는 이렇게 소리치며 나를 가리켰다. 나는 부끄럽고 화가 나서 눈에 눈물이 고였고, 모든 것이 베일에 싸인 듯 흔들려 보였다. 나는 일어서서 다 그만두고 떠나려 했다.

그때 마리온이 부드럽지만 힘 있는 손길로 나를 붙들어 안락의자에 다시 앉히더니, 내 머리털을 조용히 살갑게 쓰다듬었다. 뜨거운 눈물이 가늘게 흘러내리자, 나는 눈을 질끈 감고 눈물을 참았다. 그러고서 고개를 드니 하인리히 무오트가 내 앞에 서 있었다. 다른 손님들은 내가 몸을 들썩거리는 것뿐 아니라 지금까지의 광경을 아예 보지 못했던 것 같았다. 그들은 포도주를 마시며 와자지껄 웃고 있었다.

"어린애 같기는!" 무오트가 나직하게 말했다. "이런 노래들을 작곡한 사람이라면 이런 일에 아랑곳하지 않을 텐데. 하여튼 미안하오. 어떤 사람을 좋아하면서도 한자리에 있자마자 싸움을 벌이기 시작해서."

"괜찮습니다." 나는 주뻣주뻣 말했다. "하지만 이제 가겠습니다. 오늘 가장 즐거운 일은 다 끝났으니까요."

"좋습니다. 억지로 붙들지 않겠습니다. 우리들 다른 사람들은 이제야 술맛이 도는 듯하는데요. 그렇다면 마리온을 집까지 바래다주실 수 있겠습니까? 마리온은 이너 그라벤에 사니까, 길을 돌아가지 않아도 될 겁니다."

아름다운 여인은 무오트를 잠깐 동안 찬찬히 들여다봤다. 그러고선 내게 말했다. "그럼, 가실까요?" 나는 일어섰다. 우리는 무오트에게만 작별 인사를 했다. 문간에서 하인이 외투 입는 것을 거들어 주었고, 그런 뒤 키 작은 노파가 졸린 눈으로 나타나 큰 등불을 들고 앞뜰을 지나 문까지 안내했다. 바람이 건들건들 따스하게 불며, 먹장구름 떼를 몰아가고 벌거벗은 나뭇가지를 흔들고 있었다.

나는 마리온에게 팔을 내밀려 하지 않았지만, 그녀는 묻지도 않고 내 팔을 부축했다. 그녀는 고개를 뒤로 젖혀 밤공기를 들이마시더니, 호기심 어리고 스스럼없는 눈길로 나를 내려다봤다.

그녀의 부드러운 손길이 아직도 내 머리카락을 쓰다듬고 있는 듯 느껴졌다. 그녀는 천천히 걸으며 나를 안내하려는 듯 보였다.

"저기 역마차가 있습니다." 내가 말했다. 그녀가 내 불편한 걸음과 보조를 맞추는 게 거북스럽거니와, 푸근하고 힘차고 날씬한 여자 옆에서 절룩거리는 게 고통스러워서였다.

"아니에요." 그녀가 말했다. "우리 사거리까지만 더 걸어요." 그녀는 걸음을 늦추려고 애썼다. 욕망대로 했더라면 나는 그녀를 더 바짝 끌어당겼을 것이다. 하지만 마음이 고통과 분노에 찢겨 내 팔에서 그녀의 팔을 떼어냈다. 그녀가 눈이 휘둥그레져 나를 바라보자 이렇게 말했다. "팔을 끼니 걷기 불편합니다. 혼자서 걸어야겠습니다. 용서하십시오." 그녀는 걱정스레 동정하며 내 옆을 따라왔다. 나는 곧추 걸을 수도 없었고 몸을 가누고 있다고 느끼지도 못했다. 내가 말하고 행했던 일이 모조리 청개구리 짓이 될 뻔했다. 나는 말수가 줄고 무뚝뚝해졌으나, 달리 어쩔 수가 없었다. 그러지 않았더라면 다시 눈에 눈물이 그렁그렁해져 그녀가 내 머리를 어루만져 주기를 바랐을 것이다. 나는 다음번 고샅길에서 도망치고 싶었다. 그녀가 천천히 걷는 게, 나를 보살피는 게, 나를 동정하는 게 싫었다.

"무오트에게 화났어요?" 마침내 그녀가 말을 꺼냈다.

"아닙니다. 제가 어리석었습니다. 저는 무오트를 아직 잘 모릅니다."

"무오트가 그럴 때 저는 마음이 아파요. 그가 무서워지는 날들이 있어요."

"당신도 무섭습니까?"

"제가 가장 많이 무서워하지요. 물론 그는 누구보다도 자기 자신을 가장 괴롭히지만요. 그는 이따금 스스로를 증오할 때도 있어요."

"아, 관심을 끌고 싶은 거군요!"

"무슨 말이죠?" 그녀가 깜짝 놀라 소리쳤다.

"무오트는 희극배우라는 겁니다. 자기 자신과 다른 사람들을 왜 놀리는 겁니까? 왜 낯선 친구의 체험과 비밀을 끄집어내어 우스꽝스럽게 만드는 겁니까? 할 말 못할 말 가리지 않고요!"

그렇게 말하는 동안 아까 느꼈던 분노가 다시 치밀었다. 그 사내가 나를 괴롭혔는데도 오히려 그가 부럽기만 했기에, 나는 그를 욕하고 깎아내리고 싶은 마음이 굴뚝같았다. 그를 감싸고 내 앞에서 그의 편을 들었기에 이 여인도 시답잖게 보였다. 그 총각들의 포도주 잔치에 여자로서 유일하게 끼겠다고 나선 것만 봐도 무언가 잘못된 것 아닌가? 그러한 일을 나는 너그럽게 넘기지 못했다. 그런데도 이 아름다운 여인을 동경하고 있다는 게 부끄러웠으므로, 더 오래 그녀의 동정을 받느니 차라리 열을 내어 싸움을 벌이기로 했다. 그녀가 나를 예의 없다고 여기고 내게서 달아날지도 몰랐지만, 내 옆에 머물면서 상냥하게 대해 주는 것보다 차라리 더 나았다.

하지만 그녀는 손을 내밀어 내 팔을 잡았다. "잠깐만요," 그녀는 따스하게 소리쳤다. 그녀의 목소리가 나도 모르게 가슴에 사무쳤다. "그런 말이라면 그만하세요. 뭐하시는 거예요? 당신은 무오트의 단 두 마디를 듣고선 마음이 상했어요. 재치 있게, 아니면 용감하게 되받아쳤으면 그만이었을 텐데요. 이제 그 집에서 나와서 내 앞에서 그를 헐뜯으며 욕하고 있네요. 당신을 혼자 두고 가는 게 낫겠어요."

"원하신다면 그러십시오. 저는 제 생각을 말했을 뿐입니다."

"거짓말하지 마세요! 당신은 그의 초대를 받아들였어요. 그의 집에서 연주를 했어요. 그가 당신의 음악을 얼마나 좋아하는지 보고 기뻐하며 기운을 얻었어요. 그런데 이제 화가 나서 그의 말을 참을 수 없자 그에게 욕을 퍼붓기 시작하고 있어요. 그러면 안 돼요. 포도주 탓인 듯싶으니 눈감아주겠어요."

그녀는 내가 어떤 기분인지, 포도주 탓에 괴로워하는 게 아니라는 것을 퍼뜩 눈치챈 듯 보였다. 그녀는 말투를 누그러뜨렸다. 나는 터럭만큼도 변명하려 들지 않았다. 그저 듣고 있을 수밖에 없었다.

"당신은 무오트를 아직 몰라요." 그녀가 말을 이었다. "그가 노래하는 것을 들어 본 적이 있나요? 그 사람은 노래할 때와 똑같아요. 난폭하고 잔혹해요. 하지만 자기 자신에게 가장 그러하죠. 그는 가엾고, 힘만 넘쳐 목표 없이 돌진하는 인간이에요. 순간순간마다 전 세계를 다 들이마시려 하지만, 그가 가진 것이라고는 그가 마신 것이라고는 늘 단 한 방울에 지나지 않아요. 그는 아무리 마셔도 취하지 않고, 여자들을 만나도 행복하지 않고, 그렇게 훌륭하게 노래하면서도 예술가가 아니라고 말해요. 그는 누군가를 사랑해도 그를 괴롭히며, 만족이라는 만족은 다 업신여기는 척하지만, 이는 자기 자신에 대한 증오예요. 그는 만족할 줄모르기 때문이죠. 그는 그런 사람이에요. 그래도 당신에게는 되도록이면 상냥하게 대한 거예요."

나는 굳게 입을 다물고 있었다.

"당신은 어쩌면 그가 필요없을지 몰라요." 그녀가 다시 말을시작했다. "당신은 다른 친구들이 있으니까요. 하지만 우리는 누군가 고통받고 그 고통 때문에 난폭하게 구는 것을 보면, 그를 감싸고 그걸 눈감아 줘야 해요."

그렇다, 그래야 한다. 나는 그렇게 생각했다. 밤길을 걷느라 차츰차츰 추위가 느껴짐에 따라, 나 자신의 상처가 아직 아물지 않아 치료해 달라고 소리쳤지만, 나는 마리온의 말과 오늘 저녁 내가 저지른 어리석은 짓을 더욱더 골똘히 생각했다. 내가 가련한개처럼 굴었음을 깨닫고 마음속으로 용서를 빌지 않으면 안 되었다. 술기운이 가시면서 아릿한 감정이 치밭쳤다. 나는 이를 억누르려 애쓰느라 이 아름다운 여인에게 더 이상 많은 말을 건네지 못했다. 이제 그녀 자신도 흥분하여 마음을 가누지 못하고 내옆에서 어두침침한 길을 걸었다. 여기저기 괴괴하고 시커먼 노면에 가로등 불빛이 떨어지더니 물기 젖은 바닥에 얼비쳐 느닷없이 우리를 올려다봤다. 나는 바이올린을 무오트 집에 두고 온 게 생각났다. 이따금 퍼뜩퍼뜩 모든 일에 놀라움과 두려움을 느끼게 됐다. 그날 저녁 너무 많은 일이 180도 달라졌다. 하인리히 무오트, 바이올리니스트 크란츨, 그 밖에 여왕 역을 맡은 아름다운 마리온, 그들은 모두 대좌臺座에서 내려왔다. 그들은 올림포스 산 식탁에 앉아 있는 신들이나 성인들이 아니라 불쌍한 인간들이었다. 한 여자는 딱하고 우스꽝스러웠으며, 한 사내는 침울해져서 잘난 체했다. 무오트는 비참하고 성마르게 어리석은 자기 학대에 빠졌고, 키 큰 여인은 조용하고 선하고 고뇌를 훤히 알았지만, 아무 기쁨 없이 단맛만 빨려는 사내의 연인으로서 딱하고 불쌍했다. 나 자신도 변화한 듯싶었다. 나는 더 이상 순진한 인간이 아니었으며, 다른 모든 사람과 비슷해졌다. 예전에 나는 누구에게든 동지애를 느끼고 누구에게든 적개심을 품었다. 이제 여기서 한 사람을 사랑하고 저기서 다른 사람을 미워할 수 없었다. 내가 세상사를 몰랐던 것이 부끄러웠다. 인생사와 인간사란, 이것은 미워하고 저것은 사랑하며, 이자는 존경하고 저자는 경멸하면서 그리 손쉽게 헤쳐 나갈 수 없다. 세상만사는 얽히고설켜 있어서 거의 떼어놓을 수 없고 어떤 때는 거의 분간할 수 없다. 그 사실을 철없이 보내던 젊은 시절 처음으로 뚜렷이 느꼈다. 나는 여인을 바라봤다. 그녀는 내 옆에서 걸으며 이제 입을 꼭 다물고 있었다. 어떤 일들은 그녀가 생각하고 말한 것과 사뭇 다르다는 것을 마음속으로 깨닫기라도 한 듯 보였다.

마침내 우리는 그녀의 집 앞에 이르렀다. 그녀는 내게 손을 내밀었고 나는 그 손을 조용히 잡고 입을 맞췄다. "잘 자요!" 그녀는 상냥하게 말했지만 미소 짓지는 않았다.

나도 똑같이 인사했다. 어떻게 왔는지도 모르게 집에 돌아와 잠자리에 누웠다. 금세 잠들어 여느 때와 달리 아침 늦게까지 잤다. 그러고선 장난감 상자 속 난쟁이 인형처럼 벌떡 일어나 체조를 하고 세수를 하고 옷가지들을 걸쳤다. 의자에 프록코트가 걸쳐 있는 것을 보고, 내 바이올린 케이스가 없다는 것을 깨닫고서야 어제 일이 다시 떠올랐다. 하지만 나는 푹 자고 나서 기분이 밤과 달라졌기 때문에, 지난밤에 했던 생각을 이어갈 수 없었다. 기이할 만큼 자질구레하고 마음에만 영향을 미치는 체험들만 기억났다. 그렇지만 나는 아직 변화하지 않았으며 여느 때와 똑같다는 게 놀라웠다.

공부를 하려고 했지만 바이올린이 없었다. 그래서 밖으로 나왔다. 처음에는 망설였으나 이내 마음을 다지고 어제 갔던 길로 접어들어 무오트의 집에 도착했다. 앞뜰 문에서부터 무오트가 노래하는 소리가 들렸다. 개가 내게 덤벼들었으나, 재빨리 뛰어나온 노파가 낑낑거리며 그 개를 도로 끌고 갔다. 노파는 내게 들어오라고 했다. 나는 바이올린을 가지러 왔을 뿐이며 집주인을 번거롭게 하고 싶지 않다고 말했다. 내 바이올린 케이스는 문간에 놓여 있었고, 바이올린은 그 안에 들어 있었다. 악보도 함께였다. 무오트가 챙겨 놓은 것임에 틀림없었다. 그는 나를 생각하고 있었던 것이다. 옆방에서 그가 큰 소리로 노래하고 있었다. 그가 펠트 슬리퍼라도 신은 듯 싸락싸락 걷다가 이따금 그랜드피아노 건반을 두드리는 소리가 들렸다. 그의 목소리는 시원하고 밝게 울렸으며, 내가 무대에서 종종 들었던 소리보다 한결 더 가다듬어진 상태였다. 그는 내가 모르는 어떤 배역을 노래했고, 여러 번 되풀이하면서 방 안에서 종종걸음으로 오갔다.

나는 내 물건들을 들고 나가려는 참이었다. 마음이 가라앉아 있었고 어제의 기억에 거의 동요되지 않았다. 하지만 그가 변했는지 보고 싶다는 호기심이 들었다. 그래서 문에 다가가 나도 모르게 갑자기 문손잡이를 잡고 문을 밀어 열었다.

무오트는 노래하다가 몸을 돌렸다. 그는 셔츠를 입고 있었다. 길다랗고 희고 고운 셔츠였다. 그는 방금 목욕을 마치고 나온 듯 생기에 넘쳤다. 나는 그에게 느닷없이 들이닥친 데 대해 스스로 놀랐지만 이미 때는 늦었다. 하지만 그는 내가 노크도 없이 들어갔는데도 놀라지도 않는 것 같았고, 자기가 옷을 걸치지 않았다는 사실도 모르는 듯했다. 모든 일이 예사롭다는 듯 그는 내게 손을 내밀며 물었다. "아침 식사는 했습니까?" 내가 그렇다고 대답하자 그는 그랜드피아노에 다가앉았다.

"이 배역을 내가 노래해야 합니다! 이 아리아를 들어 봐요! 얼치기예요! 왕립 궁정 오페라에서 공연할 거예요, 뷔트너 씨와 두 엘리 양과 함께! 하지만 당신은 관심 없겠지요. 사실은 나도 그다지 흥미롭지 않습니다. 기분은 어때요? 푹 쉬었습니까? 어제 여기서 나갈 때 피곤해 보였어요. 내게 화가 나 있었고요. 그럴 만하지요. 그런 어리석은 짓은 다시 벌이고 싶지 않습니다."

그러더니 내가 무언가 대꾸할 틈도 주지 않고 바로 이렇게 말했다. "아시죠, 크란츨은 따분한 친구란 것. 그는 당신의 소나타를 연주하려 하지 않습니다."

"하지만 어제 연주했잖아요?"

"내 말은 음악회에서 연주하려 하지 않는다는 겁니다. 나는 소나타를 그에게 맡기려 했어요. 하지만 그는 싫다고 했습니다. 이 소나타를 이번 겨울 마티네*에서 연주하면 좋을 텐데. 크란츨은 알다시피 어리석지는 않지만 게으릅니다. 그는 항상 인스키니 오브스키니 하는 폴란드 음악만 연주하지요. 무언가 새로운 것을 익히기를 싫어하거든요."

"저는," 나는 이제 말을 꺼냈다. "그 소나타가 음악회에 어울리지 않는다고 생각합니다. 음악회 연주를 꿈꿔 본 적이 없습니다. 그 소나타는 기법상으로 아직 세련되지 않았습니다."

"아무래도 괜찮습니다! 당신은 예술가로서의 양심이 대단하군요! 하지만 우리는 학교 선생이 아닙니다. 더 형편없는 작품들도 버젓이 연주하고 있는걸. 다름 아닌 크란츨이. 나는 다른 생각이 있습니다. 내게 그 가곡을 주십시오. 그리고 곧 좀 더 작곡해 주십시오! 나는 초봄에 여기를 떠납니다. 계약을 해지하고 장기 휴가를 떠날 거예요. 그동안 나는 음악회를 두세 번 열고 싶습니

✦ matinée, 음악회, 오페라, 연극 등의 낮 공연을 뜻하는 말.

다. 하지만 무언가 새로운 것으로요. 슈베르트니 볼프*니 뢰베**
니 하는 저녁마다 들을 수 있는 곡이 아니라, 적어도 몇 편은, 새
롭고 알려지지 않은 곡으로요. 이를테면 눈사태의 노래 같은. 어
떻게 생각하십니까?"

내 노래를 무오트가 무대에서 부르는 것을 본다고 생각하니
미래의 문이 열리고 그 틈새로 찬란한 빛이 보이는 듯했다. 바로
그렇기 때문에 나는 더욱 신중을 기하려 했다. 무오트의 우정을
남용하고 싶지도 않았고, 그에게 지나치게 속박되고 싶지도 않았
다. 그는 나를 억지로 잡아끌어 눈멀게 하고 아마도 제멋대로 주
무르고 싶은 것 같았다. 때문에 나는 그의 제안을 받아들이지
않았다.

"생각해 보겠습니다." 나는 말했다. "당신이 제게 잘해 주신다
는 걸 잘 알고 있습니다만, 아무것도 약속드릴 수 없습니다. 저는
곧 졸업을 앞두고 있기 때문에 성적에 신경을 써야 합니다. 제가
장래에 작곡가로 나설 수 있을지는 불확실합니다. 우선은 바이
올리니스트가 되어야 하고, 어떻게 하면 늦지 않게 직장을 구할
수 있을지 살펴봐야 합니다."

"그렇군요. 모두 당신 뜻대로 하십시오. 그렇지만 새 가곡이 떠
오르거든, 나에게 주는 거지요?"

✦ Hugo Philipp Jakob Wolf(1860-1903). 오스트리아의 작곡가.
✦✦ Johann Carl Gottfried Loewe(1796-1869). 독일의 작곡가이자 가수.

"그럼요, 그러고말고요. 저를 왜 이리 돌봐 주시는지 잘 모르겠지만요."

"내가 두렵습니까? 당신의 음악이 마음에 들기 때문입니다. 당신의 작품을 노래하고 싶고, 큰 기대를 걸고 있기 때문입니다. 내게 이롭기 때문에 이러는 것뿐입니다."

"그렇군요. 하지만 어제는 제게 왜 그렇게 말씀하셨는지요?"

"아, 아직도 마음이 풀리지 않았군요? 내가 도대체 무슨 말을 했습니까? 전혀 기억나지 않습니다. 아무튼 나는 당신에게 못되게 굴려는 게 아니었습니다. 그러는 것처럼 보였을지 모르겠지만요. 당신은 맞설 수도 있었고요! 누구나 자기를 있는 그대로, 바라는 그대로 말하고 드러내야 하며, 우리는 서로를 있는 그대로 인정해야 합니다.

"저도 그렇게 생각합니다만, 당신은 말과는 정반대로 행동하고 있습니다. 당신은 저를 자극하고 제가 말하는 것을 전혀 인정하지 않습니다. 제가 좋아하지 않는 일과 제가 숨기고 싶은 비밀을 끄집어 내어 나무라듯 제 앞에 내던졌고요. 게다가 제 벌정다리마저 비웃었습니다!"

하인리히 무오트는 느릿느릿 말했다. "그래요, 그래요, 그래요. 사람들은 저마다 다릅니다. 어떤 사람은 진실을 말하면 화를 내고, 어떤 사람은 입에 발린 말을 견디지 못하지요. 당신은 내가 극장 감독을 떠받들 듯 당신을 존중하지 않아 화가 났고, 나는 당신이 내 앞에서 속마음을 감추고 예술의 위안에 관한 명언을 주워섬기려 해 화가 났습니다."

"제가 했던 말은 제 속마음 그대로입니다. 다만 그런 일에 관해 말하는 데 익숙지 않았을 뿐입니다. 당신이 했던 말은 입에 올리고 싶지도 않습니다. 제 마음이 어떤지, 서글픈지 절망하는지, 제가 이 다리와 불구를 어떻게 여기는지, 그런 것은 제 마음속에 담아 두고 싶습니다. 누구도 이를 끄집어내어 비웃게 하고 싶지 않습니다."

그는 일어섰다. "나는 아직 옷도 입지 않았네요. 얼른 가서 걸치고 오겠습니다. 당신은 예의 바른 사람이지만, 나는 아쉽게도 그렇지 못합니다. 그에 대해서는 더 이상 길게 이야기하지 맙시다. 내가 당신을 좋아한다는 걸 전혀 눈치채지 못했습니까? 잠깐만 기다리세요. 내가 옷을 입고 올 때까지 피아노에 앉아 있으세요. 당신은 노래는 부르지 않습니까? 부르지 않는다고요? 그렇다면, 6분이면 됩니다."

실제로 그는 후다닥 옷을 입고 옆방에서 돌아왔다.

"이제 시내로 가서 식사를 함께 합시다." 그가 흐뭇한 듯 말했다. 그래도 괜찮겠느냐고 내게 묻지 않았다. 그는 "갑시다"라고 말했고, 우리는 나갔다. 그의 태도는 내 심사를 건드려 화나게 했지만, 강렬한 인상을 줬다. 그는 나보다 강자였다. 그 밖에도 변덕스러운 어린애처럼 말하고 행동했는데, 이는 종종 매력적이어서 마음이 누그러졌다.

그때부터 나는 무오트와 종종 만났고, 그는 내게 오페라 입장

권을 자주 보냈으며, 때때로 그의 집에 와서 바이올린 연주를 해달라고 부탁했다. 그가 하는 일이 모두 내 마음에 들지는 않았지만, 그도 내가 하는 일을 적잖이 참아 넘겼다. 우리들 사이에 우정이 싹텄고, 그것은 당시 내가 맺은 유일한 우정이었다. 나는 그가 내 곁을 떠나게 될 날을 두려워하기 시작했다. 그는 정말로 계약을 해지했다. 아무리 말리고 달래도 뜻을 굽히지 않았다. 이따금 그는 가을에 어쩌면 큰 무대에 초빙될 것이라고 넌지시 말했으나 결정된 것은 아직 없었다. 그러는 동안 봄이 다가왔다.

어느 날 나는 무오트의 집에서 열린 마지막 저녁 파티에 참석했다. 우리는 재회를 기약하고 미래의 행운을 빌며 건배했다. 이번에는 여자가 한 사람도 없었다. 무오트는 이튿날 새벽 앞뜰 문까지 우리를 바래다줬다. 우리 뒤에서 손을 흔들고, 새벽안개에 몸을 옹송그리며, 이미 짐이 빠져나간 빈집으로 다시 들어갔다. 개가 팔짝팔짝 뛰고 짖어대며 그를 따라갔다. 내게는 내 인생과 체험의 일부가 이제 끝나는 것 같았다. 나는 무오트를 잘 안다고 생각했기 때문에 그가 우리 모두를 곧 잊을 것이라고 믿어 마지 않았다. 그제야 비로소 내가 그 어둡고 변덕스럽고 거들먹거리는 사내를 정말 좋아했다는 것을 분명히 깨달았다.

그동안 나도 떠나야 할 날이 왔다. 나는 오래 기억해 두고 싶은 장소와 사람들을 마지막으로 찾아갔다. 등성잇길에도 다시한 번 올라 아무래도 잊을 수 없는 비탈을 내려다봤다.

그리고 나는 고향을 향해 떠났다. 알 수 없으며 어쩌면 지루

할지도 모를 미래를 향해 출발했다. 나는 직장을 구하지 못했고, 독주회를 열 수도 없었다. 고향에서 나를 기다리고 있었던 것은 너무나 놀랍게도 몇몇 학생들이었다. 나는 그들에게 바이올린 레슨을 해야 했다. 물론 부모님도 나를 기다리고 있었다. 부모님은 부유하여 내가 아무 걱정 없이 지내게 해주셨고, 자상하고 너그러워 내게 성화를 부리거나 이제 앞으로 뭘 할 거냐고 캐묻지 않았다. 하지만 나는 그곳에서 오래 견딜 수 없으리라는 것을 처음부터 알고 있었다.

고향에 머물면서 세 명의 학생들에게 레슨을 했고 이런저런 일이 있었지만, 전혀 불행하지는 않았던 그 열 달 동안에 대해서는 아무것도 이야기할 게 없다. 여기에서도 사람들이 살고 있었으며, 여기에서도 날마다 무슨 일인가 일어났지만, 나는 그 모든 일을 상냥하고 예의 바르지만 무덤덤하게 대했다. 어떤 일에도 마음이 가지 않았고 어떤 일에도 휩쓸리지 않았다. 다른 한편 나는 고요히 외따로 떨어져 음악의 경이롭고 기이한 시간을 누렸다. 그럴 때면 내 모든 인생은 딱딱히 굳어져 낯설게 느껴졌으며, 음악에 대한 갈망만 남았다. 그러한 갈망은 바이올린 레슨 동안 나를 견딜 수 없을 만큼 괴롭혔고 나를 못된 선생으로 만들었던 게 분명했다. 하지만 나중에 내 할 일을 마치거나 이런저런 핑계와 구실로 레슨을 피한 뒤에는 나는 눈부시게 비현실적인 꿈에 깊이 빠져들었다. 몽유병자처럼 꿈속을 헤매며 음들을 대담하게 쌓아올려, 탑들을 과감하게 드높이 세우고, 짙은 그림자를 드리우는 둥근 지붕을 올리고, 아기자기한 장식들을 비눗방울처럼 가볍고 흥겨이 위로 떠오르게 만들었다.

내가 취한 듯 낯설게 돌아다니고 옛 친지들을 멀리하여 부모님을 걱정스럽게 하는 동안, 내 마음속에서는 말라가는 샘물이 1년 전 산속에서 지냈던 때보다 훨씬 더 세차고 넉넉하게 솟아올랐다. 꿈꾸는 데 써버려 허송한 듯 보였던 세월의 열매들이 눈에 보이지 않는 사이 익어, 하나씩 하나씩 소리 없이 슬그머니 떨어졌다. 그 열매들은 향기와 광채가 났으며 괴로울 만큼 풍요롭게 나를 둘러쌌다. 나는 못내 주저하고 못 미더워하면서도 그 열매들을 풍성히 거둬들였다. 가곡로부터 시작하여, 바이올린 환상곡이 나왔고, 현악4중주가 이어졌다. 몇 달 지나지 않아 가곡 몇 편과 교향곡 작곡을 위한 여러 구상이 추가됐을 때, 나는 그 모든 것은 단지 시작이며 시도에 지나지 않는다고 느꼈고 마음속 깊이 위대한 교향곡을 생각했으며, 기분이 더없이 대담해질 때에는 오페라까지 구상했다! 그동안 나는 때때로 악단장이나 극장에 정중히 편지를 쓰고, 내 선생들의 추천서를 첨부하여, 다음번에 바이올리니스트 자리가 비거든 나를 기억해 달라고 공손히 부탁했다. 얼마 지나지 않아 '존경하는 쿤 씨'로 시작하는 답장들이 날아왔고, 때로는 아무 답장도 없었다. 하지만 채용되지는 않았다. 그러면 나는 하루 이틀 풀이 죽어 웅크리고, 꼼꼼하게 레슨을 하고, 정중한 편지를 새로 썼다. 하지만 바로 뒤 나는 써야 할 음악들이 머릿속에 가득하다는 게 떠올랐고, 다시 이에 착수하자마자, 편지며 극장이며 오케스트라며 악단장이며 존경하는 쿤씨 따위는 자취를 감추었다. 나는 홀로 완전히 일에 빠져 만족스러워하고 있었다.

그런데 그것들은 이야기할 수 없는 기억들이다. 대체로 기억들은 이야기할 수 있지만 말이다. 인간이란 무엇이며 무엇을 체험하고, 인간은 어떻게 바뀌며 자라서 병들고 죽는가, 이런 모든 것은 이야기할 수 없다. 일에 몰두한 인간의 인생은 지루하게 느껴진다. 흥미로워 보이는 것은 쓸모없는 건달의 인생이나 운명이다. 그 시절이 기억에 아무리 또렷이 남아 있다 할지라도, 나는 그 시절에 대해서는 아무것도 말할 수 없다. 나는 사람들과 어울리며 살기를 피했기 때문이다. 단 한 번, 내가 잊어서는 안 되는 사람과 얼마간 다시 가까이 지낸 적이 있었다. 그 사람은 로에 선생이었다.

늦가을에 접어든 어느 날 나는 산책을 나갔다. 도시 남쪽에는 소박한 주택 단지가 만들어지고 있었다. 여기에는 부유한 사람들은 거주하지 않았고, 한 푼이라도 아끼려는 서민이나 연금으로 살아가는 노인들이 수수한 앞뜰이 딸린 값싸고 아담한 집에 살고 있었다. 어느 솜씨 좋은 젊은 건축가가 여기에 예쁜 집을 많이 지었다기에, 나도 한번 구경하고 싶었던 것이다.

따뜻한 오후였다. 여기저기 호두나무에서 호두를 따는 사람들이 보였고, 앞뜰과 아담한 새 집들이 햇빛에 밝게 빛나고 있었다. 예쁘고 수수한 집들이 내 마음에 들었다. 젊은이들은 집이니 가정이니 가족이니, 휴식이니 여가를 생각하려면 한참 멀었고, 예쁜 것이나 봐야 근사하다고 관심을 갖는다. 나도 그런 눈으로 집들을 구경했다. 평화로운 뜰길은 살갑고 아늑한 인상을 주었다. 나는 느릿느릿 그 길을 따라 걸었고, 걸음을 옮기면서 앞뜰 문마다 걸려 있는 조그맣고 반짝이는 황동 문패들에 새겨진 집주인의 이름들을 읽게 된 것이다.

그 문패들 중 하나에 '콘라트 로에'라고 쓰여 있었고, 이를 읽다가 그 이름이 왠지 낯익다는 생각이 들었다. 나는 멈춰 서서 골똘히 생각했고, 라틴어 학교 선생 중 한 사람이 비슷한 이름이었다는 기억이 떠올랐다. 그 옛 시절은 잠시 내 눈앞에 솟아오르더니 깜짝 놀란 듯 나를 바라봤고, 덧없이 흐르는 물결에 한 무리의 얼굴들을, 선생들과 급우들과 별명들과 일화들을 실어 왔다. 내가 서서 황동 문패를 보며 미소 짓고 있는 동안 한 사내가 옆 까치밥나무 덤불 뒤에서 허리를 굽히고 일을 하다가 몸을 일으키더니, 바짝 다가와 내 얼굴을 들여다봤다.

"내게 무슨 볼일이 있소?" 사내가 물었다. 그는 로에였다. 우리가 로엔그린이라는 별명으로 불렀던 로에 선생이었다.

"볼일은 없었습니다만," 나는 이렇게 말하고 모자를 벗었다. "선생님이 여기 사시는 줄 몰랐습니다. 저는 선생님께 배웠던 제자입니다."

선생은 나를 훑어봤다. 지팡이까지 내려다보고 골똘히 생각하더니 내 이름을 말했다. 선생은 얼굴이 아니라 번정다리를 보고 나를 알아봤다. 선생도 내 사고를 소문으로 알고 있었기 때문이었다. 선생은 안으로 들어오라고 말했다.

선생은 소매를 걷어 올리고 녹색 원예용 앞치마를 걸치고 있었다. 전혀 늙지 않은 듯했고 놀랄 만큼 정정해 보였다. 우리는 자그맣고 잘 다듬어진 앞뜰을 요리조리 걸었다. 그런 뒤 선생은 옥외 베란다로 나를 안내했고, 우리는 거기 앉았다.

"그래, 이제 자네를 못 알아보겠군." 선생은 솔직히 말했다. "자네가 나를 좋게 기억하고 있기를 바라네."

"다 좋은 기억만 있는 건 아닙니다." 나는 미소 지으며 말했다. "한번은 제가 하지도 않은 일로 저를 벌주셨지요. 제가 아무리 그러지 않았다고 해도 거짓말하지 말라고 하면서요. 4학년 때였습니다."

선생은 서글픈 듯 하늘을 올려다봤다. "나를 나쁘게 생각지 말게. 나도 유감스럽네. 선생들이 아무리 잘하려 해도 무언가 잘못된 일이 되풀이해 일어나네. 그러면 이내 부당한 일을 하게 되지. 나는 더 좋지 않은 경우도 알고 있네. 그런 이유도 있어서 나도 교직을 떠난 거고."

"그러니까, 선생님은 더 이상 교직에 계시지 않다는 겁니까?"

"그만둔 지 오래됐네. 나는 병들었지. 다시 몸이 나았을 때 내 생각이 몹시 달라져서, 나는 그만뒀네. 나는 좋은 선생이 되려고 애썼지만 그런 선생이 아니었어. 좋은 선생은 타고나야 하네. 그래서 단념한걸세. 그 뒤로 나는 마음이 편해졌네."

선생은 정말 그래 보였다. 나는 계속 물었지만, 선생이 이제 내 이야기를 듣고 싶어 했으므로, 곧바로 그간의 일을 이야기해 줬다. 내가 음악가가 된 것을 선생은 썩 마음에 들어 하지 않았다. 반면 내 불운에 대해서는 내 마음이 상하지 않도록 신경 쓰며 상냥하고 살갑게 동정을 보였다. 선생은 조심스럽게 내가 어떻게 마음을 달랬는지 알고 싶어 했으며, 내 얼버무리는 대답에 만족하지 않았다. 선생은 수수께끼 같은 몸짓을 했다. 망설이면서도 참지 못하고 부끄러운 듯 넌지시 둘러말하기를, 선생은 어떤 위안을, 완전한 지혜를 알고 있는데, 이는 진정으로 구하기만 하면 누구나 얻을 수 있다고 했다.

"말씀하지 않아도 압니다." 나는 말했다. "성서 말씀이시죠?"

로에 선생은 빙그레 웃었다. "성서는 좋은 책일세. 깨달음에 이르게 하지. 하지만 깨달음 자체는 아니야."

"그러면 깨달음 자체는 어디에 있습니까?"

"그건 마음만 먹으면 쉽사리 찾을 수 있네. 내가 읽을거리를 주겠네. 입문서가 될 만한 것을. 자네는 카르마*의 가르침에 관해 들어 봤나?"

"카르마라고요? 아니오, 그게 뭡니까?"

"차차 알게 될걸세. 기다리게!" 나는 깜짝 놀라 막연한 기대를 품고 앉아서, 분재 과일나무들이 반듯이 줄 맞춰 놓여진 앞뜰을 내려다봤다. 선생은 자리를 떠나 한참 돌아오지 않았다. 로에 선

◆ 불교에서 말하는 업보.

생은 돌아와서는 나를 바라보고 환하게 웃으며 작은 책을 내밀었다. 선으로 그린 수수께끼 같은 그림 안에 『초심자를 위한 신지학神智學 문답서』라는 표제가 쓰여 있었다.

"이 책을 가지고 가게!" 선생이 권했다. "가져도 좋네. 더 공부하고 싶거든 다른 책도 빌려 줄 수 있네. 이 책은 단지 입문용이니까. 나는 이 가르침 덕을 보고 있지 않은 게 없다네. 이 가르침 덕택에 몸과 마음이 건강해졌네. 자네도 그렇게 됐으면 좋겠네."

나는 작은 책을 받아 호주머니에 넣었다. 선생은 앞뜰을 지나 길까지 나를 바래다줬으며, 상냥하게 작별 인사를 하고 곧 다시 찾아오라고 말했다. 나는 선생의 얼굴을 들여다봤다. 선하고 밝은 얼굴이었다. 그러한 행복에 이르는 길을 한번 걸어 보는 것도 괜찮을 듯한 생각이 들었다. 나는 작은 책을 호주머니에 넣고 집으로 돌아오며, 행복에 이르는 길에 어떻게 첫걸음을 내딛는지 호기심을 느꼈다.

하지만 나는 며칠이 지난 뒤에야 그 길에 발을 디뎠다. 집에 돌아오자 다시 악상에 세차게 휩쓸렸고, 거기 빠져들어 음악 속에서 헤엄치며 작곡하고 연주했다. 그 폭풍이 가라앉고 내가 정신이 깨어 일상생활로 돌아올 때까지 그렇게 했다. 그런 뒤 곧 새로운 가르침을 공부하고 싶은 욕구를 느꼈고 작은 책 앞에 앉았다. 그 책을 금방 다 이해할 수 있으리라고 생각했다.

하지만 그리 녹록지 않았다. 그 작은 책은 손 안에서 부풀어 올라 마침내 넘을 수 없는 벽처럼 보였다. 간결하고 매력적인 서

문에는 지혜에 이르는 길은 수없이 많으며 저마다 다 타당하다고 적혀 있었다. 어느 누구든 깨달음과 내면의 완전성을 자유롭게 추구하며 신앙이라면 어떤 것이든 성스럽게 여기고, 진리에 이르는 길이라면 어떤 것이든 환영한다면, 이들은 신지학적 형제라고 쓰여 있었다. 그런 다음 내가 이해하지 못한 우주 진화론이 나왔다. 세계를 여러 '평면'으로 나누고 역사를 기이하기도 하고 생소한 시대들로 구분했는데, 여기서는 가라앉은 대륙 아틀란티스도 중요한 역할을 했다. 나는 그 대목을 잠시 접어두고 환생에 관한 가르침이 서술된 다른 장을 읽기 시작했고, 그 부분은 이해하기 한결 쉬웠다. 하지만 그 모든 것이 신화라는 것인지 시적인 우화라는 것인지 아니면 말 그대로의 진리라는 것인지 아리송하기만 했다. 진리라고 하는 듯 느껴지기는 했지만, 나는 그렇게 받아들일 수 없었다.

이제 카르마의 가르침이 나왔다. 카르마는 내가 보기에 인과율의 종교적 숭배였으며, 그런대로 내 마음에 들었다. 이런 식으로 계속됐다. 내가 이내 알아챈 바는 그 가르침 전체는 이를 되도록이면 말 그대로 사실로 받아들이고 마음속 깊이 믿는 사람에게만 위안이자 보배가 될 수 있다는 것이었다. 나처럼 그 가르침을 아름답기도 하고 수수께끼 같기도 한 상징이요, 신화적 세계를 해석하는 하나의 시도라고 여기는 사람은 여기에서 교훈을 얻고 경탄할 수는 있었지만 생명과 활력을 얻을 수는 없었다. 그런 사람은 아마 머리 좋고 품위 있는 신지학자가 될 수는 있겠으나, 궁극적 위안은 머리 굴리지 않고 고지식하게 믿는 사람들에게만 주어졌다. 그 가르침은 내게는 당장 도움이 되지 않았다.

그렇지만 나는 여러 차례 선생에게 찾아갔다. 선생은 12년 전에는 나와 자신을 그리스어로 괴롭혔으며, 이제는 다른 방식으로 내 스승이자 지도자가 되려 애쓰고 있었지만, 이번에도 성과는 없었다. 우리는 친구처럼 가까워지지는 않았지만 나는 그를 즐겨 찾아갔다. 얼마 동안 선생은 내가 내 인생의 중요한 문제에 관해 이야기를 나눈 유일한 상담자였다. 나는 이런 상담은 아무 가치가 없으며 기껏해야 명언이나 들을 수 있을 뿐이라는 것을 알게 됐지만, 그 신앙심 깊은 선생이 교회나 교리에 냉담하다가, 인생의 후반부에 이르러 기이하게 창안된 가르침을 순진하게 믿으며 종교의 평화와 영광을 체험하고 있다는 것은 감동적이고 존경스러웠다. 나는 아무리 애써도 오늘날까지도 그 길에 들어가지 못하고 있다. 경건하고 종교에서 원기와 만족을 얻는 인간들에게 찬탄과 경애를 보내지만, 그 사람들은 내게 이런 경탄을 보낼 수 없는 것이다.

제4장

경건한 신지학자이자 과일나무 재배자였던 로에 선생을 찾아 다니던 그 짧은 시기 중 어느 날이었다. 나는 영문을 알 수 없는 소액 우편환을 받았다. 보낸 사람은 유명한 북부 독일의 음악회 대행인이었는데, 나는 그 사람과 그때까지 아무 관계가 없었다. 문의해 보니 답변이 왔는데, 그 금액은 하인리히 무오트의 의뢰로 송금했으며 무오트가 여섯 번의 음악회에서 내가 작곡한 가곡을 부른 보수라는 것이었다.

나는 무오트에게 편지를 써서 고맙다고 말하고 자초지종을 알려 달라고 부탁했다. 무엇보다도 내 가곡이 각 음악회마다 어떻게 받아들여졌는지 궁금했다. 무오트의 순회 음악회 소식을 들었고 신문 보도도 한두 번 읽었지만 내 가곡에 관해서는 나와 있지 않았다. 나는 홀로 지내는 사람이 종종 그러듯 편지에 내 인생과 작업에 관해 미주알고주알 늘어놓았고, 신곡 한 곡을 동봉했다. 그런 뒤 1주, 2주, 3주 동안 답장을 기다렸지만 아무 소식이 없자 이 일을 모조리 다시 잊었다. 여전히 나는 거의 날마다 꿈속에서 솟아나는 듯한 악상을 악보에 적느라 바빴다. 하지만 간간이 휴식을 취할 때면 축 늘어진 채 불만족스러웠고, 레슨을 하기가 끔찍스러울 만큼 힘들었다. 나는 이를 더 이상 오랫동안 견딜 수 없다고 느꼈다.

때문에 마침내 무오트로부터 편지가 왔을 때 나는 마술에서 벗어난 듯한 느낌이 들었다. 그의 편지에는 이렇게 쓰여 있었다.

쿤 씨에게!

나는 편지 쓰기를 좋아하는 사람이 아닙니다. 때문에 당신 편지에 마땅한 답장을 보낼 수 없어 당신 편지를 치워 뒀습니다. 하지만 이제 당신에게 실질적인 제안을 할 수 있게 됐습니다. 나는 지금 R 시의 오페라하우스에 고용되어 있습니다. 당신도 여기로 왔으면 좋겠습니다. 당신은 우선은 제2바이올리니스트로 우리와 함께 일할 수 있을 것입니다. 악단장은 거칠기는 하지만 사려 깊고 트인 사람입니다. 모르긴 해도 곧 당신의 작품을 여기서 연주할 기회도 있을 것입니다. 여기에는 훌륭한 실내악단이 있으니까요. 가곡들에 관해 몇 가지 할 이야기도 있습니다. 무엇보다도 한 출판업자가 이 가곡들을 펴내고 싶어 합니다. 편지로 쓰자니 늘어지는군요. 직접 와서

들으십시오! 하지만 서둘러야 합니다. 일자리를 얻으려면 전보로
알려주십시오. 급합니다.

당신의 무오트

그리하여 나는 느닷없이 외롭고 쓸모없는 생활에서 벗어나 다
시 인생의 물결에 휩쓸렸으며, 희망도 품고 걱정도 안고 두렵기도
하고 기쁘기도 했다. 나를 붙잡는 것은 아무것도 없었고, 내 부모
님은 내가 직업을 얻어 인생에 중대한 첫걸음을 내딛는 것을 바
라보며 흐뭇해했다. 나는 지체 없이 전보를 쳤고, 사흘 뒤에는 이
미 R시에 도착하여 무오트와 함께 있었다.

나는 여관에 짐을 푼 뒤 그를 찾아가려 했으나 어디 있는지
알 수 없었다. 그러고 있을 때 그가 뜻밖에 여관으로 찾아와 내
앞에 나타났다. 그는 나와 악수를 했고, 아무것도 묻지 않고 아
무 말도 건네지 않고 내가 들떠 있는 것은 아예 모른 체했다. 그
는 되는대로 살아가며 현재 이 순간만 중요하게 여기고 마음껏
즐기는 게 몸에 배어 있었다. 내가 옷을 갈아입을 시간도 거의
주지 않고 나를 악단장 뢰슬러에게 데리고 갔다.

"이 사람이 쿤 씨입니다." 그는 말했다.

뢰슬러 씨가 고개인사를 했다. "반갑습니다. 무슨 일로 오셨는
지요?"

"이 사람이" 무오트가 소리쳤다. "내가 말한 바이올리니스트입
니다."

악단장은 깜짝 놀라 나를 바라보고 다시 무오트에게 고개를 돌리더니 거칠게 내뱉었다. "당신은 이 사람이 불구라는 말을 한 마디도 하지 않았어요. 나는 사지가 멀쩡한 사람을 구해야 해요."

나는 얼굴이 벌게졌지만, 무오트는 침착을 잃지 않았다. 그저 웃었을 뿐이었다. "이 사람이 무용가입니까, 뢰슬러 씨? 내 말은 이 사람은 바이올리니스트라는 겁니다. 바이올린을 연주할 줄 모르면 다시 내보내야겠지요. 하지만 먼저 테스트해 보시지요."

"좋소, 그렇게 합시다. 쿤 씨, 내일 아침 내게 오시오, 9시 이후에! 여기 이 집으로 말이오. 내가 다리를 트집 잡아 화났소? 그래요, 무오트는 내게 진작 그 사실을 말해 줬어야 했어요. 그럼 또 봅시다. 안녕히 가시오."

나는 밖으로 나오며 무오트를 나무랐다. 그는 어깨를 으쓱하더니, 처음부터 내가 불구라고 말했더라면 악단장은 나를 불러오라고 하지도 않았을 것이라고, 하지만 내가 여기 와 있으니 뢰슬러가 얼마간 내게 만족하기만 하면 나도 곧 뢰슬러의 좋은 점을 알게 될 것이라고 말했다.

"하지만 당신은 도대체 어떻게 나를 추천할 수 있었습니까?" 내가 물었다. "당신은 내가 해낼 수 있을지 전혀 모르잖습니까?"

"그래요, 그건 당신이 알아서 해야 할 일입니다. 하지만 나는 당신이 잘해낼 거라고, 틀림없이 그럴 거라고 생각했어요. 당신은 얌전한 집토끼 같아서 때때로 누가 떠밀지 않으면 아무 일도 이루지 못할 겁니다. 이렇게 떠밀었으니, 비트적거리면서라도 앞으로 나가세요! 두려워할 필요는 없습니다. 지난번 바이올리니스트가 그리 쓸 만하지 않았거든요."

우리는 저녁을 그의 집에서 보냈다. 여기서도 그는 외딴 교외에 방 두세 칸을 세냈다. 앞뜰이 딸린 고요한 곳이었다. 우람한 개가 그를 맞이했고 우리가 자리에 앉아 몸을 녹이자마자, 초인종이 울리더니 매우 아름답고 키가 훤칠한 여인이 들어와 우리와 어울렸다. 마지막 학년 때와 똑같은 분위기였다. 그의 연인은 이번에도 나무랄 데 없고 왕비 같은 여자였다. 그는 지극히 당연하다는 듯 아름다운 여인들을 소모하는 듯 보였고 나는 이 새로운 여인을 연민 어리고 당황스러운 눈길로 바라봤다. 나는 매력적인 여인들 가까이에 있으면 항상 당황했는데, 여기에는 어쩌면 질투심도 섞여 있었을 것이다. 나는 다리가 불구인 탓에 아무 희망 없이 사랑받지 못하고 돌아다녀야 했기 때문이다.

예전과 마찬가지로 이번에도 우리는 무오트의 방에서 좋은 술을 맘껏 들이켰다. 그는 우리에게 난폭하게 굴고 은근히 내리누르며 즐거워했지만 우리는 그에게 매료됐다. 그는 기막히게 노래했고 내 가곡도 한 곡 불렀다. 우리 세 사람은 친밀해지고 마음이 따뜻해지고 서로 다가가 맨눈을 들여다보고, 마음속에 따뜻함이 식을 때까지 함께 있었다. 키 큰 여인은 이름이 로테였는데 부드럽고 상냥한 점이 내 마음을 끌었다. 아름답고 사랑스러운 여인이 내게 동정을 보내고 기이할 만큼 신뢰를 품는 일이 처음은 아니었으며, 이번에도 내 마음은 기쁘기도 하고 아프기도 했다. 하지만 나는 이러한 가락이라면 익히 알고 있는 터라 크게 마음 쓰지 않았다. 사랑에 빠진 여인이 나를 유난히 상냥하게 대해 줬던 일은 한두 번이 아니었다. 이 여자들은 한결같이 내가 사랑도 질투도 할 줄 모른다고 여겼고, 거기에 부담스럽고 거북한 동정까지 덧붙였다. 그리하여 마치 어머니처럼 허물없이 나를 믿었다.

유감스럽게도 나는 이런 상황에 어떻게 해야 할지 아직 몰랐다. 사랑의 행복을 가까이서 지켜볼 때면 언제나 알게 모르게 나 자신을 떠올리고 나도 언젠가 이런 행복을 체험하고 싶다고 생각했다. 그런 생각에 기쁨이 얼마간 줄어들기는 했으나, 온몸을 바쳐 사랑에 빠진 아름다운 여자와 어둡게 불타며 힘이 넘치고 무뚝뚝한 남자와 함께 보낸 저녁은 즐거웠다. 그 남자는 나를 좋아하여 돌봐 줬으나, 내게 애착을 드러낼 때도 여자들에게 사랑을 베풀 때와 똑같이 난폭하고 변덕스러웠다.

우리가 작별하기 전 마지막 잔을 부딪혔을 때 그는 내게 고개 인사를 하더니 이렇게 말했다. "당신에게 이제 말을 놓자고 해야 할 때가 된 듯싶지요? 알다시피 나도 내 마음에 드는 사람을 보면 바로 말을 놓았지만, 그건 좋지 않습니다. 특히 직장 동료끼리는요. 나는 말을 튼 뒤에도 모두와 싸움을 벌였고요."

이번에는 친구의 연인을 집까지 바래다줘야 하는 달콤쌉싸래한 행운이 주어지지 않았다. 그녀는 무오트의 방에 머물렀고 그 편이 내게도 좋았다. 여행, 악단장 방문, 내일의 만남에 대한 기대, 무오트와의 새로운 교제, 그 모든 일에 나는 기분이 좋아졌다. 때를 기다리며 오랫동안 외롭게 살면서, 얼마나 사람들을 잊고, 둔감해지고, 그들과 멀어졌는지 이제야 비로소 깨달았다. 그리고 마침내 다시 들뜬 기분으로 사람들 사이로, 이 세상으로 돌아왔다고 느끼며 아늑해하고 설렘에 젖었다.

이튿날 아침 일찍 나는 악단장 뢰슬러의 집에 찾아갔다. 그는 잠옷 바람에 머리도 빗지 않았지만, 나를 반갑게 맞이했다. 그는 어제보다 상냥한 말투로 연주해 보라고 말하면서, 손으로 베낀 악보를 내밀고 피아노에 다가앉았다. 나는 되도록 과감하게 연주했지만 괴발개발 그려진 악보를 읽기가 자못 힘들었다. 연주를 마치자 그는 말없이 다른 악보를 내밀었고, 나는 이를 반주 없이 연주해야 했으며 그런 뒤 세 번째도 그렇게 해야 했다.

"좋아요." 그가 말했다. "악보 읽기에 좀 더 익숙해져야 합니다. 악보가 늘 인쇄되어 있는 건 아니니까요. 오늘 저녁에 극장으로 오세요. 자리를 마련해 놓을 테니까. 당신의 분보分譜를 연주할 수 있을 거예요. 임시로 그 자리를 맡았던 다른 바이올리니스트와 함께요. 둘이 서 있으려면 좀 좁을 거예요. 미리 악보를 잘 봐 두세요. 오늘은 리허설 없이 연주하니까. 쪽지를 한 장 줄 테니까 11시 뒤에 극장에 가서 악보를 가져오세요."

나는 채용이 된 건지 아닌지 알 수 없었지만, 그 남자가 질문을 좋아하지 않는다는 것을 알아채고 자리를 떴다. 극장에서는 아무도 악보에 관해 알지 못했고 내 말에 귀 기울이지도 않았다. 나는 그곳의 분망함에 아직 익숙지 않아 정신을 차릴 수 없었다. 그래서 무오트에게 급신을 보냈다. 무오트가 오자마자 모든 일이 술술 풀렸다. 저녁에 나는 처음으로 극장에서 연주했고, 악단장은 나를 매섭게 지켜보고 있었다. 다음 날 나는 채용됐다.

인간이란 알다가도 모를 존재이다. 새로운 인생에 들어가 소원을 성취하자, 나는 이따금 기이하게도 외로움이 그리워졌다. 심지어 하루하루의 지루함과 공허함까지도 언뜻언뜻 조용히, 알게 모르게 그리워졌다. 고향 도시에서 쓸쓸하고 아무 일 없이 보내다가 그곳에서 빠져나오게 되자 그리도 고마워했는데, 그 지난 시절이 그립기 그지없는 때처럼 보였다. 하지만 무엇보다도 2년 전 산에서 보낸 몇 주가 정말로 그리웠다. 나는 즐겁고 행복할 운명이 아니며 허약하여 인생에서 패배할 운명이고, 그러한 불운과 희생 없이는 창작의 샘물이 더 흐릿하고 감질나게 흘러나올 것임에 틀림없다는 느낌마저 들었다. 아닌 게 아니라 처음에는 조용한 시간이라든지 창조적인 작업은 생각할 수 없었다. 즐겁고 활발히 지내게 되자, 마음속 깊은 곳에서 흙에 묻힌 샘물이 나직이 쫄쫄거리며 슬피 우는 소리가 들리는 듯했다.

오케스트라에서 바이올린 연주를 하는 일이 나는 기뻤다. 나는 총보* 앞에 붙어 앉아 열정을 다해, 그 세계로 깊이 빠져들었다. 이론적으로 어렴풋이만 알고 있었던 것을 차츰차츰 배웠고 각 악기들의 특성, 음색, 중요성을 기초부터 깨달았다. 그 밖에도 오페라 음악을 연구하면서 나 자신의 오페라를 쓸 날이 오기를 점점 더 진지하게 바랐다.

나는 무오트와 친하게 지냈고, 무오트는 오페라에서 가장 중요하고 명예로운 자리를 차지하고 있었던 까닭에, 그 모든 것들을 빨리 익히는 데 크게 도움이 됐다. 하지만 나와 함께 일하는 오케스트라 동료들을 사귀는 데는 악영향을 미쳤다. 나는 그들과 친분을 맺고 허물없이 지내고 싶었지만 뜻대로 되지 않았다. 오스트리아 슈타이어마르크 출신의 타이저라는 제1바이올리니스트만이 내게 다가와 친구가 됐다. 그는 아마 나보다 열 살이 많았고 소탈하고 솔직한 사내로서 얼굴이 곱상하고 보드라왔으며 쉽게 벌게졌다. 놀랄 만큼 음악에 밝았고 특히 믿을 수 없을 만큼 섬세하고 예민한 청각을 지니고 있었다. 그는 예술에서 어떤 중요한 역할을 하지 않아도 거기에서 만족을 느끼는 그런 사람이었다. 명인도 아니었고 작곡도 하지 않았지만 바이올린을 만족스럽게 연주했고 그 기법에 통달하고 있다는 걸 내심 기뻐하고 있었다. 어느 지휘자 못지않게 전주곡이라는 전주곡은 다 꿰고 있었으며, 정교하거나 화려한 대목이 나오거나, 어떤 악기가 아름답고 독창적으로 찬란히 울리는 대목이 나오면, 환하게 웃으며 극장의 어느 누구보다 더 즐겼다. 다루지 못하는 악기가 거의 없었으므

✦ 합주나 합창을 할 때, 각 악기별 또는 성부별로 된 여러 악보를 한데 모아 한눈에 전체의 곡을 볼 수 있게 적은 악보.

로, 나는 그에게서 날마다 무언가를 배우고 물을 수 있었다.

여러 달 동안 우리는 기법에 대해서만 이야기를 나눴지만 나는 그를 좋아했고, 그도 내가 진지하게 무언가 배우려 하는 것을 알았기 때문에 굳이 말하지 않아도 뜻이 맞았으며 우정이 싹 텄다. 마침내 나는 내 바이올린 소나타에 관해 말을 꺼냈고, 나와 함께 연주해 줬으면 좋겠다고 부탁했다. 그는 기꺼이 승낙하고 약속한 날 내 방으로 찾아왔다. 나는 그를 기쁘게 하기 위해 그의 고향산 포도주를 준비했고, 우리는 한 잔씩 마신 뒤 악보대에 악보를 올려 놓고 연주를 시작했다. 그는 악보를 보고도 훌륭하게 연주했지만, 갑자기 멈추더니 활을 내렸다.

"쿤 씨," 그가 말했다. "이건 말도 못하게 아름다운 음악입니다. 이렇게 아무렇게나 연주할 게 아니라 먼저 연습을 해야겠어요. 집으로 가져가도 되겠습니까?"

"그러십시오"라고 나는 대답했다. 그가 돌아왔을 때 우리는 소나타를 처음부터 끝까지 두 번 연주했고, 이를 마친 뒤 그는 내 어깨를 두드리며 소리쳤다. "당신은 응큼하기 짝이 없군요! 순진한 소년인 척하면서 몰래 이런 걸 만들고 있다니! 긴말은 하지 않겠습니다. 나는 선생이 아니니까. 하지만 기막히게 아름답습니다!"

정말 신뢰하는 누군가가 내 작품을 칭찬한 것은 이번이 처음이었다. 나는 그에게 모든 악보들을 보여 줬다. 당시 인쇄 중이었던 곧 출판될 가곡들도 내놓았다. 하지만 오페라를 구상하고 있다는 말은 차마 꺼내지 못했다.

그 즐거운 시절에 나는 어떤 작고 놀라운 체험을 했는데, 이를 결코 잊을 수 없었다. 내가 자주 찾아갔던 무오트의 집에서 나는 아름다운 로테를 얼마 전부터 만날 수 없었다. 하지만 그 일에 마음 쓰지 않았다. 그의 연애에 개입하고 싶지도 않았고, 연애에 대해 아예 알고 싶지도 않았다. 그래서 나는 그녀에 대해 묻지도 않았고, 무오트도 그 일에 관해 내게 아무 말도 하지 않았다.

어느 날 오후 나는 내 방에 앉아 총보를 연습하고 있었다. 창가 햇볕 드는 곳에서 내 검은 고양이가 누워 자고 있었다. 온 집 안이 고즈넉했다. 그때 밖에서 문이 열리고, 누군가 들어왔다. 집 주인 여자가 인사를 건네며 막아서는 듯했다. 그 누군가는 다시 걸음을 떼어 내 문으로 다가왔고, 곧바로 노크를 했다. 나는 문가로 가서 문을 열었다. 키가 크고 우아하며 베일로 얼굴을 가린 여성이 안으로 들어오더니 방문을 잠갔다. 그녀는 방 안으로 몇 걸음 들어와 한숨을 깊이 들이쉬고 마침내 베일을 벗었다. 로테였다. 그녀는 마음을 가누지 못하고 있는 듯 보였다. 나는 그녀가 왜 왔는지 바로 짐작했다. 내가 권하는 대로 그녀는 자리에 앉았다. 나와 악수를 했으나 한마디 말도 꺼내지 않았다. 내가 당황하는 낌새를 채고서야 그녀는 마음이 놓인 듯 보였다. 내가 당장 다시 쫓아낼까 봐 두려워하기라도 했던 듯했다.

"하인리히 무오트 때문에 왔습니까?" 마침내 내가 물었다.

그녀가 고개를 끄덕였다. "무슨 일인지 아시나요?"

"아무것도 모릅니다. 그럴 거란 짐작이 들었을 뿐입니다."

그녀는 환자가 의사를 빤히 보듯 내 얼굴을 들여다보고선 입을 다물고 천천히 장갑을 벗었다. 느닷없이 일어서더니 두 손을 내 어깨에 올리고 눈을 크게 뜨고 나를 똑바로 바라봤다.

"저는 어떡하면 좋아요? 그는 집에 붙어 있지 않고 제게 편지도 쓰지 않고 제 편지를 뜯어 보지도 않아요! 그와 이야기하지 못한 지 3주가 지났어요. 어제 그의 집에 찾아갔어요. 그가 집에 있다는 걸 알고 있었어요. 하지만 그는 문을 열어 주지 않았어요. 개에게 휘파람을 불지도 않았어요. 개가 내 옷을 물어뜯는데도요. 개마저 나를 모르는 체했어요."

"무오트와 다퉜습니까?" 나는 물었다. 잠자코 듣고만 있기가 멋쩍어서였다.

그녀가 웃었다. "다퉜냐고요? 아, 원 없이 다투기는 했지요, 처음부터! 다투는 거라면 이골이 났어요. 하지만 최근에는 그는 정중해지기까지 했어요. 그게 제 마음에 못내 꺼림칙했어요. 한번은 나를 불러 놓고는 자리에 없었어요. 한번은 오겠다고 해놓고 오지 않았어요. 끝내는 별안간 제게 말을 높였어요! 아, 그가 차라리 나를 때리기라도 했더라면!"

나는 소스라치게 놀랐다. "때린다고요⋯⋯?"

그녀가 다시 웃었다. "몰랐어요? 아, 그는 나를 자주 때렸어요. 이제 때리지 않은 지 오래됐지만요. 그는 정중해졌어요. 제게 말을 높였어요. 이제 나를 모르는 체해요. 그는 다른 여자가 생긴 것 같아요. 그래서 여기 찾아온 거예요. 말해 주세요, 부탁이에요! 다른 여자가 생겼나요? 당신이라면 아실 거예요! 틀림없이 아실 거예요!"

내가 뿌리칠 틈도 주지 않고 그녀는 내 두 손을 잡았다. 나는 온몸이 굳는 듯했다. 부탁을 거절하고 이 장면에서 한시바삐 빠져나가고 싶었다. 하지만 그녀가 말할 틈도 주지 않는 게 몹시 다행스러웠다. 무슨 말을 해야 좋을지 알 수 없었기 때문이었다.

그녀는 희망과 슬픔이 뒤섞여, 내가 그녀의 말에 귀 기울이자 만족스러워했다. 통사정하고 하소연하고 서글퍼하며 격정을 쏟아냈다. 하지만 나는 그녀의 눈물이 그렁그렁하고 농익고 아름다운 얼굴을 들여다보며 오로지 이 생각만 했다. '무오트가 이 여자를 때렸다!' 나는 그의 종주먹을 본 듯한 생각이 들었으며 그가 두려웠다. 두드려맞고 업신여겨지고 버림받은 뒤에도 그에게 돌아가 예전처럼 굴종할 길을 찾으려고 하며, 그것을 바라 마지 않는 그녀가 무서웠다.

마침내 로테는 격정의 물결이 가라앉았다. 말이 느려지고 당황한 듯 보였으며 어색한 분위기를 깨닫고 입을 다물었다. 그러면서 내 두 손을 놓았다.

"그에게는 다른 여자가 없습니다." 나는 나직이 말했다. "적어도 제가 알고 있기로는 그렇습니다. 있으리라고 생각하지도 않습니다."

그녀는 고맙다는 듯 나를 바라봤다.

"하지만 저는 당신을 도와드릴 수 없습니다." 나는 말을 이었다. "저는 그와 이런 일에 관해 이야기해 본 적이 없으니까요."

우리 두 사람은 한동안 말없이 있었다. 나는 마리온을 생각지 않을 수 없었다. 아름다운 마리온을, 그녀와 함께 팔짱을 끼고 남풍을 맞으며 길을 걸었으며, 그녀가 그토록 용기 있게 그녀의 연인 편을 들었던 그날 저녁을 떠올리지 않을 수 없었다. 무오트는 마리온도 때렸을까? 마리온도 아직 무오트를 쫓아다닐까?

"그런데 제게는 무슨 일로 오신 거지요?" 나는 물었다.

"저도 모르겠어요. 무언가 해야만 할 듯싶어서. 그가 아직 내 생각을 하고 있다고 생각지 않나요? 당신은 착한 분이니, 저를 도와주세요! 한번 그에게 물어보기라도, 한번 나에 관해 말해 보기라도 해주세요."

"미안합니다만, 저는 그럴 수 없습니다. 그가 당신을 아직 사랑한다면 그 스스로 다시 당신에게 찾아올 겁니다. 그렇지 않다면, 그때는……."

"그때는?"

"그때는 당신도 그를 떠나 보내십시오. 그는 당신이 그렇게 굴종할 만한 사람이 못 됩니다."

그러자 그녀가 갑자기 미소 지었다. "오, 당신은! 당신은 사랑이 무엇인지 몰라요!"

그녀의 말이 옳다고 생각했지만, 나는 마음이 아팠다. 사랑이 내게 찾아오지 않을 거라면, 나는 밖으로 밀려나 있다면, 나는 왜 다른 사람들의 하소연을 들어 주고 도와줘야 하는가? 나는 이 여인을 가엾게 여겼지만, 그 이상으로 업신여겼다. 이런 게 사랑이라면, 누구는 잔혹하게 괴롭히고 누구는 굴욕을 당해야 한다면, 차라리 사랑하지 않고 사는 게 나을 것이었다.

"당신과 논쟁을 벌이고 싶지는 않습니다." 나는 쌀쌀하게 말했다. "저는 이런 식의 사랑은 이해할 수 없습니다."

로테는 베일을 다시 썼다. "그래요, 저는 그만 갈게요."

이제 그녀가 다시 불쌍해졌지만, 이 어리석은 장면을 처음부터 다시 되풀이하고 싶지 않았으므로 나는 입을 다물었고, 그녀가 문 쪽으로 걸어가자 문을 열어 줬다. 호기심에 가득 찬 집주인여자를 지나, 로테를 층계까지 바래다줬다. 거기서 허리 숙여 인사했다. 그녀는 더 이상 군말을 하지도 않고 나를 쳐다보지도 않고 떠나갔다.

나는 서글프게 그녀의 뒷모습을 지켜봤고 그 광경을 오랫동안 잊지 못했다. 나는 정말 그들 모두와, 마리온과 로테와 무오트와 다른 인간일까? 이것이 정말 사랑일까? 나는 그들 모두가, 이 격정에 사로잡힌 인간들이 폭풍우에 휩쓸린 듯 휘날리며 알 수 없는 곳으로 날아가는 것을 보았다. 이 남자는 오늘은 욕망에 내일은 권태에 시달리고, 음울하게 사랑하다 잔인하게 절교하고, 어떤 애정도 믿지 못하고 어떤 사랑도 기뻐하지 않았다. 이 여자들은 매료되어 모욕당하고 두드려 맞고 마침내 버림받으면서도 그에게 매달리고, 질투와 짝사랑에 체면을 잃고 개처럼 충실히 따랐다. 그날 나는 아주 오랜만에 처음으로 울었다. 나는 그 사람들 때문에, 내 친구 무오트 때문에, 그들의 인생과 사랑 때문에 속상하고 화가 나서 펑펑 울었다. 그리고 그 모든 사람들 사이에서 다른 별에 있는 듯 살아가고 있으며, 인생을 이해하지 못하고 사랑을 애타게 바라면서도 두려워해야 하는 나 자신 때문에 조용히 남몰래 흐느꼈다.

나는 하인리히 무오트에게 찾아가지 않은 지 오래됐다. 그는 그 무렵 바그너 가수로서 명성을 날렸으며 '스타'로 떠오르기 시작했다. 때를 같이해 나도 대중들에게 조금씩 알려졌다. 가곡들이 인쇄되어 호평을 받았으며, 실내악곡 두 곡이 음악회에서 연주됐다. 친구들은 말없이 기운을 북돋우며 알아줬지만, 비평가들은 조용히 지켜보며 기다리거나 일단 감싸 주며 신인으로 인정했다.

나는 바이올리니스트 타이저와 줄곧 붙어 지냈다. 그는 나를 좋아했고 친구로서 기쁨을 감추지 않고 내 작곡들을 칭찬했다. 대단한 성공을 거두리라 예언했고, 언제든 나와 함께 기꺼이 연주했다. 그런데도 나는 무언가 부족함을 느꼈다. 무오트에게 마음이 끌렸지만 나는 여전히 그를 피했다. 로테로부터는 더 이상 아무 소식이 없었다. 나는 무슨 까닭으로 만족하지 못했을까? 충실하고 훌륭한 타이저와 함께 있으면서 만족을 느끼지 못하는 스스로를 나무랐다. 하지만 그에게는 무언가 부족함이 느껴졌다. 그는 너무 즐겁고 너무 밝고 너무 만족스러운 듯 보였다. 절망이란 아예 모르는 듯싶었다. 그는 무오트를 좋게 말하지 않았다. 타이저는 이따금 극장에서 무오트가 노래하면 나를 보고 이렇게 속삭거렸다. "봐, 또 날림이야! 아주 버릇이 잘못 들었어! 모차르트는 아예 부르지도 않지. 왜 그런지는 스스로 잘 알겠지." 나는 타이저의 말이 옳다고 인정할 수밖에 없었지만 마음속으로까지 그랬던 것은 아니었고, 무오트에게 애착을 느꼈지만 그를 두둔하고 싶지도 않았다. 무오트는 타이저가 가지지 못했던 것, 알지 못했던 것, 나와 무오트를 한데 묶어 줬던 것을 지니고 있었다. 이는 영원한 열망, 동경, 불만이었다. 이는 나를 학업과 작곡으로 이끌었으며, 이를테면 무오트처럼 나와 똑같은 불만에 어떤 식으로든 시달리고 부대끼는 다른 인간들이 내게서 빠져나가려 하면, 그들을 붙잡게 만들었다. 나는 언제나 음악을 작곡하리라는 것을 알고 있었다. 하지만 늘 동경과 불만에 못 이겨서가 아니라 언젠가는 행복과 풍요와 넘치는 기쁨으로 창작하고 싶다는 욕구가 들었다. 아, 나는 왜 내가 가지게 된 것을 통해, 내 음악을 통해 행복해지지 못했을까? 무오트는 왜 그가 가지고 있는 것을 통해, 그의 사나운 활력과 여인들을 통해 행복해지지 못했을까?

타이저는 행복했다. 도달할 수 없는 것에 대한 욕망으로 괴로워하지 않았다. 그는 예술에 예민하게 넋을 잃고 기쁨을 느꼈지만, 예술이 그에게 주는 것 이상의 것을 욕망하지 않았다. 예술 밖에서는 훨씬 쉽게 만족을 느꼈다. 친구 몇 사람이 있고, 때때로 좋은 포도주 한 잔을 마실 수 있으면 됐다. 맑은 공기를 마시며 걷기를 좋아했으므로 휴일에는 야외로 소풍만 갈 수 있으면 충분했다. 신지학의 가르침이 믿을 만하다면, 이 사내야말로 거의 완벽한 인간임에 틀림없었다. 본성이 더없이 착했고, 격정이나 불만은 그의 마음속에 들어서지 못했다. 하지만 나는 그와 같이 되고 싶지 않았다. 그렇게 됐으면 좋겠다고 되뇌기는 했을지 몰라도 말이다. 나는 나 아닌 어느 누구도 되고 싶지 않았으며, 가끔 너무 꽉 낀다고 느끼기는 했지만, 나 자신의 껍질을 벗고 싶지 않았다. 나는 내 작곡들이 소리없이 반향을 불러일으키기 시작하면서부터 어떤 영향력이 내게 생기는 것을 느꼈으며, 이를 자랑스럽게 여기고 있었다. 인간들과 통하는 어떤 다리를 나는 찾아야 했다. 어떻게든 인간들과 어울려 살면서, 항상 패배자로 머물러 있지 말아야 했다. 이제 다른 길이 없다면 내 음악이 그리로 이끌 것이었다. 인간들은 나를 사랑하지 않더라도 내 작품을 사랑하지 않을 수 없을 것이었다.

나는 이런 어리석은 생각에서 벗어나지 못했다. 하지만 누군가 나를 원하기만 하면, 누군가 나를 정말로 이해하기만 한다면, 기꺼이 나 자신을 바치고 희생할 용의가 있었다. 음악은 세계의 비밀스러운 법칙이 아니었던가? 세계와 우주는 조화롭게 윤무輪舞를 추고 있지 않은가? 그런데 나는 홀로 머물면서 그 본성이 내 본성과 순수하고 아름답게 어우러지는 인간을 찾지 못해야 한단 말인가?

이 낯선 도시에서 산 지 1년이 지났다. 나는 처음에는 무오트,

타이저, 악단장 뢰슬러 말고는 거의 사귀지 않았지만, 최근에는 좀 더 많은 사람들과 어울리게 됐다. 이러한 만남은 그다지 좋지도 싫지도 않았다. 내 실내악곡들이 공연됨으로써 나는 극장 밖에서도 도시의 다른 음악가들에게도 알려졌다. 이제 나는 좁은 지역에서 차츰차츰 명성을 얻으며 그 부담을 가뜬하고 기분 좋게 즐겼고, 사람들이 나를 알아보고서 살펴보는 것을 느꼈다. 명성 중에 가장 달콤한 명성이란, 아직 대단히 성공을 거두지는 않아 질투를 불러일으키지는 않는, 사람들에게 따돌림받지 않는 그런 명성이다. 그러면 여기저기서 눈여겨보고 입에 올리고 치켜세우는 것을 느끼며 돌아다닐 수 있다. 만나는 사람마다 상냥하게 웃고, 명사들이 사근사근 고개인사를 하고, 후배들이 우러르며 절하는 것을 본다. 항상 가장 좋은 시절은 바야흐로 이제부터라는 은근한 느낌에 젖어 든다. 무릇 젊은이라면 모두 이렇게 느낄 것이다. 가장 좋은 시절이 이미 지난 줄은 뒤늦게 깨달을 것이다. 그러나 이렇게 인정받기는 했지만 여기에는 동정이 섞여 있다는 느낌 때문에 내 기쁜 마음은 금이 가기 일쑤였다. 사람들이 나를 감싸고 상냥하게 대해 주는 것은 내가 불쌍한 놈이고 불구자이므로 무언가 위안을 베풀어야 하기 때문이라는 생각마저 종종 들었다.

바이올린 이중주를 연주했던 음악회가 끝난 뒤, 부유한 공장주인 임토르와 사귀게 됐다. 그는 열성적인 음악 애호가이자 재능 있는 신예들의 후원자로 유명했다. 상당히 키가 작고 조용한 사람으로 머리털이 이미 희끗희끗했다. 겉으로 보기에는 부유할 것 같지도, 예술에 정통했을 것 같지도 않았다. 하지만 그가 건넨 몇 마디 말을 듣고서 그가 음악을 얼마나 잘 이해하고 있는지 알아챘다. 그는 입에 발린 찬사를 늘어놓는 게 아니라, 침착하고 조예 깊고 가치 있는 칭찬을 했다. 자기 집에서 종종 신구新舊 음악의 밤을 개최한다고 이야기했는데, 이는 나도 어디선가 들어서 오래전부터 알고 있었다. 그는 나를 초대하면서 말끝에 이렇게 덧붙였다. "우리 집에는 당신의 가곡들도 있소. 우리는 그 가곡들을 좋아하오. 당신이 오면 내 딸도 기뻐할 거요."

내가 그의 집에 찾아갈 시간을 미처 내기도 전에 나는 초대를 받았다. 임토르 씨는 내 내림 마장조 삼중주곡을 그의 집에서 연주하도록 허락해 달라고 요청했다. 한 바이올리니스트와 실력 있는 아마추어 첼리스트를 쓸 예정이며, 내가 협연할 의향이 있으면 제1바이올린을 맡기겠다고 했다. 나는 임토르가 그의 집에서 연주하는 직업 음악가들에게 항상 사례금을 두둑이 준다는 것을 알았다. 그래서 그 제의를 받아들이고 싶지 않았으나, 초대하는 참뜻이 무엇인지 알 수 없었다. 마침내 나는 제안을 받아들였다. 두 협연자가 내게 찾아와서 그들의 분보를 받아갔으며 우리는 몇 번 리허설을 했다. 그 사이 나는 임토르에게 찾아갔으나 아무도 만나지 못했다. 그렇게 약속된 저녁이 왔다.

임토르는 홀아비였다. 그는 고색창연하고 운치 있는 저택에 살았다. 점점 확장되는 도시 한가운데서도 고풍스러운 정원을 사방에 고스란히 간직한 몇 안 되는 집 중 하나였다. 저녁에 내가 도착했을 때 정원에는 거의 아무것도 보이지 않았다. 짧은 가로수 길에 늘어선 키 큰 플라타너스들이 등불을 받아 둥치의 반점들을 밝게 드러냈으며, 그 사이에 서너 개의 오래되고 새카맣게 변색된 석상들이 눈에 띄었을 뿐이었다. 키 큰 나무들 뒤로 고풍스럽고 드넓으며 지붕이 낮은 집이 단정하게 자리하고 있었고, 안으로 들어가니 입구로부터 복도와 층계와 모든 방에 이르기까지 벽이란 벽마다 오래된 그림들이 빽빽이 걸려 있었다. 가족 초상화며 빛바랜 풍경화며 고풍스러운 도시화都市畵나 동물화 따위였다. 나는 다른 손님들과 동시에 도착했고, 가정부가 우리를 맞이하여 안내했다.

손님들이 많지는 않았지만, 자그마한 방들을 지날 때는 다소 북적거리는 느낌이 들었다. 그러다가 음악실로 통하는 문이 열렸다. 여기는 드넓었다. 그랜드피아노며 악보장樂譜欌이며 등불이며 의자며 모든 것이 새것처럼 보였다. 오로지 벽에 걸린 그림만이 여기서도 옛것이었다.

내 협연자 두 사람도 이미 와 있었다. 우리는 악보대를 세우고 조명을 살피고 조율을 시작했다. 그때 홀의 맨 뒤에서 문이 열리더니, 밝은 옷을 입은 여성이 불이 절반만 켜 있는 방을 지나 안으로 걸어 들어왔다. 두 신사가 그녀에게 정중하게 인사를 했고, 나는 그녀가 임토르의 딸이라는 것을 알아챘다. 그녀는 한순간 호기심 어린 눈길로 나를 바라보더니 내 소개를 받기도 전에 악수를 청하며 말했다. "당신을 알고 있어요. 쿤 씨죠? 잘 오셨어요!"

그 아름다운 아가씨는 들어오자마자 내게 깊은 인상을 줬는데, 목소리도 매우 밝고 고왔다. 나는 그녀가 내민 손을 힘있게 잡았고, 내게 살갑고 상냥하게 인사하는 그 아가씨의 눈을 기분좋게 들여다봤다.

"삼중주를 기다렸어요." 그녀는 미소 지으며 말했다. 눈앞에 나타난 내가 그녀가 기대한 대로여서, 만족스럽기라도 한 듯했다.

"저도 기다렸습니다." 나는 무슨 말을 하고 있는지도 모르고 이렇게 대꾸하고, 그녀를 다시 바라봤다. 그녀가 고개인사를 했다. 그런 뒤 걸음을 떼어 홀에서 나갔고 나는 그녀의 뒷모습을 지켜봤다. 곧바로 그녀는 아버지의 팔짱을 끼고 돌아왔다. 이 주인들 뒤에 손님들이 따라 들어왔다. 우리 세 사람은 이미 악보대 앞에 자리 잡고 연주할 준비가 다 되어 있었다. 손님들은 자리에 앉았고, 몇몇 지인들은 내게 목례를 했으며, 집주인은 내게 악수를 청했다. 다들 자리에 앉자 전깃불이 꺼지고 키 큰 양초만이 우리 악보를 계속 비췄다.

나는 내 음악을 거의 잊었고 홀 뒤에 있는 게르트루트 양을 찾았다. 그녀는 어스름에 묻힌 채 서가에 기대어 앉아 있었다. 짙은 금발은 거의 새까맣게 보였고, 두 눈은 보이지 않았다. 이제 나는 나직이 박자를 맞추며 고개를 끄덕거렸다. 우리는 큰 활로 안단테를 연주하기 시작했다.

연주하는 동안 나는 기분이 좋아지고 마음이 풍요로워졌다. 나는 박자에 맞춰 출렁거렸으며, 음의 흐름과 한몸이 되어 자유로이 떠다녔다. 그 음의 흐름은 한결같이 완전히 새로우며 그 순간 창조되고 있는 듯 느껴졌다. 음악에 대한 생각과 게르트루트 임토르에 대한 생각이 순수하게, 거침없이 합쳐져 한 물결을 이뤘다. 나는 내 바이올린 활을 놀리며 눈으로 지휘를 했다. 음악은 아름답고 줄기차게 흘러갔으며 나를 휩쓸어, 게르트루트에게 가는 황금색 길로 이끌었다. 나는 그녀를 이제 더 이상 볼 수 없었고 이제 더 이상 보려고 갈망하지도 않았다. 나는 내 음악과 내 숨결을, 내 생각과 내 박동을 그녀에게 바쳤다. 아침 나그네가, 누가 시키지도 않았는데 그렇다고 길을 잃는 법도 없이, 이른 아침의 연푸른 하늘과 짙푸른 풀밭 광채에 몸을 바치는 듯했다. 아울러 기쁜 마음이 들고 음이 넘쳐 흐르면서 어떤 놀라운 행복감이 나를 드높였다. 이제 나는 별안간 사랑이 무엇인지 알게 된 것이었다. 이는 새로운 감정은 아니었다. 오래전부터 느꼈던 예감이 뚜렷하게 드러난 것으로, 옛 고향으로 돌아온 데 지나지 않았다.

제1악장이 끝났다. 나는 단 1분만 휴식했다.

현들을 조율하는 소리가 어수선하게, 나직이 울렸다. 기대에 가득 차 고개를 끄덕이는 얼굴들 너머로 나는 한순간 짙은 금발 머리를, 보드랍고 밝은 이마를, 꼭 다문 연붉은 입술을 볼 수 있었다. 그런 뒤 나는 내 악보대를 가볍게 두드렸으며, 우리는 제2악장을 귀 기울여 들을 만하도록 연주했다. 연주자들은 몸이 뜨거워졌다. 동경이 선율을 타고 점점 치솟으며 요란하게 소용돌이 쳤고, 불만스럽게 날개짓하며 회오리치더니, 무언가를 찾다가 하소연하고 두려워하며 사라졌다. 첼로는 그 선율을 웅숭깊고 따뜻하게 받아들여 세차고 애끊게 드러내더니, 희미하게 새롭고 더 어두운 음조에 넘겨주고서는, 절망하듯 울분 어린 저음으로 녹여 버렸다.

이 제2악장은 내 참회이자, 내 동경과 불만의 고백이었다. 제3악장에서는 구원과 성취를 표현할 생각이었다. 하지만 나는 이 제3악장이 아무 가치가 없다는 것을 그날 밤 깨달았다. 때문에 다 지나간 일을 다루듯 아무렇게나 연주했다. 나는 이제 해방이란 어떤 소리로 울려야 하며, 폭풍우처럼 소리가 몰아치는 가운데 광채와 평화는 어떻게 솟아나야 하며, 먹장구름에서 빛이 어떻게 새어나와야 하는지 정확히 깨달았다고 생각했기 때문이었다. 내 제3악장에는 그런 것이 없었다. 그 악장은 그동안 누적된 불협화음을 부드럽게 녹였으며, 오래된 기본 선율을 맑게 걸러 드높이려 했을 뿐이었다. 그 안에는 이제 나 자신의 마음속에서 빛나고 노래하는 어느 소리도, 어느 광휘도 들어 있지 않았다. 아무도 이를 눈치채지 못하는 게 이상할 따름이었다.

내 삼중주가 끝났다. 나는 협연자들에게 고개인사를 하고 바이올린을 내려놓았다. 전깃불들이 다시 켜졌고 손님들이 웅성거렸다. 어떤 사람들은 내게 다가와 입에 발린 칭찬과 찬사와 비평을 늘어놓으며 식견을 과시하려 했다. 작품의 가장 주요한 결점을 꼬집은 사람은 아무도 없었다.

손님들은 여러 방으로 흩어졌고, 차, 포도주, 과자가 나왔으며, 끽연실에서는 담배 연기가 피어올랐다. 한 시간이 지났고, 다시 한 시간이 지났다. 그때 내가 전혀 기대하지 못한 일이 마침내 일어났다. 게르트르투가 내 옆에 서서 내게 손을 내밀었다.

"마음에 드셨는지요?" 나는 물었다.

"그럼요, 아름다웠습니다." 그녀는 고개를 끄덕이며 대답했다. 하지만 나는 그녀가 더 많은 것을 알아채고 있음을 꿰뚫어 보았다. 그래서 이렇게 말했다. "제2악장을 말하는 거겠지요. 다른 악장은 가치가 없었습니다."

그러자 그녀는 다시 유심히 내 눈을 들여다봤다. 원숙한 여인처럼 너그럽고 슬기로워 보였다. 그러더니 이렇게 꼭 집어 말했다. "당신 스스로도 아시는군요. 제1악장은 좋은 음악이었지요? 제2악장은 굉장하고 원대했지만 제3장에 너무 많은 부담을 줬어요. 연주를 하면서 당신이 어느 부분에서는 정말 몰두하고 어느 부분에서는 몰두하지 않았는지 알아챌 수 있었어요."

내가 알지 못하는 사이 그녀의 맑고 선한 두 눈이 나를 지켜보고 있었다는 말을 들으니 기분 좋았다. 나는 우리가 알게 된 그 첫 번째 밤에 이미 그 아름답고 숨김없는 두 눈길을 받으며 온 인생을 보낼 수 있다면 얼마나 기쁘고 행복할지, 그렇게 된다면 어떤 나쁜 짓을 저지르거나 생각하는 게 아예 불가능할 것이라고 생각했다. 그날 저녁부터 나는 합일과, 더없이 부드러운 조화에 대한 내 욕망이 어디선가 충족되리라는 것과, 누군가가 이 땅에 살아 그 눈길과 목소리로 내 모든 맥박과 호흡에 순수하고 마음속 깊이 대답해 주리라는 것을 깨달았다.

그녀도 내가 그녀의 본성에 흠뻑 반하여 상냥하고 순수하게 대하는 것을 금세 알아챘다. 그래서 처음 만난 그 시간부터 내게 속을 털어놓고 아무것도 감추지 않아도 되며, 그러더라도 오해받거나 배신당할 염려가 없다는 믿음을 조용히 품었다. 그녀는 바로 나와 친밀해졌다. 그렇게 눈 깜짝할 새 자연스럽게 가까워지는 것은 젊고 때 묻지 않은 사람들에게만 있을 수 있는 일이었다. 그때까지 나는 때때로 여자에 빠지기도 했지만 항상, 특히 내가 불구가 된 뒤로는 주뼛주뼛하고 초조하고 안절부절못하는 느낌이었다. 이제 여자에 빠진 게 아니라 사랑을 하게 됐다. 얇은 회색 베일이 눈에서 떨어져 나간 듯한 느낌이 들었으며, 그러자 세계가 아이들에게나 낙원을 꿈꾸는 우리 두 눈에 그렇게 보이듯, 태초의 신성한 빛을 머금고 내 앞에 펼쳐졌다.

게르트루트는 당시 스물을 갓 넘겼고 물오른 나무처럼 날씬하고 건강했다. 여느 아가씨들과 달리 시답잖고 철없는 짓에 물들지 않았고 그녀 자신의 고결한 본성에 따르는 모습은 선율이 잔잔하게 흐르는 듯했다. 그러한 사람이 불완전한 세상에 살아 있다는 것을 알게 되어 나는 마음이 흐뭇했다. 그녀를 붙잡아서 나 혼자 차지한다는 것 따위는 생각할 수조차 없었다. 그녀의 아름다운 청춘에 조금이나마 함께할 수 있고 처음부터 그녀의 좋은 친구가 될 수 있었다는 것만으로도 기뻤다.

그날 저녁이 지나고 밤이 되자 나는 오래도록 잠을 이루지 못했다. 어떤 열기나 불안이 나를 괴롭혀서가 아니었다. 내가 깨어나서 잠을 청하지 않았다. 나는 나 자신의 봄을 맞이했으며, 내 가슴은 오랫동안 갈망하고 이리저리 헤매며 겨울을 보낸 끝에 올바른 길을 찾았기 때문이었다. 내 방으로 밤의 달빛이 은은히 흘러들었다. 인생과 예술의 모든 목표들이 남풍 불 무렵 맑게 빛나는 산봉우리들처럼 뚜렷하게, 가까이 다가왔다. 나는 내 인생의 때로 완전히 잃어버렸던 소리와 수수께끼 같은 박자를, 아득한 어린 시절까지 거슬러 올라 남김없이 다시 느꼈다. 이렇듯 꿈처럼 맑고 뿌듯이 들어찬 감정을 붙잡아 뭉쳐서 이름 붙이고 싶었을 때, 나는 게르트루트라는 이름을 불렀다. 그 이름을 품고 새벽녘에야 잠이 들었지만, 아침이 되자 오래오래 잔 듯 상쾌하고 원기 있게 다시 일어났다.

그때 최근에 했던 언짢은 생각들과 오만한 생각들이 다시 떠올랐고, 내가 무엇이 부족했는지 깨달았다. 그날은 아무것도 나를 괴롭히거나 기분 나쁘게 하거나 화나게 하지 않았다. 위대한 화성을 다시 귀로 들었으며, 천체의 화음을 느끼고 싶었던 내 젊은 시절의 꿈을 다시 꿨다. 나는 비밀스러운 선율을 찾아 다시 걸음을 내딛고 생각을 굴리고 숨을 내쉬었다. 인생은 의미를 되찾았으며, 미래는 아침 해처럼 황금빛이었다. 아무도 변화를 알아채지 못했다. 그럴 만큼 친한 사람이 없었던 것이다.

천진난만한 타이저만이 극장에서 리허설할 때 재미있다는 듯 나를 툭 치며 말했다. "당신은 어젯밤에 푹 잔 것 같네요."

나는 그를 즐겁게 해줄 수 있을 말이 없을까 곰곰이 생각했다. 그러고선 다음번 휴식 시간에 이렇게 물었다. "타이저 씨, 올여름에는 어디로 휴가 가나요?"

그러자 그는 부끄러운 듯 웃으며, 혼인 날짜를 질문받은 새색시처럼 얼굴이 벌게지더니 이렇게 말했다. "맙소사, 그때까지는 아직 멀었어요! 하지만 여기를 보세요. 이 안에 표가 들어 있어요." 그는 가슴 부분의 주머니를 두드렸다. "이번에는 보덴제호에서 출발해요. 라인탈 계곡, 리히텐슈타인 공국, 쿠르, 알불라, 오버엥가딘, 말로야, 베르겔, 코머제호에 들를 거예요. 돌아오는 길은 아직 정하지 않았어요."

그는 바이올린을 다시 들더니, 장난스럽게 즐거워하며 나를 흘깃 바라봤다. 그의 회청색의 어린애 같은 두 눈은 세상의 더러움과 괴로움을 한 번도 본 적이 없는 듯했다. 나는 그와 형제라도 된 듯 느꼈다. 그가 여러 주에 걸친 긴 도보 여행을, 자유를, 태양이며 공기며 대지와의 여유로운 만남을 기다리듯, 나도 내 인생의 모든 길들을 새로이 기다리고 있었다. 그 길들은 갓 떠오른 아침햇살이라도 받는 듯 환하게 내 앞에 펼쳐져 있었으며, 나는 밝은 눈과 순수한 마음으로 똑바로 그 길을 걸으리라 생각하고 있었다.

오늘날 당시를 돌이켜 보면 모든 일들이 이미 아득히 멀어져서 이제는 저 멀리 가물가물하다. 하지만 당시의 빛이 아직도 희미하게 남아서 아직도 내 길을 비추고 있다. 그 빛은 더 이상 아침 햇살처럼 환하게 빛나지는 않지만 말이다. 내가 게르트루트란 이름을 되뇌며 그녀를 생각하면, 그녀가 그때 그녀 아버지의 음악홀에서 나를 어떻게 맞이했는지를 떠올리면, 새처럼 가볍게 친구처럼 상냥하게 다가왔던 모습을 그려 보면, 이는 그 당시나 오늘날이나 내게 위안이 되었다. 울적한 시간에는 나를 달래 주고 내 마음속의 때를 씻어 주었다.

이제 나는 다시 무오트에게도 찾아갔다. 아름다운 로테의 거북스러운 고백이 있은 뒤, 나는 그를 되도록 피했다. 그도 그런 낌새를 눈치채고 있었으나, 내가 아는 바로는, 그는 너무 도도하기도 하고 너무 무심하기도 해서 나를 찾지 않았다. 그래서 우리는 여러 달 동안 둘이서만 만난 적이 없었다. 이제 나는 인생에 대해 새로운 신뢰에 가득 차고 원대한 포부에 부풀어 있었으므로, 그동안 소홀히 했던 친구와 가까워지는 것이 무엇보다도 필요하리란 생각이 들었다. 그 계기가 됐던 것은 내가 작곡한 새로운 가곡이었다. 나는 이를 그에게 헌정하기로 마음먹었다. 이는 그가 좋아했던 눈사태 가곡과 비슷했으며, 가사는 이러했다.

촛불을 *끄*자
열린 창문으로 밤이 흘러들어
나를 살포시 껴안더니

친구로, 형제로 삼는다

밤과 더불어 향수를 앓으며
불길한 꿈들은 내보내고
아버지 집에서 보낸
옛날을 소곤소곤 이야기한다

나는 악보를 깨끗이 베낀 뒤 그 위에 '내 친구 하인리히 무오트에게 바침'이라고 썼다.

그러고선 그가 집에 있는 것이 확실한 시간에 그에게 찾아갔다. 아니나 다를까 그의 노랫소리가 들려왔다. 그는 그의 집의 화려한 방들을 이리저리 오가며 연습하고 있었다. 그는 나를 태연히 맞이했다.

"이게 웬일입니까, 쿤 씨! 나는 당신이 찾아오지 않으리라 생각했는데."

"천만에요," 나는 말했다. "이렇게 왔잖습니까. 어떻게 지내십니까?"

"늘 똑같지요. 내게 이렇게 찾아와 주다니 고맙습니다."

"예, 제가 최근에 좀 발걸음이 뜸……."

"그것도 눈에 띄게 그랬지요. 그 이유도 알고 있습니다."

"믿을 수 없는데요."

"안다니까요. 로테가 당신을 찾아가지 않았습니까?"

"왔었습니다. 그 얘기는 하고 싶지 않았습니다."

"하지 않아도 됩니다. 당신이 여기 왔으니 됐습니다."

"무언가 드릴 것을 가져왔습니다." 나는 그에게 악보를 줬다.

"오, 새로운 가곡이군요! 좋습니다. 나는 당신이 답답한 현악에 빠져 있지 않나 걱정했는데. 헌사獻詞가 쓰여 있네요! 내게 바친 다고요? 정말입니까?"

그가 이 헌사에 그토록 기뻐하는 데 나는 놀랐다. 그는 헌사를 보면 농담이나 던질 거라고 나는 생각했다.

"정말로 기쁘군요." 그는 숨김없이 말했다. "좋은 사람들에게 인정받으면 항상 기쁘지요. 당신에게라면 특히. 나는 당신을 죽은 사람 명단으로 몰래 옮겨 놓았는데."

"그러한 명단들을 작성하세요?"

"아, 그럼요. 나처럼 친구가 많거나, 많았거나 하면…… 멋진 명단이 생깁니다. 나는 도덕적인 사람들을 항상 가장 높이 치죠. 그런데 바로 그 사람들이 내게서 모두 달아나고 있어요. 놈팡이들 중에서는 언제든 친구를 구할 수 있지요. 하지만 평판이 나빠지면 이상주의자나 보통 시민을 친구로 삼기 힘들어집니다. 당신은 현재 유일한 친구라 할 수 있습니다. 그리고 흔히 그렇듯, 우리는 가장 얻기 힘든 것을 가장 사랑하는 법이지요. 당신도 그렇지 않습니까? 내게는 항상 친구가 소중한데, 여자들만 몰려드는군요."

"거기에는 당신 책임도 있습니다, 무오트 씨."

"왜 그렇죠?"

"당신은 누구를 대하든 여자들을 다룰 때와 똑같이 합니다. 친구들을 그렇게 대하면 안 됩니다. 그래서 친구들이 당신에게서 달아나는 겁니다. 당신은 이기주의자입니다."

"다행스럽게도, 나는 이기주의자입니다. 말이 나왔으니 말인데 당신도 별반 다르지 않습니다. 두려움에 가득 찬 로테가 당신에게 그녀의 고통을 하소연했을 때 당신은 그녀를 전혀 도와주지 않았습니다. 당신은 그 기회를 활용하여 내 마음을 돌리려 들지도 않았습니다. 거기에 대해 나는 당신에게 고마워하고 있지만요. 당신은 그런 일이 꺼림칙해서 찾아오지도 않은 거지요."

"이제 다시 찾아왔잖습니까. 당신 말이 맞습니다. 저는 로테를 돌봐 줘야 했습니다. 하지만 저는 그런 일에 관해서 잘 모릅니다. 그녀 자신도 저를 비웃으며 저더러 사랑에 대해 아무것도 모른다고 말했습니다."

"그렇다면 우정만큼은 잘 지키세요! 우정도 아름다운 덕목이니까요. 이제 이리 앉아 반주를 해주세요. 가곡을 한번 연습해 봅시다. 아, 아직도 기억해요, 당시 당신의 첫 번째 가곡을? 당신은 차츰차츰 유명한 사람이 되어 가고 있는 듯 보입니다."

"그럴지도요. 그렇지만 당신과는 견줄 바가 못 됩니다."

"어리석은 소리. 당신은 작곡가요, 창조자요, 그러니까 신이나 마찬가지입니다. 당신에게 명성이 무슨 상관이 있습니까? 우리 같은 놈들은 무언가 이루고 싶으면 서둘러야 합니다. 우리 가수들이나 줄꾼들은 아낙네들이나 마찬가지여서, 살갗이 아직 매끈

할 때 팔 만큼 다 팔아야 합니다. 얻을 수 있는 만큼 명성을 누리고, 돈이며 여자며 샴페인을 얻으려면! 신문에 사진이 나고 월계관을 쓰려면! 보세요. 내가 오늘 지겹다고 느끼거나 단지 가벼운 폐렴만 걸려도, 나는 내일 당장 끝장나고 명성이며 월계관이며 모든 활동이 끝납니다."

"그런 일이 일어나려면 아직 멀었습니다."

"아, 혹시 아십니까, 나는 나이 드는 것에 관해 무척 호기심이 많다는 걸? 청춘이란 속임수입니다. 신문이나 교과서에나 떠드는 진짜 속임수예요! 인생에서 가장 아름다운 때라니! 노인들이 하는 일이 내게는 훨씬 더 만족스러워 보입니다. 청춘은 인생에서 가장 고달픈 때입니다. 이를테면 나이가 지긋해지면 자살하는 일이 거의 없지요."

나는 연주를 시작했다. 그는 가곡에 빠져들어 재빨리 선율을 따라잡았고, 선율이 단조에서 장조로 의미 깊게 되돌아오는 대목에서는 칭찬이라도 하듯 팔꿈치로 나를 찔렀다.

저녁에 집에 돌아오자 걱정했던 대로 임토르 씨가 보낸 봉투가 와 있었고, 안에는 친절한 인사말과 함께 과분한 사례금이 들어 있었다. 돈을 돌려보내며, 나는 궁핍하지 않고 그의 집에 친구로서 드나들기를 바란다는 편지를 덧붙였다. 그를 다시 만났을 때, 그는 내게 곧 다시 찾아와 달라고 하며 이렇게 말했다. "나도 이렇게 될 줄 알고 있었소. 게르트루트는 아무것도 보내지 말라고 말했소. 하지만 보내기라도 해봐야겠다고 생각했소."

그때부터 나는 임토르 씨의 집에 문턱이 닳도록 드나들었다. 수많은 가정 연주회에서 제1바이올린을 맡았고, 내 곡이든 다른 사람의 곡이든 가리지 않고 신곡이라는 신곡은 다 그곳으로 들고 갔으며, 내 소곡小曲들은 이제 대부분 그 집에서 처음으로 연주됐다.

어느 봄날 오후 나는 게르트루트가 한 여자 친구와 함께 단둘이 집에 있는 것을 보았다. 비가 내려 나는 바깥 계단에서 미끄러졌고, 게르트루트는 나를 다시 나가지 못하게 했다. 우리는 음악 이야기를 나눴다. 나는 무심코 특히 내가 첫 가곡들을 작곡했던 그라우뷘덴 시절에 관해 입을 열어 말하기 시작했다. 그런 뒤 나는 곧 머쓱해졌고, 이 아가씨에게 이런 말까지 늘어놓은 게 잘한 일인지 판단이 서지 않았다. 그때 게르트루트가 망설이다가 이렇게 말했다. "당신에게 털어놓을 말이 있어요. 이를 나쁘게 생각지 않았으면 좋겠어요. 당신의 가곡 두 곡을 제게 맞게 고쳐서 익혔어요."

"그래요, 당신, 노래를 하시나요?" 나는 놀라 소리쳤다. 아울러 내 어릴 적 풋사랑 소녀가 형편없이 부르는 노래를 들었던 기억이 우스꽝스럽게 떠올랐다.

게르트루트는 쾌활하게 웃고 고개를 끄덕였다. "아, 예, 저는 노래를 해요. 혼자 있을 때와 몇몇 친구들 앞에서만 부르지만요. 반주해 주신다면 그 가곡들을 당신에게 불러 드리겠어요."

우리는 그랜드피아노로 갔다. 그녀는 곱고 아리따운 손으로 예쁘게 고쳐 쓴 악보를 내게 건네줬다. 나는 나직이 반주를 시작했다. 그녀의 노래를 잘 듣기 위해서였다. 그녀는 첫 번째 가곡을 노래했고 그런 다음 두 번째 가곡을 불렀다. 나는 앉아서 귀를 기울였고 마법에라도 걸린 듯 변해 버린 내 음악을 들었다. 그녀는 높고 새처럼 가볍고 달콤하게 떠다니는 목소리로 노래했다. 내 인생에서 들었던 가장 아름다운 목소리였다. 그 목소리는 남풍이 눈 내린 골짜기에 불어오듯 내 안으로 밀려들었으며, 음이란 음마다 내 마음의 껍질을 한 꺼풀 한 꺼풀 벗겨 냈고, 나는 행복에 젖어 떠도는 듯 느끼는 동안, 이를 악물고 마음을 다잡아야 했다. 내 두 눈에 눈물이 그렁그렁 고여 악보가 보이지 않았기 때문이었다.

나는 사랑이 무엇인지 알고 있다고 믿었다. 그리하여 지혜로워졌다고 생각했고, 위안을 얻어 새로운 눈으로 세상을 바라봤으며, 어떤 인생사든 더 가까이 더 깊숙이 함께한다고 느꼈었다. 이제는 달랐다. 이제 사랑은 맑음도 위안도 즐거움도 아니고, 폭풍이요 불길이었다. 이제 내 마음은 환호하고 전율하며 스스로를 내던지고, 인생에 더 이상 관심을 두지 않고 다만 불길 속에 불타고 싶어 했다. 이때 누군가 내게 사랑이 도대체 무엇이냐고 물었다면, 나는 이를 잘 안다고 믿고서 대꾸해 줄 수 있었을 것이며, 그 대답은 어둡고 불타는 듯 들렸을 것이다.

그동안 이 불길 너머로 게르트루트의 가볍고도 행복 어린 목소리는 높이 솟아올랐고, 내게 즐겁게 소리쳐 기쁨을 안겨 주려는 듯했지만, 저 멀리 높이 날아가 도달할 수 없고 낯설게까지 느껴졌다. 아, 이제 나는 내 마음을 알았다. 그녀가 노래를 하든, 상냥하게 대하든, 내게 호의를 품든, 이 모든 것은 내가 갈망하는 게 아니었다. 그녀가 오롯이, 영원히 내 차지가 되지 않는다면, 나 혼자만의 것이 되지 않는다면, 내 인생은 헛되고 내가 아무리 착하고 살갑고 빼어나도 아무 의미가 없는 것이었다.

나는 한 손이 내 어깨를 짚는 것을 느끼고, 깜짝 놀라 고개를 돌렸다. 그녀의 얼굴이 보였다. 밝은 두 눈은 진지했다. 내가 물끄러미 바라보자 그녀는 배시시 미소 지었고 얼굴이 발그레 물들었다.

나는 고맙다는 말만 입 밖에 냈다. 그녀는 내 마음이 어떤지 몰랐으며, 그저 뭉클해졌다는 것만을 느끼고 알아챘을 뿐이었고, 아까처럼 즐겁고 자유로이 잡담할 수 있도록 자상하게 분위기를 이끌었다. 그런 뒤 나는 이내 자리를 떴다.

집으로 돌아가는 길에, 여전히 비가 내리고 있는지 아닌지도 몰랐다. 나는 지팡이를 짚고 길을 누볐다. 하지만 걷는 게 걷는 게 아니었고 길도 길이 아니었다. 나는 먹장구름을 타고 훨훨 윙윙 하늘을 날았다. 폭풍과 이야기를 나눴고 나 자신이 폭풍이었다. 아득히 먼 곳에서 무언가 홀리는 듯한 소리가 울리는 것을 들었다. 그것은 밝고 높고 새처럼 가볍게 떠다니는 여성의 목소리였다. 인간의 생각과 감정에 전혀 물들지 않은 듯했지만, 그러면서도 격정의 사나운 감미로움을 깊숙이 품고 있는 듯했다.

그날 저녁 나는 방에서 불을 켜지 않고 앉아 있었다. 이를 더 이상 견딜 수 없어졌을 때는 이미 밤이 이슥했다. 무오트를 찾아갔지만 그의 창에 불이 꺼져 있는 것을 보고 다시 돌아왔다. 오랫동안 밤길을 이리저리 헤매다, 마침내 피곤해져 꿈에서 깬 듯 눈을 드니 임토르 씨 정원 앞에 서 있었다. 거기서는 고목나무들이 솨솨거리며 어스레한 집을 위엄 있게 둘러싸고 있었고, 집 안에서는 어떤 소리도, 어떤 빛도 새어 나오지 않았다. 여기저기서 희미하게 빛나는 별들이 구름 사이로 나타났다 사라지곤 했다.

며칠이 지나서야 게르트루트에게 다시 찾아갈 엄두가 났다. 그 무렵 그의 시에 내가 곡을 붙였던 시인으로부터 편지가 왔다. 우리는 2년 전부터 가끔 연락을 주고받았다. 그로부터 때때로 기이한 편지들이 날아왔으며, 나는 그에게 내 작품을 보내고 그는 내게 그의 시를 보냈다. 이번 편지에는 이렇게 쓰여 있었다.

친애하는 선생께!

오랫동안 소식을 전하지 못했습니다. 저는 부지런히 작업했습니다. 당신의 음악을 듣고 이해한 뒤부터 당신에게 드릴 가사가 늘 눈앞에 어른거렸지만, 막상 떠오르지는 않았습니다. 이제 가사가 나왔습니다. 다 쓴 것이나 다름없습니다. 이는 오페라 대본이며 당신이 작곡해 줘야 합니다. 당신은 그리 행복하지 않은 사람입니다. 당신 음악에 그렇게 써 있습니다. 제 경우까지 들먹이지는 않겠습니다. 다만 이렇게 당신에게 대본을 드리겠습니다. 우리는 다른 기쁜 일이라곤 아무것도 알지 못하므로, 사람들에게 몇몇 아름다운 곡이라도 들려줌으로써, 더없이 둔감한 사람들에게도 인생은 겉보기보다 뜻깊다는 것을 한순간이나마 깨닫게 합시다. 우리 자신은 아무것도 제대로 할 줄 모르는 주제에 다른 사람들에게 힘을 허비하지 말라고 일깨우려 드는 것은, 괴롭기만 할 것입니다.

당신의 한스 H

이 편지는 내 마음의 화약고에 불을 붙인 격이었다. 나는 대본을 보내 달라고 편지를 썼다가 마음이 급하여 이를 다시 찢어 버리고 전보를 쳤다. 일주일 뒤에 대본이 왔다. 운문으로 된 짤막하고 열정적인 연애극이었다. 군데군데 빈 곳이 있었지만 내게는 일단 충분했다. 나는 대본을 읽고 머리에 시구를 담고 돌아다녔으며, 밤낮없이 그 시구를 노래하고 바이올린으로 연주하다가 이내 게르트루트에게 달려갔다.

"저를 도와주셔야겠습니다." 나는 소리쳤다. "오페라를 만들고 있습니다. 당신의 목소리에 맞춘 악곡이 세 곡 있습니다. 봐주시겠습니까? 한번 불러 주시겠습니까?"

그녀는 기뻐하며 이야기를 들었고, 악보를 넘기며 곧 익히겠다고 약속했다. 열정과 보람이 넘치는 시간이 찾아왔다. 나는 사랑과 음악에 취해 다른 아무 일도 할 수 없었고, 게르트루트는 내 비밀을 아는 유일한 여자였다. 나는 그녀에게 악보를 가져갔고, 그녀는 이를 익혀 불러 줬다. 나는 그녀에게 이것저것 묻고 그녀

앞에서 모든 곡을 연주했다. 그녀는 나와 함께 열중하며 연습하고 노래하고, 조언하고 도와주고, 우리 둘이 간직한 비밀에, 새로이 생겨나는 작품에 생생한 기쁨을 느꼈다. 어떤 암시를 해도 그녀는 금방 알아듣고, 어떤 제안을 해도 금세 받아들였으며, 마침내 그녀 자신이 고운 글씨로 악보를 베껴 쓰거나 고쳐 쓰는 것으로 도와줬다. 나는 극장에서 병가를 받아 뒀다.

나와 게르트루트 사이에는 어색함이 없었고, 우리는 같은 물결을 타고 같은 작업을 했다. 이는 그녀에게나 나에게나 청춘의 기운이 무르익어 꽃피는 것이었고, 행복이자 마법이었으며, 그 안에서 내 격정은 아무도 모르게 불타올랐다. 그녀는 내 작품과 나를 구분하지 않았고 둘 다 사랑했으며 둘 모두의 것이었다. 내게도 사랑과 작곡, 음악과 인생이 더 이상 나뉘지 않았다. 때때로 내가 이 아름다운 아가씨를 깜짝 놀라 경탄하며 바라보면 그녀도 내게 눈길을 보냈다. 내가 찾아갈 때나 떠나올 때 그녀의 손을 쥐는 것보다 더 따뜻하게 더 힘주어 내 손을 쥐었다. 내가 그 따스한 봄날에 정원을 지나 고풍스러운 집에 발을 들여놓을 때마다 나를 몰아치고 북돋우는 것이 내 작품인지 내 사랑인지 알 수 없었다.

이런 시간은 금세 지나가는 법이다. 그 시기는 이미 끝나가고 있었고, 내 불길은 맹목적으로 사랑을 갈구하며 한 줄기로 퍼덕퍼덕 타올랐다. 나는 그녀의 그랜드피아노 앞에 앉아 있었고, 그녀는 소프라노 배역이 완성된 내 오페라의 마지막 장을 노래했다. 그녀는 몹시도 아름답게 노래했다. 게르트루트의 목소리가 하늘 높이 떠도는 동안, 나는 그 광채가 이미 바랜 듯한 열정 어린 날들을 되돌아보며, 다른 추운 날들이 찾아오리라는 것을 느꼈다. 그녀가 내게 미소 짓더니 악보를 보려고 내 쪽으로 몸을 숙이다가 내 눈길에 슬픔이 깃든 것을 알아채고 의아하게 바라봤다. 나는 아무 말없이 일어서서 두 손으로 그녀의 얼굴을 조심스레 붙들고 그녀의 이마와 입술에 입 맞춘 뒤 다시 자리에 앉았다. 그녀는 말없이, 거의 엄숙하게 내가 하는 대로 맡겼다. 놀라지도 화내지도 않았다. 눈물이 그렁그렁한 내 눈을 보고선, 가볍고 해맑은 손을 들어 내 머리털이며 이마며 어깨를 달래듯 쓰다듬었다.

그러고선 나는 계속 연주를 하고 그녀는 노래를 불렀다. 입맞춤과 이 기이한 시간은 우리가 그 뒤 입에 올리지 않았지만 우리의 마지막 비밀로서 둘만이 잊지 않고 간직했다.

다른 비밀은 더 이상 오랫동안 둘만이 간직하고 있을 수 없었다. 오페라를 다른 사람에게도 알리고 도움을 받아야 했다. 그 첫 번째 사람은 무오트여야 했다. 나는 주역으로 그를 염두에 뒀다. 주역의 격정과 애끓는 열정은 그의 가창에도 그의 본성에도 잘 맞았다. 다만 나는 잠시 망설였다. 아직 내 작품은 나와 게르트루트를 맺어 주는 끈이었고, 그녀와 내 것이었으며, 우리에게 걱정과 기쁨을 안겨 주었다. 아무도 알지 못하는 정원이었고, 우리 두 사람만이 타고 망망대해를 건너는 배와 같았다.

그녀로서는 나를 더 이상 도울 수 없다는 것을 깨닫고 알아채자, 스스로 나서서 이렇게 물었다.

"누가 주역을 노래하나요?" 그녀가 물었다.

"하인리히 무오트가요."

그녀는 놀란 듯 보였다. "오," 그녀가 말했다. "정말이에요? 저는 그분을 좋아하지 않는데."

"그는 내 친구입니다, 게르트루트 양. 그리고 그 역은 그에게 안성맞춤입니다."

"그렇군요."

이렇게 하여 우리 사이에 다른 사람이 끼어들었다.

제5장

　그러나 나는 무오트의 휴가와 방랑벽을 미처 생각하지 못했다. 그는 내 오페라 계획을 듣고 기뻐했으며 온 힘을 다해 돕겠다고 약속했으나, 이미 여행 계획이 잡혔기 때문에 가을까지 그의 배역을 검토하겠다는 약속만 할 수 있었다. 나는 완성된 곡 중 그의 배역을 베껴 줬다. 그는 그 사본을 들고 갔고, 늘 하던 버릇대로 몇 달이고 아무 소식이 없었다.

　그래서 게르트루트와 나만의 시간이 늘어났다. 우리 둘은 이제 좋은 친구처럼 지냈다. 내 짐작으로는, 그녀는 그랜드피아노 앞에서 입 맞췄던 시간 이후 내가 마음속으로 무슨 생각을 하는지 잘 알고 있었지만, 아무 말도 하지 않았고 나에 대한 태도도 털끝만큼도 달라지지 않았다. 그녀는 내 음악을 사랑했을 뿐만 아니라 나 자신을 좋아했다. 우리 둘이 자연스럽게 조화를 이루고 있으며 서로 상대방의 본성을 마음 깊이 이해하고 인정하고 있다고 느꼈다. 그렇게 느끼기는 나도 마찬가지였다. 그래서 그녀는 나와 허물없이 친구처럼 지냈지만, 격정에 불타지는 않았다. 나는 그것만으로 충분했으며, 그녀 가까이에서 말없이 고마워하며 하루하루를 보낼 때도 있었다. 하지만 곧 격정이 끼어들었고, 그러면 그녀의 모든 상냥함이 내게는 자선으로 비쳤다. 나는 나를 뒤흔드는 사랑과 열망의 폭풍이 그녀에게는 낯설고 반갑지 않게 여겨지는 것을 고통스럽게 느꼈다. 때로 나는 스스로를 억지로 속이며, 그녀는 늘 차분하고 즐겁고 조용한 성격이라고 나 자신을 타이르려 들었다. 하지만 그것이 거짓임을 마음속 깊이 느끼고 있었다. 나는 게르트루트를 잘 아는 만큼이나 게르트루트에게도 사랑이 폭풍과 위험을 불러올 수 있음을 깨닫고 있었다. 나는 그 일에 관해 종종 곰곰이 생각해 보곤 했다. 내가 당시 그녀에게 들이닥쳐 달려들고 온 힘을 다해 끌어당겼더라면, 그녀는 나를 따라 나와 함께 인생길을 걸었으리라고 믿는다. 하지만 나는 그녀가 즐거워하는 것을 믿지 않았으며, 그녀가 내게 상냥하고 곰살궂게 대하는 것은 그 지긋지긋한 동정 탓이라 여겼다. 그녀가 다른 건강하고 잘생긴 남자를 나만큼이나 좋아했더라면, 그 남자와 이렇게 오랫동안 이렇게 편안하게 친구로만 남아 있지 않았을 것이라는 생각을 떨칠 수 없었다. 그럴 때면 음악이든 뭐든 내가 가진 것을 다 내주고라도, 곧은 다리와 가벼운 몸놀림을 얻고 싶었던 적이 한두 번이 아니었다.

그 무렵 타이저가 내게 다시 다가왔다. 그는 내 작업에 없어서는 안 되는 사람이었고, 따라서 내 비밀을 듣고 내 오페라 대본과 계획을 알게 된 다음번 사람이었다. 그는 차분하게 악보를 모두 챙기더니 연습해 봐야겠다고 집으로 들고 갔다. 그가 되돌아왔을 때 그의 금발 수염이 보송보송 난 어린애 같은 얼굴은 음악에 대한 격정과 기쁨으로 벌겋게 달아올라 있었다.

"이건 무언가 될 겁니다, 당신의 오페라는!" 그는 들떠 소리쳤다. "전주곡을 켜고 싶어 손가락이 근질거리는군요! 이제 어디 가서 한잔합시다. 이 응큼한 친구여, 주제넘은 소리인지 모르겠지만, 이제 말을 트고 지내자고 하고 싶네요. 억지로 그럴 필요는 없지만요."

나는 그 제안을 기꺼이 받아들였고, 그리하여 저녁을 즐겁게 보냈다. 타이저는 먼저 나를 그의 집으로 데리고 갔다. 그는 어머니가 돌아가신 뒤 홀로 남게 된 누이를 최근에 집으로 불러들였고, 오랜 총각 생활 끝에 새로 식구가 생기니 얼마나 아늑한지 모르겠다고 자랑이 끊이지 않았다. 누이는 수수하고 쾌활하고 순진한 아가씨로 오빠와 꼭 마찬가지로 밝고 어린애 같고 기쁨 어린 착한 두 눈을 지니고 있었고, 이름은 브리기테였다. 그녀는 우리에게 케이크와 오스트리아 산 연녹색 포도주를 내왔고, 아울러 길쭉한 버지니아 시가들이 든 상자를 들고 왔다. 우리는 그녀의 건강을 빌며 첫 번째 잔을 비웠고, 말을 놓는 것을 기념하며 두 번째 잔을 들이켰다. 우리가 케이크를 먹고 포도주를 마시고 시가를 피우는 동안, 타이저는 기쁨에 겨운 듯 방 안을 왔다 갔다 하고, 금방 피아노에 다가앉았다가, 금방 옆구리에 기타를 끼고 소파에 앉았다가, 금방 바이올린을 들고 탁자 끝에 걸터앉았다가 하며, 머리에 떠오르는 대로 아름다운 곡을 연주하고 노래하며 그의 기쁨 어린 두 눈을 반짝거렸다. 모든 게 나와 내 오페라를 기리기 위해서였다. 그의 누이도 오빠와 같은 피를 타고나서 모차르트를 우러르는 것을 알 수 있었다. 그녀가 부르는 〈마술 피리〉의 아리아들과 〈돈 지오반니〉의 악곡들이 작은 집 안에 낭랑히 울렸다. 그녀의 노래는 이야기나 잔 부딪치는 소리에 가끔 파묻혔을 뿐이었고, 그녀의 오빠는 바이올린이나 피아노나 기타나 하다못해 휘파람으로 더없이 깨끗하고 정확하게 반주를 넣었다.

짧은 여름 연주 기간 동안 나는 오케스트라의 바이올리니스트로 근무했으나, 가을이 되면 계약을 해지하고 싶다고 신청했다. 모든 시간과 노력을 내 작업에 쏟아부으려 생각했기 때문이었다. 악단장은 내가 떠나겠다고 하자 부아가 나서 마침내 심술궂게 굴었지만, 타이저의 도움 덕택에 이를 꿋꿋이 견뎌 내고 웃어넘길 수 있었다.

이 충실한 친구와 함께 나는 내 오페라의 관현악곡을 완성했다. 그는 내 생각을 높이 사고 인정했지만, 관현악 편성의 오류란 오류는 가차 없이 지적했다. 때로 그는 화가 머리끝까지 치밀어

못돼 먹은 지휘자처럼 나를 나무라는 통에, 미심쩍기는 하지만 내 마음에 드는 까닭에 버리고 싶지 않은 부분을 지우거나 고치지 않을 수 없었다. 내가 주저주저하거나 헷갈려 하면 그는 항상 실례를 들어 줬다. 내가 잘못된 것을 우기려 하거나 대담하게 치고 나가려 하지 않으면, 그는 총보들을 들고 와서 모차르트나 로르칭*이 어떻게 했는지 보여 주었다. 그리고 내가 망설이는 건 비겁한 것이고, 내 고집은 '천하에 둘도 없는 멍청함'이라고 일컬었다. 우리는 서로 고함치고 맞싸우며 삿대질했다. 타이저의 집에서 그런 일들이 벌어지면 브리기테는 귀 기울여 듣고, 포도주와 시가를 내왔다가 내가고, 구겨져 내버려진 악보들을 가엾은 듯 조심스럽게 다시 폈다. 오빠에 대한 그녀의 사랑과 나에 대한 그녀의 경탄은 거의 비슷했다. 나는 그녀에게 대가大家로 여겨졌다. 나는 일요일마다 타이저 집에 식사하러 갔고, 푸른 하늘이 한 조각이라도 보이면 우리는 전차를 타고 교외로 나갔다. 우리는 언덕과 숲을 지나 산책하고 잡담하고 노래했고, 오누이는 청하지 않아도 고향에서 부르던 요들송을 하늘 높이 띄워 올렸다.

한번은 어느 시골 음식점의 활짝 열린 창문을 통해 신명나게 울리는 시골 춤곡이 멀리서부터 들려서, 요기하러 들어간 적이 있었다. 우리가 식사를 마친 뒤 앞뜰에서 사과주를 마시며 앉아

---

* Gustav Albert Lortzing(1801~1851). 독일의 작곡가, 지휘자, 가수. 특히 오페라에 정통한 것으로 유명하다.

쉬고 있을 때, 브리기테가 재빠르게 음식점으로 다가가 안으로 들어갔다. 우리가 이를 알아채고 그녀가 나타나기를 기다리고 있을 때, 그녀가 춤을 추며 창가를 스쳐 지나가는 모습이 보였다. 여름날 아침처럼 싱싱하고 생기에 넘쳤다. 그녀가 다시 돌아오자 타이저는 그녀에게 손가락질하며, 자기에게 함께 춤추자고 했더라면 좋았을 거라고 말했다. 그녀는 얼굴이 벌게져 난처해하더니 그에게 손사래 치며 나를 흘금 바라봤다.

"왜 그러는 거야?" 오빠가 물었다.

"그만두세요." 그녀는 이렇게만 말했다. 하지만 나는 그녀가 오빠에게 눈짓하여 나를 보라고 하는 것을 알아챘다. 그러자 타이저가 말했다. "아아, 그렇지."

나는 아무 말도 하지 않았다. 하지만 그녀가 나와 한자리에 있는 곳에서 춤을 췄다는 사실만으로도 난처해하는 모습을 보자 묘한 기분이 들었다. 내가 동행하여 방해하지 않았더라면 오누이는 훨씬 더 빨리 더 멀리 지금과는 다른 길로 산책했을 거라는 데 그제야 비로소 생각이 미쳤다. 그때부터 내가 그들의 일요일 소풍에 따라나서는 일은 매우 줄어들었다.

게르트루트는 우리가 소프라노 배역을 처음부터 끝까지 부르는 일을 끝마치자, 내가 그녀를 자주 찾아와 피아노 앞에서 스스럼없이 함께 지내는 일을 그만둘 때가 된 것을 못 견뎌 하면서도, 이를 계속할 구실을 차마 만들어 내지 못하고 있음을 알아챘다. 그녀는 정기적으로 자신을 찾아와 노래할 때 반주를 해달라고 제안하여 나를 놀라게 했고, 나는 한 주마다 두세 번씩 오후에 그녀의 집에 찾아갔다. 임토르 씨는 딸이 나와 친구처럼 지내는 것을 좋아했고, 그렇잖아도 그녀는 일찍이 어머니를 여의고 집안의 안주인 역할을 하고 있는지라 모든 일을 하는 대로 맡겨두고 있었다.

정원은 초여름의 화려함에 빛나고 있었다. 가는 곳마다 꽃들이 피어나고, 고요한 집 둘레에서 새들이 지저귀었다. 길에서 정원으로 접어들어 가로수길의 시커멓고 오래된 석상을 지나 신록에 둘러싸인 집에 다가갈 때면, 언제나 성역으로 들어가는 듯한 생각이 들었다. 이곳으로는 이 세상의 소리나 사물은 단지 나직하고 부드럽게만 밀려들 수 있는 듯했다. 창문 앞의 꽃이 만발한 덤불에서는 꿀벌들이 노래하고, 햇빛과 연한 나무 그림자가 방안으로 들어왔다. 나는 그랜드피아노에 다가앉아 게르트루트의 노래를 들으며, 그녀의 목소리가 가볍게 날아올라 하늘하늘 떠돌며 일렁이는 데 귀 기울였다. 우리가 노래를 마친 뒤 서로 바라보고 웃을 때는 오누이처럼 하나가 되고 스스럼없었다. 나는 이제 손을 내밀어 내 행복을 가볍게 붙잡기만 하면 이를 영원히 누릴 수 있을 거라고 여러 번 생각했지만, 이를 끝내 실행에 옮기지 않았다. 그녀가 언젠가 욕망과 동경을 보일 때까지 기다리고 싶었기 때문이었다. 하지만 게르트루트는 이렇게 살아가는 데 대해 완전히 만족하고 다른 소원이 없는 것 같았다. 때로는 이러한 말 없는 합의를 뒤흔들지 말라고, 우리의 봄날을 깨뜨리지 말라고 내게 당부하고 있는 듯한 생각마저 들었다.

나는 실망했으나, 그녀가 얼마나 마음속 깊이 내 음악에 빠져 살고 있는지, 그녀가 얼마나 나를 이해하고 자랑스러워하는지 깨닫고 위안으로 삼았다.

그러한 일이 6월까지 계속됐다. 그런 뒤 게르트루트는 그녀의 아버지와 함께 산으로 여행을 갔고 나만 홀로 남았다. 내가 그녀의 집을 스쳐 지날 때마다 플라타너스 뒤 저택은 비어 있었고 정원문은 닫혀 있었다. 그럴 때마다 고통이 되살아나고 자라나서 밤 깊을 때까지 나를 괴롭혔다.

저녁이면 나는 호주머니에 거의 늘 악보를 쑤셔 넣고 타이저 집에 찾아가 오누이와 더불어 즐겁고 만족스럽게 시간을 보냈다. 그들의 오스트리아 산 포도주를 마시고 그들과 함께 모차르트를 연주했다. 그러고선 따뜻한 밤길을 걸어 집으로 돌아오며 공원에서 연인들이 산책하는 것을 바라봤고, 집에 돌아와 피곤해진 몸을 잠자리에 뉘여도 잠을 이루지 못했다. 어떻게 내가 게르트루트와 그렇게 오누이처럼만 지낼 수 있었는지, 그 마법을 깨뜨리고 그녀를 끌어당겨 달려들고 차지하지 않았는지 이제 이해할 수 없었다. 그녀가 연푸른색이나 회색 원피스를 입은 채 발랄하게 혹은 진지하게 눈앞에 어른거렸다. 그녀의 목소리가 귀에 쟁쟁 울리자, 내가 언젠가 그 목소리를 듣고도 열정과 구애를 쏟아내지 않았다는 사실을 도저히 이해할 수 없었다. 나는 무언가에 취하고 고열이 나는 듯 몸을 일으켜 불을 켜고 일에 뛰어들었다.

인간의 목소리들과 악기들이 구애하고 간청하고 위협하게 만들었고, 동경의 노래를 새롭고 뜨거운 선율로 만들고 또 만들었다. 하지만 그러한 위안마저 찾을 수 없는 때도 잦았다. 그러면 나는 끔찍한 불면증에 시달리며 드러누워 격렬한 열정에 불타올랐다. 게르트루트, 게르트루트라고 그녀의 이름을 어지럽게 정신없이 중얼거렸다. 위안도 희망도 내던지고, 절망하며 아무리 열망해도 어쩔 도리가 없는 데 몸서리쳤다. 나는 신을 불렀다. 나를 왜 이렇게 만들었느냐고, 왜 불구로 만들었느냐고, 아무리 가엾은 사람이라도 누릴 수 있는 행복을 왜 안겨 주지 않았느냐고 물었다. 어째서 내게는, 음들을 파헤치고 그 음들의 환상을 실체 없이 펼쳐, 도달할 수 없는 것을 열망 앞에 계속해서 그려 내야 하는 잔혹한 위안만을 내려 주었냐고 따졌다.

낮에는 격정을 다스리기가 좀 더 쉬웠다. 나는 이를 악다물고 아침 일찍부터 작업에 몰두했다. 오랫동안 산책을 하여 평안을 되찾았고 몸에 찬물을 끼얹어 원기를 북돋웠다. 저녁이면 밤이 땅거미를 드리우며 으스스하게 다가오는 것을 피해 타이저 오누이 집으로 가서 쾌활하게 보냈고, 그들과 가까이 있으면 여러 시간 동안 편안해졌고 때로는 아늑하기까지 했다. 타이저는 내가 고통받고 있으며 병이 났다는 것을 눈치챘지만, 이를 작업 탓이라 여기고 무리하지 말라고 충고했다. 그 자신도 내 일에 열성을 다해 참여하여 내 오페라가 완성되어 가는 과정을, 나 못지않게 들뜨고 조바심내며 지켜보고 있었으면서 말이다. 가끔 나는 단

둘이 있고 싶어 그를 데리고 나와 서늘한 음식점 뜰에서 저녁을 보내기도 했다. 그러나 거기서는 연인들, 파르스름한 밤하늘, 초롱, 불꽃놀이, 그 밖에 도시의 여름 저녁이면 늘 느낄 수 있는 욕정의 내음 때문에 기분이 그리 나아지지 않았다.

타이저마저 브리기테와 함께 산지로 휴가 여행을 떠나자, 나는 더없이 비참해졌다. 그는 내게 함께 가자고 말했다. 내가 거동이 불편하여 여행의 즐거움을 반감시킬지 모르는데도 진심으로 그렇게 권했으나, 나는 받아들일 수 없었다.

두 주 동안 나는 도시에 홀로 남아 있었다. 잠 못 이루고 뒤척이며 지칠 대로 지쳤다. 작업은 더 이상 진척되지 않았다.

그때 게르트루트가 스위스 발리스 주의 한 마을에서 알펜로제가 든 작은 상자를 보내왔다. 나는 그녀의 글씨를 보고 약간 시든 갈색 꽃망울들을 풀면서, 그녀의 사랑스러운 눈망울들이 나를 바라보고 있는 듯 느꼈다. 격정에 싸이고 불신을 품었던 게 못내 부끄러웠다. 그녀에게 내 마음 상태를 알리는 게 낫겠다는 생각이 들어, 다음 날 아침 짤막하게 편지를 썼다. 나는 그녀에게 농담 반 진담 반으로, 잠을 이룰 수 없는데 이는 그녀를 동경하기 때문이며, 그녀를 사랑하는 까닭에 더 이상 친구로 지낼 수 없다고 적었다. 편지를 쓰는 동안 나는 다시 격정에 휩싸여, 차분하게 농담조로 시작했던 편지가 마침내는 격렬해지고 열정에 빠졌다.

우체부는 거의 날마다 타이저 오누이의 안부 편지와 관광 엽서를 배달해 줬다. 이 오누이는 그들이 쓴 엽서와 편지가 올 때마다 내게 실망만 안겨 줬을 뿐이라는 사실을 알 리 없었다. 나는 다른 사람이 쓴 다른 우편물을 기다리고 있었다.

마침내 기다리던 우편물이 도착했다. 게르트루트의 날아갈 듯 경쾌한 글씨가 회색 봉투에 써 있었고 안에 편지가 들어 있었다.

사랑하는 친구에게!

당신의 편지는 저를 당황하게 했어요. 당신이 고통받고 있으며 힘든 시간을 보내고 있음을 알고 있지요. 그러지 않았더라면 당신이 절 이렇게 놀라게 하신 것을 나무랐을 거예요. 당신은 제가 당신을 얼마나 좋아하는지 알 거예요. 하지만 저는 지금 이대로가 좋아요. 아직 이 상태를 바꾸고 싶은 생각이 없어요. 당신을 잃게 될 것이라는 위험을 느끼면 저는 당신을 붙잡아 두고자 온갖 노력을 다할 거예요. 하지만 당신의 열렬한 편지에 저는 답해 드릴 수 없어요. 참고 기다려 주세요. 우리가 다시 만나 서로 이야기를 나눌 수 있을 때까지 우리 사이는 지금 이대로 놓아두도록 해요. 그러면 모든 일이 쉽게 풀릴 거예요.

친구로서

당신의 게르트루트

이 편지로 상황이 달라지지는 않았지만 내 기분은 풀렸다. 그녀가 인사를 보내온 것이다. 내가 그녀에게 구혼한 것을 눈감아

주고 하는 대로 내버려 뒀으며, 나를 거절하지 않은 것이었다. 편지에서는 그녀의 본성도 엿볼 수 있었다. 그녀는 차가울 만큼 맑았다. 내가 동경에 젖어 그려 냈던 그녀의 모습 대신, 그녀 자신이 다시금 내 눈앞에 서 있었다. 그녀의 눈길은 믿음을 요구했고, 나는 그녀가 가까이 있다고 느꼈다. 그러자마자 마음속에 부끄러움과 자랑스러움이 일어, 애끓는 갈망을 이겨 내고 불타는 소망을 억누를 수 있도록 해주었다. 위안을 얻지는 못했지만 기운을 되찾아, 나는 힘차게 똑바로 일어섰다. 나는 일거리를 들고 시내에서 두 시간 거리에 있는 어느 마을의 여관에 숙박했다. 그곳에서 꽃이 진 라일락 그늘 아래 오래도록 앉아 내 인생에 관해 곰곰 생각하며 놀라워했다. 나는 얼마나 외롭고 낯설게 어디로 가는 줄도 모르고 내 길을 걸었던가! 어디에도 뿌리 내리지 못하고 고향으로 삼지도 못했다. 부모님과는 공손한 편지를 통해 안부나 주고받았고, 직장까지 그만두고 위험스러운 창작의 환상에 빠져들었으나 그마저 만족하지 못했다. 친구들은 나를 제대로 알지 못했고, 게르트루트만이 나를 속속들이 꿰뚫어 보고 나와 하나로 어우러질 수 있는 유일한 사람이었다. 나는 내 작업을 위해 살아왔고 이 작업은 내 인생에 의미를 부여하게 될 것이었지만, 이 일은 환영을 쫓는 것이며 공중누각을 짓는 것이 아니었을까? 음들을 차곡차곡 쌓아올리고 그 형태들을 들뜬 채 연주하더라도, 기껏해야 다른 사람들이 한 시간 남짓 기분 좋게 보낼 수 있게 해줄 뿐인데, 그런 일이 정말 의미 있고 한 인간의 인생을 바칠 만하고 채워 줄 수 있는 것일까?

그렇지만 나는 다시 무척 부지런히 일했고 그해 여름에 오페라의 속살을 다 채웠다. 껍질을 덮지 못한 곳도 많았고 그제야 씌우기 시작했지만 말이다. 나는 다시 기쁨에 젖어 내 작품이 사람들에게 어떻게 힘을 미칠 것인지, 가수, 연주자, 악단장, 합창단이 내 뜻을 어떻게 실현해야 할 것인지, 내 뜻이 수많은 사람들에게 어떻게 영향을 미칠 것인지 으쓱해하며 상상할 때도 있었다. 또한 그 모든 운동과 힘이, 누구나 동정하는 한 가엾고 외로운 인간의 힘없는 꿈과 환상에서 나오게 되리라는 사실을 으스스하고 섬뜩하게 떠올릴 때도 있었다. 이따금 용기를 잃고, 내 작품은 영원히 공연이 불가능하며 모든 게 엉터리이고 과장됐다고 생각할 때도 있었다. 하지만 그런 때는 드물었고 나는 내심 내 작품의 생명과 힘을 믿어 마지않았다. 또한 내 작품은 솔직하고 열정적이었고, 체험에서 비롯되었기에 핏줄에 피가 흘렀다. 나는 그 작품을 오늘날에는 더 이상 듣고 싶지 않고 다른 곡들을 쓰고 있지만, 그 오페라에는 내 청춘이 고스란히 담겨 있다. 그 작품의 소절들이 다시 들려오면, 내 청춘과 격정의 아득한 골짜기에서 봄바람이 따스하게 불어오는 것 같다. 내 작품의 온 열정과 힘이 사람들의 가슴을 휘어잡은 까닭은 내가 허약하고 불구이고 동경에 젖었기 때문이라는 사실을 떠올릴 때마다, 나는 그 당시의 내 인생 전체를, 또한 지금의 내 인생을 긍정해야 할지 부정해야 할지 더는 모르겠다.

여름이 저물고 있었다. 사납고 거세고 흐느끼듯 소나기가 퍼붓던 칠흑같은 밤에 나는 전주곡을 마무리했다. 아침이 되자 비는 서늘하게 부슬거렸다. 하늘은 온통 잿빛이었고 정원에는 가을 기운이 감돌았다. 나는 짐을 꾸려 시내로 돌아왔다.

내가 아는 사람들 중에서 타이저와 그 누이만이 돌아와 있었다. 두 사람은 산의 햇볕에 그을려 얼굴이 구릿빛이 되었고 여행을 하며 놀랄 만큼 많은 경험을 했지만, 내 오페라가 어떻게 됐는지 알고 싶어 관심과 기대를 감추지 못했다. 우리는 전주곡을 검토했고, 타이저가 내 어깨에 손을 얹은 채 누이에게 "브리기테, 봐라, 이 사람은 위대한 음악가야!"라고 말하자, 나 자신마저 엄숙한 기분이 들었다.

나는 동경과 흥분을 억누르며, 믿음을 품고 게르트루트가 도착하기를 기다렸다. 그녀에게 상당한 양의 작업을 보여 줄 수 있었고, 그녀는 이 모든 것을 마치 자기 것처럼 느끼고 이해하고 즐기리라는 사실을 알고 있었다. 내가 가장 애타게 기다린 사람은 하인리히 무오트였다. 내게는 그의 도움이 간절했는데 그로부터는 몇 달 전부터 아무 소식이 없었다.

마침내 그가 나타났다. 게르트루트가 돌아오기 전이었다. 그는 어느 날 아침 내 방으로 들어왔고, 오랫동안 내 얼굴을 들여다봤다.

"안색이 말이 아니군요." 그는 고개를 저으며 말했다. "하기야 이런 작품을 쓰려면!"

"배역을 훑어봤습니까?"

"훑어봤냐고요? 다 외웠습니다. 원한다면 바로 불러 드리겠습니다. 정말 굉장한 음악이에요!"

"그렇게 생각하십니까?"

"두고 보세요. 당신은 가장 아름다운 작품을 만들었습니다. 조금만 기다리세요! 오페라가 공연되자마자, 온 세상에 당신 이름을 날리게 될 것입니다. 그건 당신이 알아서 할 일이겠지만요. 언제 노래를 불러 볼까요? 적어도 한두 군데는 짚고 넘어가야 할 듯싶은데요. 전체적으로 얼마만큼 진척됐습니까?"

그에게 보여 줄 수 있는 것은 다 보여 주자, 그는 곧바로 나를 그의 집으로 데리고 갔다. 격정에 휩싸여 있던 내내 그를 염두에 두고 만들었던 배역을 그가 노래하는 것을 처음으로 들으며, 내 음악과 그의 목소리의 힘을 느꼈다. 그제야 나는 무대 전체를 머릿속에 그려 볼 수 있었다. 그제야 나 자신의 불길이 나를 향해 퍼덕여 그 따스함을 느낄 수 있었다. 그것은 이제 내 소유도 아니고 내 작품도 아니었으며, 스스로 생명을 품고서 낯선 힘으로서 내게 영향을 미쳤다. 나는 처음으로 작품이 창작자와 분리되는 것을 느꼈다. 그 전까지는 거의 믿지 않았던 일이었다. 내 작품은 홀로 서서 움직이며 생기를 띠기 시작했고, 방금 나는 그것을 손에 쥐고 있었으나 이제는 더 이상 내 것이 아니었다. 아이가 성장하여 아버지에게 벗어나듯 내 작품은 홀로 숨 쉬며 힘을 떨쳤고, 제 발로 서서 낯선 두 눈으로 나를 바라보았다. 그러면서도 그 이마에는 내 이름과 내 표지가 찍혀 있었다. 나는 이렇게 둘로 갈라지고 때로 섬뜩하기조차 한 느낌을 나중에 공연들을 볼 때도 받았다.

무오트는 배역을 열심히 연습했고, 그가 바꾸기를 바라는 부분에 나도 쉽게 수긍할 수 있었다. 이제 그는 대충 보고 지나쳤던 소프라노 배역에 대해 궁금해했고, 전에 그 배역을 어느 여가수가 나에게 불러 주었는지 알고 싶어 했다. 나는 이제 그에게 게르트루트 이야기를 꺼내지 않을 수 없었고, 천연스럽게 지나가는 듯한 말투로 이를 말해 주었다. 그는 아마 게르트루트라는 이름은 알고 있었지만 임토르 씨의 집에 드나든 적은 없었으므로, 게르트루트가 이 배역을 연습하여 노래할 수 있었다는 말을 듣고 깜짝 놀랐다.

"그렇다면 그녀는 틀림없이 목소리가 좋겠군요." 그는 추어올리며 말했다. "더없이 높고 가벼울 겁니다. 나를 한번 거기로 데리고 가주지 않겠습니까?"

"그렇잖아도 그러자고 청하려던 참이었습니다. 당신이 임토르 양과 함께 두세 차례 노래 부르는 것을 듣고 싶습니다. 수정할 필요도 있으니까요. 임토르 씨 부녀가 도시에 돌아오면 부탁해 보겠습니다."

"당신은 정말 행운아입니다, 쿤 씨. 게다가 관현악은 타이저가 도와주고 있잖습니까. 두고 보세요. 이 작품은 분명히 크게 성공할 겁니다."

나는 아무 말도 하지 않았다. 나중에 내 오페라의 운명이 어떻게 될지 생각할 겨를이 없었다. 먼저 완성부터 하고 볼 일이었다. 하지만 그가 노래하는 것을 들은 이후 나도 내 작품의 힘을 믿게 됐다.

내가 타이저에게 이런 이야기를 하자, 그는 화가 나서 말했다. "그럴 거네. 무오트는 엄청난 힘을 가지고 있으니까. 날림으로만 부르지 않는다면. 그자는 음악은 아랑곳없고 늘 자기 자신만 생각하거든. 어디서나 제 하고 싶은 대로만 하니까."

낙엽이 하나둘 떨어지기 시작할 무렵이었다. 어느 날 나는 단풍 든 정원을 지나 임토르 씨 집에 찾아갔다. 마침내 집에 돌아온 게르트루트를 만나기 위해서였다. 내 마음은 불안하게 뛰고 있었다. 게르트루트는 더 아름답고 번듯해지고, 얼굴이 제법 그을려 있었다. 그녀는 미소 지으며 내게 다가와 악수를 청했고, 사랑스러운 목소리와 밝은 눈길과 더없이 고결하고 거리낌 없는 자태로 곧바로 내게 옛 마술을 걸었다. 행복에 겨운 나는 근심과 욕망을 옆으로 밀쳐 두고, 다시 그녀 곁에 푸근히 있을 수 있게 되어서 기뻤다. 그녀는 내가 그러도록 놓아두었다. 내가 편지나 소원을 입에 올릴 만한 기회를 찾지 못하자, 그녀도 이 모든 일에 입을 꾹 다물었다. 우리의 우정에 금이 가거나 위태로워졌다는 낌새가 느껴지는 거동도 하지 않았다. 그녀는 내게서 벗어나려 하지 않았고 다시 단둘이 자주 있게 되었다. 그러면서 그녀가 나를 북돋우지 않는 한, 내가 그녀의 뜻을 존중하고 구애를 되풀이

하지 않으리라 믿었다. 우리는 내가 지난 두세 달 동안 작업했던 모든 것을 검토했다. 나는 무오트가 그의 배역을 맡고 칭찬했다고 이야기했고, 두 주요 배역을 함께 검토해야 하므로 그를 데리고 와도 좋겠냐고 허락을 구했다. 그녀는 승낙했다.

"썩 내키지는 않지만요." 그녀가 말했다. "잘 아시지요. 저는 보통 때에는 낯선 사람들 앞에서 노래를 부르지 않거든요. 무오트 씨 앞에서라면 더더욱 거북스러워요. 그가 유명한 가수라서 그렇기도 하지만요. 그는 내가 두려워하는 무언가를 품고 있어요. 적어도 무대에서는요. 두고 보자고요. 잘될 수도 있을 거예요."

나는 내 친구를 두둔하고 칭찬할 엄두를 내지 못했다. 그랬다가는 그녀가 더 몸을 사릴 수도 있을 터였다. 나는 그녀가 한 번만 그와 노래해 보면 계속 함께 노래 부르고 싶어 할 것이라 믿어 마지않았다.

며칠 뒤 내가 무오트와 함께 마차를 타고 오자 임토르 씨는 우리를 기다려 맞이했는데, 몹시 정중하면서도 조금은 쌀쌀한 태도였다. 그는 내가 자주 찾아와 게르트루트와 친하게 지내는 것을 아무렇지도 않게 여겼다. 누군가 그에 대해 귀띔했더라면 그는 웃어넘겼을 것이다. 하지만 여기에 무오트까지 끼어든 것은 그에게 못마땅했다. 그러나 무오트는 매우 품위 있고 올바르게 처신했으며, 임토르 씨 부녀는 그의 행실이 예상과 다르자 기분이 좋아진 듯했다. 포악스럽고 오만하기로 소문난 가수는 훌륭한 매너를 선보였고 잘난 체하지도 않았다. 이야기할 때는 단호하면서도 겸손하게 처신했다.

"노래하러 갈까요?" 게르트루트가 잠시 뒤 말했다. 우리는 일어서서 음악실로 건너갔다. 나는 그랜드피아노에 다가앉아 전주와 장면을 간추려 설명한 다음 마침내 게르트루트에게 노래를 시작하라고 부탁했다. 그녀는 주뼛주뼛 조심스레 노래했고, 목소리를 다 내지 못했다. 반면에 무오트는 자기 차례가 오자 망설임도 거리낌도 없이 목청껏 노래하여, 우리 두 사람을 휩쓸어서 빠른 선율의 한가운데 빠뜨렸다. 그러자 게르트루트도 노래에 온몸을 던졌다. 무오트는 양갓집에서는 여성들에게 매우 의례적으로 대하는 버릇이 있었는데, 그제야 비로소 게르트루트에게 눈길을 돌리고 그녀의 노래를 열성을 다해 좇아갔다. 그리고 상냥하고 솔직하며 살가운 말로 그녀에게 정말 놀랐다고 털어놓았다.

그때부터 모든 거리낌은 사라졌고, 우리는 음악으로 친밀해지고 한마음이 됐다. 내 작품은 그때까지도 여러 악곡들이 산만하게 연결되어 여전히 생기가 없었는데, 이제 점점 더 굳게 점점 더 깊이 하나로 합쳐졌다. 주요 작업은 다 마쳤고 핵심 부분은 망치지 않을 것임을 이제 알았기에, 나는 마음이 놓였다. 나는 기쁨을 감추지 않았고, 감동에 젖어 두 친구들에게 감사했다. 하인리히 무오트와 나는 축제라도 벌이듯 즐겁게 집에서 나왔고, 그는 나를 단골 음식점으로 이끌어 즉흥 잔치를 벌였다. 그는 샴페인을 마시며 단 한 번도 시도하지 않았던 행동을 했다. 나를 자네라고 부르더니 그 뒤로 말을 튼 것이다. 나는 이를 기쁘게 여기고 그렇게 하도록 놓아뒀다.

"우리 기분 좋게 축하하자고." 그가 웃음을 터뜨렸다. "미리 축하한다고 안 될 건 없어. 미리 하는 축하가 가장 멋진 거야. 나중에는 다 달라지니까. 자네는 이제 극장에서 각광받을 거야, 젊은 친구. 그러면 대부분 사람들은 망가지거든. 자네는 그러지 않기를 바라며 건배하자고."

그 뒤로도 얼마간 게르트루트는 무오트 앞에 나서기를 꺼렸고, 노래 부를 때만 그에게 거리낌 없고 천연스럽게 대했다. 그가 매우 조심스럽고 사려 깊게 행동하자, 게르트루트는 그의 방문을 차츰 기뻐하게 되었다. 그리고 나와 마찬가지로 그에게도 언제나 다시 오라고 스스럼없이, 상냥하게 말했다. 우리 세 사람만이 함께 보내는 시간이 줄어갔다. 두 배역들을 다 불러 보았고 다 검토했기 때문이었다. 임토르 씨 집에서는 정기적인 음악의 밤과 더불어 겨울 모임이 다시 시작됐고, 이제 무오트도 모습을 자주 나타냈지만 공연에는 참여하지 않았다.

게르트루트와 서먹해지고 있고 그녀가 왠지 나를 피하는 듯한 느낌이 가끔 들었다. 그러나 그런 생각을 하는 나 자신을 항상 꾸짖고 내 믿지 못하는 마음을 부끄러워했다. 게르트루트가 모임이 열리는 이 집 안주인인 터라 찾는 사람이 많다는 사실을 알고 있었고, 그녀가 손님들 사이를 훤칠하고 당당하게 그러면서도 우아하게 돌아다니며 분위기를 이끄는 모습이 보기 좋았다.

여러 주가 쏜살같이 지나갔다. 나는 되도록 겨울 안에 다 마무리 지으려 마음먹고 작업에 몰두했다. 타이저와 만나 그와 그 누이와 함께 저녁을 보냈고, 그 밖에 갖가지 서신을 교환하고 이런저런 일을 처리했다. 여기저기서 내 가곡들이 불려졌고 베를린에서는 내가 작곡한 현악곡들이 빠짐없이 연주됐기 때문이었다. 문의하는 편지와 신문 비평이 잇따랐다. 정작 나는 게르트루트, 타이저 오누이, 무오트 말고는 어느 누구에게도 오페라에 관해 한마디도 하지 않았는데, 별안간 누구나 다 내가 오페라를 만들고 있다는 사실을 알고 있는 것 같았다. 이제 사람들이 알든 모르든 상관없었고, 이러한 성공 조짐에 나는 내심 기뻤다. 마침내, 그렇지만 생각보다 일찍 내 앞길이 환히 열리는 기분이었다.

나는 꼬박 1년 동안 부모님 집에 들르지 못했다. 크리스마스가 되어서야 찾아가자, 어머니는 나를 상냥하게 맞았다. 그러나 우리 사이에는 오래된 어색함이 남아 있었다. 나는 이해받지 못할까 봐 두려웠고, 어머니는 내 예술가 직업을 못 미더워하면서 정말로 노력하고 있는지 미심쩍어했다. 어머니는 나에 관해 들었거나 읽었던 내용을 신바람 나서 이야기했지만, 그런 소문을 믿어서라기보다는 나를 기쁘게 해주기 위해서였다. 내심으로는 이런 그럴싸한 성공도 내 예술 전체도 믿지 않았다. 어머니가 음악을 좋아하지 않는 것은 아니었고 예전에는 노래도 불렀지만, 어머니가 보기엔 어차피 음악가란 불쌍한 존재였다. 어머니는 내 음악에 관해 떠도는 소문을 듣기는 했지만, 이 음악을 이해하거나 납득하지는 못했다.

아버지는 훨씬 더 나를 믿어 주었다. 아버지는 상인이었던 터라 무엇보다도 내가 생계나 유지하며 사는지 염려했다. 늘 아무 군소리 없이 넉넉히 도와주었고, 내가 오케스트라를 그만둔 뒤에는 내 생계비 전체를 다시 대쳤지만, 내가 돈벌이를 시작하여 내 수입으로 살아갈 수 있는 전망이 생기자 흐뭇해했다. 아버지는, 가진 돈이 아무리 많더라도 제 손으로 돈을 벌어 사는 것이 사람답게 살기 위해 꼭 필요하다고 여겼다. 그런데, 아버지는 침대에 누워 있었다. 내가 도착하기 바로 전날 넘어져서 발을 다쳤던 것이었다.

아버지는 자못 철학적인 이야기를 하려 들었다. 나는 전에 없이 아버지에게 가까이 다가가 아버지의 경험에서 우러나온 인생의 지혜를 듣는 데서 기쁨을 느꼈다. 나는 아버지에게 여러 괴로운 일들을 하소연할 수 있었다. 예전에는 부끄러워 차마 하지 못했던 말이었다. 그때 무오트가 했던 어떤 말이 떠올라, 나는 들은 대로 아버지에게 말했다. 무오트는 언젠가, 청춘이 인생에서 가장 힘든 시간이라고, 노인들은 젊은이들보다 대개 훨씬 더 쾌활하고 더 만족스럽게 산다고 말했다. 물론 진지하게 한 말은 아니었지만 말이다. 아버지는 그 말을 듣고 웃음을 터뜨리더니 생각에 잠겨 이렇게 말했다. "우리 노인들은 당연히 그 반대라고 말하지. 하지만 네 친구는 무언가 진리를 알아챘구나. 내가 생각하기에 우리는 인생을 살면서 청춘과 노년 사이에 뚜렷이 경계를 그을 수 있다. 청춘은 이기심이 사라지면서 끝나고, 노년은 다른 사람들을 위해 살면서 시작되거든. 무슨 말인가 하면, 젊은이들은 자기 자신만을 위해서 살기 때문에 인생에서 즐거움과 괴로움을 숱하게 겪는다. 어떤 소원이든 어떤 생각이든 소중하고, 어떤 기쁨이든 끝까지 즐기지만 어떤 고통이든 끝까지 겪기도 한다. 소원을 이루지 못하면 곧바로 인생 전체를 내던지는 젊은이들도 있지. 이것이 청춘이다. 하지만 대부분의 사람들에게는 이렇게 자기 자신만을 위해서가 아니라 다른 사람을 위해 사는 시기가 찾아온다. 덕성이 높아져서가 아니라 아주 자연스럽게 말이지. 대개의 경우 가정을 이루면서 그렇게 되지. 어떤 사람들은 아이들이 태어나면 자기 자신이나 자신의 소원은 뒤로 제쳐 둔다. 어떤 사람들은 어떤 공직이나 정치나 예술이나 학문에 종사하면서 이기심을 버린다. 젊은이들은 놀려고 하고, 노인들은 일을 하는 거지. 누구도 아이들을 낳겠다고 결혼하지는 않지만, 아이들이 생기면 태도가 바뀌고 마침내 그 모든 것은 오로지 아이들을 위해서 일어났다는 걸 깨닫는다. 젊은이는 죽음을 입에 올리기 좋아하지만 죽음을 꿈에도 생각지 않는 것과도 관련이 있지. 노인들은 정반대야. 젊은이들은 영원히 살 것이라고 믿기 때문에 모든 소원과 생각을 자신에게 집중시킬 수 있다. 노인들은 언젠가 종말이 찾아오고, 혼자만의 재산이나 업적이 결국은 모두 무덤에 빠질 것이며 아무 가치도 없다는 사실을 이미 깨닫고 있다. 때문에 그런 사람에게는 또 다른 영원성이 필요하고, 그저 벌레들에 갉아먹히기 위해 일하는 게 아니라는 믿음이 절실하지. 그 때문에 아내와 아이들도, 사업과 공직과 조국도 있는 거야. 도대체 누구를 위해 날마다 악착같이 고생하는지 깨달을 수 있도록 말이야. 이런 점에서 네 친구의 말은 매우 옳다. 우리는 자기 자신만을 위해 살 때보다 다른 사람을 위해 살 때 더 만족하는 거야. 그렇다고 해서 노인들은 이를 대단한 미덕처럼 내세워서는 안 된다. 그럴 만한 게 아니니까. 가장 정열적이었던 젊은이가 가장 훌륭한 노인이 되는 법이다. 학교 다닐 때부터 애늙은이처럼 행동했던 젊은이는 오히려 그렇지 못하지."

나는 일주일 동안 집에 머물며 아버지의 병상을 줄곧 지켰다. 아버지는 몸져누워 있는 것을 답답해했다. 사실 발에 가벼운 부상을 입은 것 말고는 기운차고 건강했다. 나는 아버지에게 좀 더 일찍이 살갑게 굴거나 붙임성을 보이지 못해 죄송하다고 털어놓았다. 하지만 아버지는 그건 서로 마찬가지라고 말했다. 우리가 친해지겠다고 급히 서둘렀더라면 오히려 낭패를 겪었을 터이니, 앞으로 친해지기 위해서는 차라리 이렇게 된 편이 더 나을 것이라고. 아버지는 조심스럽고 상냥하게 여자들과는 어떻게 지내고 있는지 물었다. 나는 게르트루트에 관해서는 아무것도 말하고 싶지 않았고, 이를 빼고 나니 털어놓을 말이 거의 없었다.

"걱정 마라." 아버지가 미소 지으며 말했다. "너는 썩 훌륭한 남편이 될 자질이 보인다. 영리한 여자라면 금세 알아챌 거다. 다만 너무 가난한 여자는 믿지 마라. 네 돈만 노릴 수 있으니까. 네가 마음이 가는 여자를 찾지 못한다 할지라도, 이 세상이 끝나는 건 아니다. 젊은이들의 불붙는 사랑과, 결혼에서 지긋이 싹트는 사랑은 같은 게 아니란다. 젊을 때는 누구나 자신만 생각하고 자기만 챙긴다. 하지만 가정이 생기면 돌봐야 할 다른 일들이 생긴다. 나도 그랬다. 너도 어쩌면 알고 있겠지만. 나는 네 엄마를 무척 좋아했다. 진짜 연애결혼이었지. 하지만 이런 감정은 고작 한두 해 지속되었단다. 그런 뒤 사랑은 식었고 이내 마지막 재까지 날아가 버렸다. 우리는 멍하니 서서 무엇을 어떻게 해야 할지 알지 못했어. 바로 그때 아이들이 생겼지. 어렸을 적 죽은 네 손위 남매들 말이다. 우리는 이 아이들을 보살펴야 했단다. 그 때문에 우리는 서로에게 바라는 게 적어졌고. 서먹함이 다시 사라졌고, 별안간 사랑이 다시 움텄단다. 물론 예전 같은 사랑이 아니라 전혀 다른 사랑이었지만. 그 뒤 이 사랑은 자주 불을 갈아 주지 않아도 30년 넘게 잘 타올랐다. 연애결혼이라고 다 잘되는 것은 아니란다. 잘되는 경우가 오히려 드물지."

물론 이러한 생각들이 내게 그다지 도움이 되지는 않았지만, 아버지와의 새롭고 친밀한 관계 덕택에 마음이 편해졌고, 최근 여러 해 동안 관심 없이 지냈던 고향에 다시 애정을 느꼈다. 집을 떠나면서 나는 찾아오기 잘했다고 생각했고, 앞으로 아버지와 더욱 좋은 관계를 유지해야겠다고 마음먹었다.

현악 연주를 위한 작업과 여행 때문에 한동안 임토르 씨의 집에 찾아갈 겨를이 없었다. 돌아와서 보니, 무오트는 전에는 나와 함께만 찾아갔던 임토르 씨의 집에 가장 자주 불려 가는 손님

중 한 사람이 되어 있었다. 늙은 임토르 씨는 그를 여전히 쌀쌀맞게 거리를 두고 대했으나, 게르트루트는 그와 좋은 친구가 된 듯했다. 내게도 반가운 일이었다. 나는 질투할 까닭이 없었고, 무오트와 게르트루트 두 사람은 달라도 너무 달랐기에, 서로 흥미와 매력을 느낄 수는 있어도 서로 만족시키거나 사랑할 수는 없을 것이라 믿어 마지않았다. 그래서 그가 그녀와 함께 노래하고 두 사람이 그들의 아름다운 목소리를 섞을 때 나는 아무 의심 없이 지켜봤다. 이 훤칠하고 늘씬한 두 사람이 똑바로 서 있는 모습은 보기 좋았다. 그는 어두우면서 진지했고, 그녀는 밝으면서 쾌활했다. 하지만 최근 들어 때때로, 그녀의 타고난 쾌활함이 예전과 달리 자연스레 흘러나오지 않고 그녀가 가끔 피곤하고 근심에 차 있는 것 같다는 생각이 들었다. 그녀가 나를 진지하고 찬찬히, 호기심과 관심 어린 눈으로 들여다보는 때도 드물지 않았다. 슬픔과 불안에 싸인 사람들이 서로를 바라볼 때 던지는 눈길이었다. 내가 목례를 하고 즐거운 눈빛으로 답하면 그녀는 얼굴을 느릿느릿 힘들게 펴서 미소 지었다. 그럴 때면 나는 가슴이 아팠다.

하지만 그런 모습은 꽤 드물었고, 다른 때 게르트루트는 예전과 다름없이 매우 쾌활하고 환해 보였다. 때문에 나는 그녀의 근심 어린 모습은 내 환상이었거나, 아니면 그녀가 한때 몸이 불편했던 탓으로 돌렸다. 딱 한 번 정말로 놀란 적이 있었다. 그 집에 방문하는 친구 중 한 사람이 베토벤을 연주했을 때 그녀는 어둠침침한 곳의 의자에 기대앉아 있었다. 아무도 보는 사람이 없으리라 믿고 있음에 틀림없었다. 방금 전 밝은 불빛 아래 손님들을 맞이할 때는 그녀는 항상 맑고 쾌활한 모습이었다. 하지만 이제 자기 생각에 깊이 빠져 음악에 아무 감흥도 느끼지 않는 듯 보였다. 얼굴이 흐트러져 있었고, 시달림에 지쳐 어쩔 줄 모르는 아이처럼 피로와 불안과 주저가 뒤섞인 표정이었다. 그런 모습은 몇 분 동안 계속되었고, 나는 가슴이 멎는 것 같았다. 그녀는 고통과 근심으로 부대끼고 있었다. 그것만으로도 염려스러웠는데, 내 앞에서 즐거운 척하며 모든 것을 숨기고 있다는 사실에 더 불안해졌다. 연주가 끝나자마자 나는 그녀에게 다가가서 옆에 앉아 지나가듯 이야기를 꺼냈다. 그녀가 겨울을 힘들게 보내고 있고 나 또한 힘겹게 지내고 있다고 말을 건넸지만, 그 모든 말을 농담처럼 가볍게 던졌다. 끝으로 우리가 오페라의 시작 부분을 함께 연주하고 노래하고 상의했던 지난봄의 나날을 상기시켰다.

그녀가 대답했다. "그래요, 아름다운 시절이었어요." 그 말이 다였지만 그것은 고백이었다. 그녀는 무심결에 진심으로 그 말을 했던 것이다. 나는 그 말에서 희망을 엿봤고, 그녀에게 마음속 깊이 감사했다.

여름에 했던 질문을 다시 던지고 싶은 마음까지 들었다. 그녀의 본성이 달라졌고, 그녀가 내 앞에만 오면 때로 당황하여 안절부절못하는 것은 아무리 예사롭게 봐 넘기더라도 내게 바람직한 조짐으로 받아들일 만했다. 그녀가 아가씨로서의 자존심을 버리지 못하고 지키려 안간힘을 쓰는 것 같아 가슴 아팠다. 하지만 나는 아무 말도 하지 않았다. 그녀가 안절부절못하는 게 안쓰러웠지만, 먼저 구애하지 않겠다는 약속을 지켜야 한다고 생각했다. 나는 여자들과 어떻게 사귀어야 할지 몰랐다. 나는 하인리히 무오트와 정반대되는 실수를 범했다. 여자들을 친구처럼 대했던 것이다.

나는 내가 눈치챈 것을 언제까지 착각이려니 여길 수도 없었고 게르트루트의 달라진 태도를 아무래도 납득하지 못했으므로, 스스로 자제했다. 그녀에게 찾아가는 발걸음을 줄였고 그녀와 단둘이 이야기하지 않도록 조심했다. 그녀가 고통받고 갈등하고 있는 것 같아, 그녀를 감싸 주고 싶었고 더 겁먹거나 불안하게 하고 싶지 않았다. 내가 보기엔 그녀는 나의 이런 배려를 알아챘고 내가 자제하는 것을 내심 반기는 것 같았다. 나는 겨울이 지나고 떠들썩한 모임이 끝나면 우리 둘의 조용하고 아름다운 시간이 찾아오기를 바랐고, 그때까지 기다리기로 했다. 하지만 이 아름다운 아가씨가 종종 더없이 가엾게 여겨졌고, 내 뜻과 달리 나자신마저 차츰차츰 불안해졌다. 무언가 좋지 않은 일이 생길 듯한 예감이 들었다.

나는 봄이 오기를 애타게 바라면서 이런 상태에 부대끼고 고통받았다. 2월이 되었다. 무오트도 내게 거의 찾아오지 않았다. 물론 그는 겨우내 오페라에서 온 힘을 다해 노래했고 최근 큰 극장 두 곳으로부터 영예롭게 초빙을 받아 어디로 가야 할지 망설이고 있었다. 이제 애인도 없어 보였다. 적어도 그가 로테와 헤어진 뒤에 나는 그의 곁에서 어떤 여자도 본 적이 없었다. 얼마 전 우리는 그의 생일을 축하했고, 그 뒤로 그를 만나지 못했다.

불현듯 그를 만나고 싶은 욕구가 솟았다. 나는 게르트루트와의 변화된 관계와 과로로 지쳐 있었고, 겨울이 지긋지긋해 괴로웠다. 그래서 잡담이라도 나누려고 그를 찾아갔다. 그는 내게 셰리주를 내놓았고 극장에 관해 이야기했는데, 피곤하고 멍해 보이고 야릇할 만큼 사근사근했다. 나는 그의 말을 귀담아들었고, 방안을 둘러보며 임토르 씨 집에 다시 찾아갔는지 물어보려던 참이었다. 그런데 무심히 탁자에 눈길을 던졌다가 게르트루트의 글씨가 쓰인 봉투가 놓여 있는 것을 보았다. 이에 대해 무슨 생각을 채 떠올리기도 전에, 두려움과 쓰라린 기분이 마음속에 치받쳤다. 초대장일 수도, 의례적인 편지일 수도 있었다. 하지만 아무리 그렇게 믿고 싶어도 그렇게 생각할 수 없었다.

나는 침착을 유지하기는 했지만 이내 자리를 떠났다. 뜻하지 않게 나는 모든 것을 알아 버렸다. 초대장일 수도, 하찮은 것일 수도, 우연일 수도 있었다. 하지만 그렇지 않았다. 나는 최근에 있었던 모든 일을 불현듯 깨닫고 이해했다. 어찌된 일인지 알아보고 분명하게 밝혀질 때까지 기다리기로 마음먹었으나, 그런 생각들은 모두 그럴싸한 구실을 내세워 도피하려는 데 지나지 않았다. 화살이 깊이 박혀 피가 곪고 있었다. 집에 돌아와 방에 들어앉자 암담한 느낌이 차츰 가라앉고 냉철한 생각이 오싹하게 찾아들었다. 이러한 생각은 얼음처럼 차갑게 나를 꿰뚫었다. 이제 내 인생은 망가졌으며 내 믿음과 희망도 사라졌음을 깨달았다.

머칠 동안 나는 눈물 흘리지도 고통스러워하지도 않았다. 나는 오래 망설이지 않고 더 이상 살지 않기로 마음을 다졌다. 삶의 의지가 가라앉았다 못해 잦아든 것 같았다. 죽음은 반드시 이행해야 하는, 좋은지 나쁜지 따질 필요도 없는 사무처럼 생각됐다.

죽기 전에 처리해야 했고 실제로 처리했던 일은 무엇보다도 게르트루트를 찾아가는 것이었다. 내 느낌이 맞는지 확인하는 절차를 다소나마 거치고 싶어서였다. 무오트를 통해 이를 확인할 수도 있었을 것이다. 그는 게르트루트보다는 잘못이 덜한 듯 보였지만, 그에게 찾아갈 생각은 하지 못했다. 게르트루트에게 갔지만 그녀를 만날 수 없었다. 다른 날 다시 찾아가서 그녀와 그녀의 아버지와 몇 분 동안 이야기를 나눴다. 임토르 씨는 우리가 음악을 연습하려 한다고 여기고서 둘만 남기고 자리를 비웠다.

이제 그녀와 나만 마주 서 있었고 나는 그녀를 다시금 유심히 바라봤다. 그녀는 조금 변하기는 했지만 예전 못지않게 아름다웠다.

"미안합니다, 게르트루트," 나는 결연히 말했다. "당신을 또 괴롭혀서요. 저는 여름에 당신에게 편지를 썼죠. 이제 그에 대한 대답을 들을 수 있을까요? 저는 여행을 떠나야 합니다, 아마도 오랫동안. 그렇지 않다면 기다려야겠지요. 당신이 스스로 먼저……."

그러자 그녀는 얼굴이 창백해져서 깜짝 놀란 듯 나를 바라봤다. 나는 그녀가 차마 하지 못하는 말을 대신하며 이어갔다. "당신은 안 되겠다고 말하겠지요? 저도 그렇게 생각했습니다. 다만 확실히 알고 싶을 뿐입니다."

그녀가 슬프게 고개를 끄덕였다.

"하인리히 때문인가요?" 내가 물었다.

그녀가 다시 고개를 끄덕였다. 그러고는 느닷없이 소스라치게 놀라더니 내 손을 붙잡았다. "용서하세요! 그에게 아무 말도 하지 마세요!"

"그러지 않을 겁니다. 안심하세요." 나는 그렇게 말하고 쓴웃음을 짓지 않을 수 없었다. 무오트에게 애타게 매달렸고 두들겨 맞기까지 했던 마리온과 로테가 떠올랐기 때문이었다. 어쩌면 무오트는 게르트루트마저도 두들겨 패서, 그녀의 눈부신 고귀함과 믿음 가득한 본성을 철저히 부숴뜨릴지도 모른다.

"게르트루트," 나는 다시 말을 꺼냈다. "다시 한 번 잘 생각하십시오! 저 때문에 하는 말이 아닙니다. 저는 사정이 어떤지는 이미 알고 있습니다! 하지만 무오트는 당신을 행복하게 해주지 못할 겁니다. 안녕히 계십시오, 게르트루트."

내 냉정함과 냉철함은 내내 흔들리지 않았었다. 게르트루트가 로테 때부터 귀에 익은 어조로 말을 걸며, 나를 몹시 애달프게 바라보고 "가지 마세요, 당신은 제게 이러실 수 없어요!"라고 말하자, 그제야 억장이 무너지며 마음을 가누기 힘들었다.

나는 그녀에게 손을 내밀며 말했다. "당신에게 고통을 안기고 싶지 않습니다. 하인리히에게 상처를 입히고 싶지도 않습니다. 하지만 잠시 기다리십시오. 그가 당신을 제멋대로 다루게 하지 마세요! 그는 사랑하는 것을 모조리 부서뜨립니다."

그녀는 고개를 가로젓고 내 손을 놓았다. "안녕히 가세요!" 그녀는 나직이 말했다. "저는 잘못한 게 없어요. 저를 좋게 생각해 주세요, 하인리히도요!"

그게 끝이었다. 나는 집으로 돌아가, 계속하여 내 일을 사무적으로 처리했다. 그동안 고통이 나를 옥죄었고 가슴에 피가 맺혔지만, 나는 강 건너 불 구경하듯 넘겼다. 내가 남은 며칠이나 몇 시간 동안 잘 지내든 못 지내든 아무래도 상관없었다. 나는 내 절반쯤 완성된 오페라가 적힌 수많은 악보를 정돈했고, 그 작품을 가능한 한 남기고 싶어 타이저에게 편지를 썼다. 한편 어떻게 죽어야 좋을지 생각하느라 머리를 쥐어짰다. 부모님을 힘들게 하고 싶지 않았지만, 그렇게 죽을 수 있는 방법을 찾을 수 없었다. 어차피 그 일도 아무래도 괜찮았다. 나는 권총으로 결정했다. 그 모든 문제들이 허깨비처럼, 꿈속에서처럼 눈앞에 떠올랐다. 확실한 것은 내가 살아남아서는 안 된다는 깨달음뿐이었다. 내 결심의 냉정한 껍질을 벗었다가는 내게 남겨질 무시무시한 인생을 맛보게 되리라 느꼈기 때문이었다. 이 인생은 멍한 눈으로 꺼림칙하게 나를 건너다봤고, 내가 죽음에 관해 품고 있는 어둡고 자못 무덤덤한 생각보다 한없이 흉측하고 무서웠다.

이틀째 오후에 모든 일 처리가 끝났다. 나는 시내를 한 번 더 걷고 싶었다. 도서관에 반납해야 할 책이 두세 권 있었다. 저녁에는 살아 있지 않을 것이라 생각하니 마음이 차분해졌다. 나는 사고를 당한 뒤 마취가 덜 깨어 아픔을 느끼지 않지만, 끔찍한 고통을 예감할 수 있는 부상자 같은 느낌이 들었다. 이 부상자는 예감한 고통이 실제로 찾아들기 전에 의식을 완전히 잃기만을 소원한다. 나는 그런 기분이었다. 나는 실제 아픔에는 덜 고통받았다. 그보다는 내가 죽음을 불러 내게서 독배를 앗아가 달라고 부탁한 보람도 없이 다시 의식이 깨어, 그 독배를 남김없이 들이켜야 할지 모른다는 끔찍한 두려움이 훨씬 고통스러웠다. 때문에 나는 걸음을 서둘러 사무를 처리하고 곧장 집으로 돌아왔다. 게르트루트 집 앞을 지나치지 않기 위해 약간 돌아갔을 뿐이었다. 아마도 이 집을 보게 되면, 내가 도망치려 하는 참을 수 없는 고통이 들이닥쳐 나를 쓰러뜨릴지 모른다는 예감이 알게 모르게 들었기 때문이었다.

이렇게 나는 내가 묵고 있는 집으로 안도의 한숨을 내쉬며 돌아왔다. 문을 열고 지체 없이 층계를 오르며 마음이 가벼워졌다. 이제 고통이 뒤쫓아 와 나를 발톱으로 움켜쥐려 하더라도, 이제 끔찍한 아픔이 내 마음속 어딘가를 도려내기 시작하더라도, 몇 발자국만 더 걸으면 몇 초만 더 지나면 해방될 수 있었다.

제복을 입은 한 사내가 나를 향해 층계를 내려오고 있었다. 나는 옆으로 비키며 서둘러 그를 스쳐 지났다. 방해라도 받을까 봐 몹시 두려웠다. 그는 모자를 들어 인사하더니 내 이름을 불렀다.

나는 비틀거리며 그를 바라봤다. 그가 말을 걸었고 나를 멈춰 세웠다. 두려워하던 일이 일어나자 팔다리가 후들거렸다. 느닷없이 엄청난 피로가 밀려들어 쓰러질 것만 같았고 몇 걸음을 옮겨 내 방에 이를 수도 없을 것 같았다.

그러면서 나는 이 낯선 사내를 괴로운 듯 건너봤고, 온몸에 기운이 빠졌기 때문에 계단에 주저앉았다. 그는 내게 어디 아프냐고 물었고, 나는 고개를 가로저었다. 그는 아직도 손에 무언가 들고 있었다. 내게 건네주려 했지만 내가 받으려 하지 않아서였다. 마침내 그는 내게 그것을 거의 억지로 쥐여 줬다. 나는 손을 뿌리치며 말했다. "받기 싫다니까요!"

그는 주인 여자를 불렀으나 그녀는 집에 없었다. 그는 내 팔을 부축하여 나를 위층으로 데리고 갔다. 나는 이를 뿌리칠 길이 없고 그가 나를 혼자 놓아두지 않으리라는 사실을 깨달았다. 그래서 다시 기운을 추스르고 일어나 앞장서서 내 방으로 걸어 들어갔고 그는 나를 따라왔다. 그가 의심스러운 눈초리로 바라보는 것 같아서 나는 내 불구가 된 다리를 가리키며 아프기라도 한 듯 시늉했고 그러자 그는 믿었다. 나는 돈지갑을 찾아 그에게 1마르크를 줬다. 그는 고맙다고 말하고 내가 받으려 하지 않았던 것을 마침내 손에 쥐여 줬다. 그것은 전보였다.

지칠 대로 지친 나는 책상가에 서서 방금 일을 돌이켜 봤다. 나는 방해받고 말았고 내 결의는 깨져 버렸다. 여기 있는 게 무엇인가? 전보다. 누가 보낸 건가? 상관없다. 나와 아무 관계없다. 내게 지금 전보를 보내다니 야비하다. 나는 모든 일을 처리했는데 마지막 순간에 누군가 내게 전보를 보내다니! 나는 사방을 둘러봤다. 편지 한 통이 책상에 놓여 있었다.

나는 이 편지를 호주머니에 집어넣었다. 이 편지는 마음에 걸리지 않았다. 하지만 전보는 나를 괴롭혔다. 내 생각을 어지럽히고 훼방을 놓았다. 나는 전보를 앞에 놓고 마주 앉아, 읽어야 할지 말아야 할지 생각하고 또 생각했다. 그것이 내 자유를 깨뜨렸다는 것은 두말할 나위 없었다. 나는 이를 믿어 의심치 않았다. 어느 누군가 나를 방해하려 든 것이었다. 내가 도망치는 것을 시샘하며, 내가 고통을 남김없이 맛보기를, 쏘는 맛도, 찌르는 맛도, 쥐어짜는 맛도 빠짐없이 느끼기를 바랐던 것이다.

전보가 나를 왜 이리 괴롭게 했는지는 모르겠다. 나는 오랫동안 책상가에 앉아 전보를 열어 볼 엄두를 내지 못했다. 전보는 내 마음을 되돌리게 하는 힘을, 내가 빠져나오고 싶고 도저히 견딜 수 없는 것을 견디라고 강요하는 힘을 품고 있기라도 한 것 같았다. 마침내 나는 전보를 뜯었고, 전보는 내 손에서 파들파들 떨렸다. 나는 낯선 외국어를 번역이라도 하듯 느릿느릿 내용을 읽었다. 전보에는 이렇게 쓰여 있었다. '부친 위독, 급래 요망, 모.'

나는 한참이 지나서야 무슨 말인지 이해했다. 어제만 해도 나는 부모님을 떠올렸고 그들을 가슴 아프게 해야 한다는 것을 안타까워했지만, 그렇다고 그런 생각을 뼈저리게 했던 것은 아니었다. 이제 부모님이 내 뜻에 반대하고 내 목덜미를 잡아끌며 부모의 권리를 행사하고 있었다. 크리스마스 때 아버지와 나눴던 이야기가 곧바로 떠올랐다. 젊은이들은 이기심과 독립심에 가득 차 소원이 충족되지 않으면 생명을 내던지기도 하지만, 자신의 인생이 다른 사람들의 인생과 연결되어 있음을 아는 사람은 그렇게까지 자신의 욕망을 좇지는 않는다고, 아버지는 예전에 말했다. 나도 이런 유대를 맺고 있었던 것이다! 아버지는 위독하고 어머니 혼자 병상을 지키며 나를 불렀다. 아버지의 죽음과 어머니의 고난이 이 순간에는 아직 가슴에 와닿지 않았고, 나는 더 심한 고통을 겪고 있다고 생각했지만, 이제 내 짐까지 부모님에게 떠넘기고 부모님의 부탁을 귓등으로 흘리고 부모님에게서 도망칠 수는 없다는 사실을 잘 알고 있었다.

저녁에 나는 여장을 꾸려 정거장으로 가서 덤덤하면서도 고지식하게 이런저런 일들을 했다. 표를 받아들고 거스름돈을 쓸어 담고 플랫폼에 서 있다가 객차에 올랐다. 구석에 자리를 잡고 긴 밤여행을 할 채비를 했다. 한 젊은이가 올라타 주위를 두리번거리더니 인사를 건네고 맞은편에 앉았다. 그는 무언가 물었지만 나는 그를 바라보기만 했다. 나를 가만 놓아뒀으면 좋겠다는 것 말고는 아무 생각도 아무 바람도 없었다. 그는 기침을 하고 일어서더니 노란색 가죽 가방을 들고 다른 자리로 옮겼다.

기차는 밤을 헤치고 달렸다. 덮어놓고 무턱대고 부지런히 나아갔다. 덤덤하면서도 고지식한 게 나와 꼭 같았다. 무언가 놓칠지도 모르거나 아니면 무언가 구해 내기라도 해야 하는 듯했다. 몇 시간 뒤 호주머니에 손을 넣자 편지 하나가 손에 잡혔다. 이것도 있었지라고 생각하며 나는 편지를 뜯었다.

내 출판업자가 음악회와 보수에 관해 알려 주면서, 상황이 좋고 앞으로 더 나아질 것이고, 뮌헨의 한 유명 비평가가 내 작품에 비평을 했고, 이를 축하한다고 전해 온 것이다. 잡지에서 오려 낸 기사가 동봉되어 있었다. 내 이름이 제목이었고 오늘날의 음악 현황과 바그너 및 브람스에 관해 장광설을 늘어놓은 뒤, 내 현악과 가곡을 비평하고 칭찬과 격려를 아끼지 않았다. 나는 그 깨알같이 검은 활자들을 읽으면서 그것이 나에 관한 글이고, 이 세상과 명성이 내게 손을 내밀고 있다는 사실을 차츰차츰 깨달았다. 나는 한순간 웃지 않을 수 없었다.

하지만 이 편지와 기사는 내게서 눈가리개를 풀어 주었다. 나는 나도 모르게 세상을 되돌아봤고, 내가 사라지지도 잦아들지도 않은 채 세상 한가운데에 어우러져 있는 것을 보았다. 나는 살지 않으면 안 되었다. 참고 견디지 않으면 안 되었다. 그런데 어떻게 그럴 수 있을까? 아, 닷새 전부터 있었던 일이, 그저 멍하게 느꼈던 일이, 도피하려 생각했던 일이 낱낱이 다시 떠올랐고, 하나같이 메스껍고 쓰라리고 창피하게 느껴졌다. 이 모든 일은 사형선고였다. 나는 이를 집행하지 않았고, 이를 유예하지 않으면 안 되었다.

나는 기차가 덜커덩거리는 소리를 들으며 창문을 열고 컴컴한 들판이 기 죽은 듯 지나가는 광경을 내다보았다. 구슬프고 벌거벗은 나무가 시커먼 가지를 뻗고서, 시골 농가들이 엄청난 지붕을 이고서, 언덕이 저 멀리서 스쳐갔다. 이 모든 것은 마지못해 살아가는 것처럼 보였고, 괴로워하고 진저리 치며 헐떡이는 듯했다. 이를 아름답다고 여길 수도 있겠지만, 내게는 서글프게만 여겨졌다. 가곡 〈이는 신의 뜻이런가?〉가 떠올랐다.

나는 창밖의 나무와 들판과 지붕을 내다보려 애썼다. 기차 바퀴의 덜커덩거리는 소리에 귀 기울이려 힘썼다. 절망하지 않고 생각할 수 있는 일이라면 어떤 아득한 일이라도 가리지 않고 머릿속에 떠올리려 발버둥쳤다. 하지만 아무리 그러려 해도 오랫동안 그렇게 할 수가 없었다. 아버지 생각조차 거의 할 수 없었다. 아버지는 나무와 밤 풍경들과 함께 잊혀 버렸으며, 내가 아무리 그러지 않으려 애써도 내 생각은 돌아가서는 안 될 곳으로 돌아가 있었다. 거기에는 고목나무들이 늘어선 정원이 있고, 그 안에 저택이 들어서 있고, 입구에는 종려나무가 서 있고, 벽이란 벽마다 오래된 그림들이 걸려 있었다. 나는 집 안으로 들어가 층계를 오르며 오래된 그림들을 스쳐 지났고, 나를 본 사람은 아무도 없었다. 나는 유령이 되어 그곳을 지나갔던 것이다. 거기에는 훤칠한 여인이 있었다. 그녀는 내게 등을 돌리고 있었으며 머리에 짙은 금발이 나부꼈다. 나는 두 사람을 보았다. 그녀와 그는 서로 껴안고 있었다. 나는 내 친구 하인리히 무오트가 여느 때 자주 그랬듯 구슬프면서도 잔혹스럽게 미소 짓고 있는 모습을 보았다. 그는 이 금발 여인도 때리고 학대하게 되리라는 것을 아는 듯했

고, 이를 막을 도리가 없다는 것 같았다. 이 불쌍한 무뢰한의 손
아귀에 더없이 아름다운 여인들이 떨어졌고, 내가 아무리 사랑
하고 잘해 주려 했어도 아무 소용없었다. 어처구니없고 말도 안
되는 일이었다. 어처구니없고 말도 안 됐지만, 어쩔 수 없는 사실
이었다.

비몽사몽에서 깨어나 보니 차창 밖이 희번했고 먼동이 트고
있었다. 나는 기지개를 켜서 굳은 몸을 풀었다. 정신이 들면서 걱
정스러웠고, 눈앞의 풍경들이 시무룩하고 뿌루퉁해 보였다. 무엇
보다도 이제 아버지와 어머니를 생각해야 했다.

아직 희붐했고 새벽이었다. 고향의 다리와 집들이 눈에 들어왔
다. 정거장의 악취와 소음 때문에 느닷없이 기운이 빠지고 넌더
리가 나서, 기차에서 내리고 싶지 않을 정도였다. 나는 가벼운 짐
을 들고 가장 가까운 곳에 있던 마차에 올랐다. 마차는 매끈한
아스팔트길을 지나, 살짝 얼어붙은 흙길을 거쳐, 자갈길을 따가
닥따가닥 달려 우리 집의 넓은 문 앞에 멈춰 섰다. 나는 그 문이
닫혀 있는 것을 본 적이 없었다.

하지만 이제 그 문은 닫혀 있었다. 나는 소스라치게 놀라 어쩔
줄 모르고 초인종 줄을 잡아당겼으나, 아무도 나오지 않았고 대
답도 없었다. 나는 집을 올려다봤다. 문이란 문이 다 닫혀 있어
지붕을 타고 올라가야 하는 우스꽝스러운 악몽이라도 꾸는 듯했
다. 마부는 깜짝 놀라 나를 지켜보며 기다렸다. 나는 불안한 마
음으로 다른 문으로 갔다. 사용한 적이 거의 없었고 몇 해 전부

터는 아예 드나든 적이 없는 문이었다. 그 문은 열려 있었고, 그 뒤에 아버지의 사무실이 있었다. 내가 안으로 들어갔을 때 사무원들이 여느 때와 마찬가지로 회색 저고리를 입고 조용히 먼지를 쓰고 앉아 있었으며, 내가 들어서자 그들은 일어서서 인사를 했다. 내가 상속자였기 때문이었다. 20년 전이나 지금이나 모습이 전혀 바뀌지 않은 경리 클렘이 허리를 굽히고 슬픈 눈길을 들어 무슨 일이냐는 듯 나를 바라봤다.

"앞문은 왜 닫혀 있지요?" 나는 물었다.

"아무도 안 계십니다."

"아버지는 어디 계시는데요?"

"병원에 계십니다. 사모님도 함께 계십니다."

"아직 살아 계신가요?"

"아침에는 살아 계셨습니다. 하지만 언제……."

"알겠습니다. 도대체 어찌된 일입니까?"

"뭐라고요? 아, 예, 여전히 그놈의 발 때문이지요. 치료를 잘못 받았다고 다들 말하더군요. 느닷없이 통증이 찾아와, 주인어른께서 끔찍하게 비명을 질렀습니다. 급히 병원으로 모셨습니다. 지금은 패혈증으로 번졌습니다. 그래서 어제 2시 30분에 당신께 전보를 드린 겁니다."

"그렇군요. 고맙습니다. 제게 버터 바른 빵과 포도주 한 잔을 빨리 가져다 주시겠습니까? 그리고 마차도 불러 주십시오."

누군가 나가서 내 말을 전하는 소리가 나더니, 다시 조용해졌다. 그런 뒤 누군가 접시와 잔을 들고 왔고, 나는 빵을 먹고 포도주를 마신 뒤 마차에 올랐다. 말은 씩씩거리며 달려 나갔고 이내 나는 병원 문 앞에 도착했다. 하얀 모자를 쓴 간호사들과 파란 줄무늬 아마포 근무복을 입은 관리인들이 복도를 오갔다. 누군가 내 손을 잡고 한 병실로 안내했다. 눈을 들어 보니 어머니가 눈물을 글썽이며 목례를 했다. 아버지는 낮은 철제 침상에 누워 있었다. 몹시도 파리하고 깡말라 있었고 짧고 희끗한 수염은 야릇하게 꼿꼿이 서 있었다.

아버지는 아직 살아 있었다. 두 눈을 뜨더니, 열이 나는데도 나를 알아봤다.

"아직도 작곡을 하느냐?" 아버지는 나직이 말했다. 목소리나 눈길이나 모두 너그러우면서도 빈정거리는 듯했다. 아버지는 눈을 깜박거렸다. 아버지는 기운이 다했으면서도 짓궂게 놀리는 듯했고, 눈빛에는 말로는 더 이상 전할 게 없는 지혜가 담겨 있었다. 아버지는 내 가슴속을 들여다보고 있으며 모든 일을 훤히 꿰고 있는 것 같았다.

"아버지," 내가 말했다. 하지만 아버지는 미소만 지을 뿐이었다. 그리고 여전히 빈정거리는 듯하지만 이미 초점 잃은 눈길로 나를 다시금 바라본 뒤, 또다시 눈을 감았다.

"안색이 말이 아니구나!" 어머니가 나를 끌어안으며 말했다. "이 일로 그렇게 마음이 괴로우냐?"

나는 아무 말도 하지 못했다. 그 뒤 바로 젊은 의사가 들어왔고 이내 나이 많은 의사가 따라와서 아버지에게 모르핀을 주사했다. 그러나 그토록 훤하게 만사를 꿰뚫어 보던 아버지의 지혜로운 두 눈은 더 이상 떠지지 않았다. 우리는 아버지가 누워 있는 곁을 지켰다. 아버지가 평온해지고 얼굴이 변하는 것을 보며 임종을 기다렸다. 아버지는 몇 시간 더 살아 있다가 오후 늦게 숨을 거뒀다. 나는 이제 무지근한 고통과 엄청난 피로만을 느꼈다. 눈시울이 벌겋게 달아올라 주저앉아 있다가, 저녁 무렵 고인의 침상 옆에 앉은 채 잠이 들었다.

제6장

인생이란 쉽지 않다는 걸 전에도 이따금, 어렴풋이 느껴왔다. 이제 그에 대해 골똘히 생각해 봐야 할 새로운 동기가 생겼다. 나는 인생은 고행이라는 깨달음에서 어떤 모순을 느꼈고, 이 느낌은 오늘날까지도 내게서 떠나지 않고 있다. 내 인생은 불쌍하고 힘들었다. 그런데 다른 사람들에게는, 때로는 나한테조차 풍요롭고 화려했던 것처럼 보이기 때문이다. 내게 인생이란 깊고 슬픈 밤과도 같다. 이따금 번개가 번쩍거려 그 갑작스러운 불빛이 위안을 주고 경이를 베풀지 않는다면, 그 한순간이 여러 해 동안의 어둠을 지워 버리고 보상해 주지 않는다면, 그 밤은 견딜 수 없을 것이다.

이 어둠이란, 이 위안 없는 암흑이란 일상이 끔찍하게 되풀이 되는 것이다. 무엇 때문에 우리는 아침에 일어나서 먹고 마시고 밤이면 다시 드러눕는가? 어린이, 야만인, 건강한 젊은이, 동물들은 이런 아무래도 상관없는 일과 활동을 되풀이해도 고통받지 않는다. 사색하며 괴로워하지 않는 자는, 아침에 일어나 먹고 마시는 일을 즐거워하며 그에 만족을 느끼고 바꾸려 들지 않는다. 하지만 이를 당연한 일로 여기지 않는 자는, 진행되는 일상 속에서 진실된 인생의 순간들을 찬찬히, 애타게 찾는다. 이 순간들이 번쩍이며 우리를 행복하게 만들고, 시간을 느끼지 않게 하고, 세상 만사의 의의와 목적을 생각지 않게 하기를 바란다. 이런 순간들은 창조적 순간이라 할 수 있다. 이 순간들은 창조주와 하나가 되는 느낌을 주기 때문이고, 여느 때는 우연이라고 여겼을 것까지도 이 순간들 속에서는 모조리 필연이라고 느끼기 때문이다. 이는 신비주의자들이 신과의 합일이라 일컫는 바로 그것이다. 어쩌면 이 순간들은 더없이 밝게 빛나므로 다른 모든 것이 칠흑같이 어둡게 보일지도 모른다. 어쩌면 해방된 이 순간들은 마술처럼 황홀하게 둥둥 떠다니므로 다른 모든 것이 그토록 무겁고 끈끈하고 잡아끄는 것처럼 느껴질지도 모른다. 더는 모르겠다. 아무리 생각하고 사색해도 더 이상은 모르겠다.

하지만 나는 안다. 행복이라는 게 있다면, 천국이라는 게 있다면 분명 이러한 순간들이 쉴 새 없이 계속될 것임을. 이러한 행복을 얻기 위해서 고뇌를 겪고 고통을 승화해야 한다면, 그 고뇌와 고통이 아무리 클지라도 피하지 말아야 한다는 것을.

아버지의 장례식이 있은 며칠 뒤, 나는 여전히 취한 듯 마음이 허탈하여 돌아다녔다. 발길 닿는 대로 산책하다 보니 교외의 뜰 길에 들어서 있었다. 작고 예쁜 집들을 보자 어슴푸레한 기억이 떠올랐고, 나는 생각에 잠겨 기억을 더듬다가 몇 해 전 내게 신지학을 믿게 하려 했던 옛 스승의 앞뜰과 집을 알아봤다. 나는 안으로 들어갔다. 선생이 마주 오더니 나를 알아보고 상냥하게 방으로 안내했다. 책들과 화분 둘레에 담배 연기 냄새가 향긋하게 감돌았다.

"어떻게 지내나?"로에 선생이 물었다. "그래, 자네 아버지가 돌아가셨지! 얼굴에 슬픔이 가득하군. 그렇게 마음이 아팠나?"

"아닙니다." 내가 말했다. "제가 아버지와 여전히 서먹했다면 아버지가 돌아가셨다는 게 더욱 괴로웠을 것입니다. 하지만 저는 최근 아버지를 찾아가 더 친밀해졌고, 드리는 것보다 받는 것이 많을 때 이런 좋은 부모님에게 느끼게 마련인 거북한 죄책감을 벗었습니다."

"듣기만 해도 기쁘군."

"선생님의 신지학은 어떻게 됐습니까? 선생님께 무언가 말씀을 듣고 싶습니다. 제가 마음이 좋지 않아서요."

"어디가 어떻게 좋지 않은가?"

"전부 다요. 살 수도 없고 죽을 수도 없습니다. 모든 게 잘못되고 어리석었다고 생각됩니다."

로에 선생은 마음씨 좋고 만족스러운 정원사 같은 얼굴을 고통스럽게 찡그렸다. 솔직히 털어놓자면 바로 이 착하고 투실투실한 얼굴이 난 거슬렸고, 선생으로부터, 선생이 말하는 지혜로부터 어떤 위안을 얻으리라 기대하지도 않았다. 나는 선생의 이야기를 듣고서 선생의 지혜가 아무 쓸모없음을 밝혀 내어, 선생이 행복하다고 자처하고 그가 품은 낙관적 믿음에 반박할 생각이었다. 나는 선생에게도, 어느 누구에게도 상냥하게 대할 수 없었다.

하지만 선생은 내가 생각했던 것만큼 자기만족과 독단에 빠져 있지는 않았다. 선생은 상냥하면서도 사뭇 근심스럽게 내 얼굴을 들여다보고, 금발이 덮인 머리를 서글프게 가로저었다.

"여보게, 자네는 병들었네." 선생은 단호히 말했다. "몸만 병들었다면 금세 나을걸세. 그러면 시골로 가서 부지런히 일하고 고기를 삼가면 될 거야. 하지만 내 생각에는 다른 데가 아픈 것 같네. 자네는 마음이 병들었어."

"그렇습니까?"

"그래. 자네는 병을 얻었어. 안타깝게도 유행처럼 번지고 있고 지식인들이 하루가 멀다고 걸리고 있는 병이지. 물론 의사들은 이에 대해 아무것도 몰라. 이는 도덕성 착란과 비슷하고, 개인주의나 망상적 고독이라 불릴 수도 있을 거야. 현대의 책들에는 이런 사례가 차고 넘치지. 자네에게도 자네는 외롭다, 어느 누구도 자네와 상관이 없다, 어느 누구도 자네를 이해할 수 없다는 망상이 스며들었어, 그렇지 않은가?"

"대체로 그렇습니다." 나는 놀라며 고개를 끄덕였다.

"잘 듣게. 이 병에 한번 걸린 사람은 한두 번만 더 실망을 겪고 나면 자신과 타인 사이에는 아무 관계가 없고 기껏해야 오해만 있을 뿐이라고 생각하네. 어느 누구든 원래 철저히 외롭게 살아가는 것이고, 남에게 결코 제대로 이해받을 수도 없고, 다른 사람과 어떤 것도 함께 나누고 함께 가질 수도 없다고 믿게 되기 십상일세. 이런 환자들은 오만해져서 서로 이해하고 사랑할 줄 아는 다른 건강한 자들을 어리석은 무리라고 업신여기기도 한다네. 이러한 병이 널리 퍼지면, 인류는 틀림없이 멸종할 거야. 하지만 이 병은 중부유럽에서만, 그것도 상류계층에서만 나타나네. 젊은이들은 이 병에 걸려도 나을 수 있지. 젊은이가 성장하기 위해서는 피할 수 없는 병이라 할 수도 있고."

선생의 은근히 놀리는 듯도 한 설교조에 나는 슬그머니 화가 치밀었다. 선생은 내가 웃지도 않고 변명하는 내색도 하지 않자, 근심 어리고 마음씨 좋은 표정을 다시 지었다.

"미안하네만," 선생은 상냥하게 말했다. "자네는 그 병에 제대로 걸렸네. 유행 따라 흉내 내고 있는 게 아니야. 하지만 정말이지 치료제가 있다네. 나와 너를 이어주는 다리가 없고 누구나 외롭게 이해받지 못하고 살아간다는 것은 망상일세. 그렇기는커녕 인간들이 다 함께 지니고 있는 공통점은, 사람마다 제각기 가지고 있지. 다른 사람들과 구분되는 차이점보다 훨씬 더 많고 더 중요하다네."

"그럴지도 모르지요." 내가 말했다. "하지만 그런 사실을 안다고 한들 제게 무슨 소용이 있습니까? 저는 철학자가 아닙니다. 진리를 발견할 수 없다고 고통스러워하고 있는 게 아닙니다. 저는 현자도 사상가도 되고 싶지 않고 그저 만족스럽고 편안하게 인생을 살고 싶을 뿐입니다."

"그럼, 이렇게 해보게! 자네는 책을 공부할 필요도 없고 이론을 따라해 볼 필요도 없네. 하지만 의사의 말은 믿어야겠지, 자네가 병들었으니 말이야. 한번 해보겠나?"

"해보겠습니다."

"좋네. 자네가 몸이 아프다면 의사는 온천욕을 하거나 약을 먹거나 바닷가에 가라고 권할걸세. 그러면 자네는 이런저런 치료제가 왜 효험이 있는지는 몰라도 한번 그렇게 해보기로 하고 따를걸세. 내가 자네에게 권하는 것도 그런 식으로 따라해 보게! 얼마간 자네 자신보다 다른 사람들을 더 많이 생각하는 방법을 배우게나! 그게 유일한 치료법일세."

"어떻게 그럴 수 있지요? 누구나 자기 자신부터 생각하기 마련인데요."

"그걸 이겨 내야 하네. 자네가 편안하든 불편하든 아무래도 괜찮다는 마음을 품어야 하네. 나는 아무래도 괜찮다고 생각하는 법을 배워야 해. 그러려면 방법은 단 하나밖에 없네. 자네는 어느 누군가를 사랑하는 법을 배워야 하네. 그 누군가의 평안이 자네 자신의 평안보다 더 중요하게 여겨질 만큼 말이야. 자네한테 연애에 빠져야 한다고 말하려는 건 아닐세! 오히려 정반대일세!"

"무슨 말씀인지 알겠습니다. 하지만 도대체 누구를 사랑하라는 말씀이지요?"

"가까운 곳에서 시작하게. 친구들이나 친척들이 좋겠지. 자네 어머니도 계시지 않은가. 어머니는 많은 것을 잃었네. 이제 외롭고 위안이 필요하네. 어머니를 보살피고 편들어, 어머니가 의지하시도록 해보게!

"우리는 서로를 잘 이해하지 못하고 있습니다. 어머니와 저는요. 그 일은 힘들 것 같습니다."

"그래, 자네가 아무리 잘해 보려 해도 소용없다면 그건 물론 어렵겠지! 이해받지 못한다는 케케묵은 넋두리는 그만하게! 모두가 자네를 전혀 이해하지 못하고 올바로 대하지 않는다고, 늘 그렇게 생각하고 있으면 안 되네! 자네 자신부터 먼저 다른 사람들을 이해하고 기쁨을 베풀고 올바로 대하려 애쓰게! 그렇게 해보게나. 자네 어머니부터 시작하게! 알겠나? 자네는 스스로를 이렇게 구슬러야 하네. 인생은 어차피 기쁘지 않다, 그러니 이런 방법을 한번 써보면 안 될 이유가 뭔가! 자네는 자네 인생에 애정을 잃었네. 그렇다면 인생에 좀 더 모질게 굴어 보게. 짐더미를 걸머지고, 안락함을 조금 포기해 보라고!"

"그렇게 해보겠습니다. 선생님 말씀이 옳습니다. 제가 어찌하든 다 마찬가지인데 선생님이 권유한 대로 하면 안 될 까닭이 뭐가 있겠습니까?"

선생의 말이 내 마음을 움직이고 놀라게 했던 까닭은, 아버지가 마지막으로 이야기를 나누며 내게 인생의 지혜로 남겨 줬던 말과 똑같았기 때문이었다. 다른 사람들을 위해 살아라, 자신을 그리 소중히 여기지 말라는 것이었다! 이러한 가르침은 내 마음과 전혀 맞지 않았고, 교리문답서나 견진성사 강론 냄새까지 물씬 풍겼다. 건전한 젊은이라면 누구나 그렇듯 나는 이런 것들을 질색하고 경멸했다. 하지만 알고 보면 이 가르침은 어떤 지론이나 세계관이 아니라, 힘든 인생을 견딜 수 있도록 이렇게 해보라는 매우 실용적인 권고였다. 나는 그렇게 해보기로 했다.

나는 순간 깜짝 놀라 로에 선생의 두 눈을 들여다봤다. 선생의 말을 아주 진지하게 받아들였던 적이 한 번도 없었으나, 이제 선생을 조언자이자 의사로까지 인정했다. 선생은 정말로 내게 권고한 그러한 사랑을 품고 있는 듯했다. 나와 고통을 나누고 내가 잘되기를 진심으로 바라는 듯했다. 나는 그렇잖아도 다른 사람들처럼 다시 살아가고 숨 쉴 수 있으려면 억지로라도 요양을 해야 한다고 느끼고 있던 터였다. 오랫동안 산속에 파묻혀 홀로 지내거나 미친 듯 일만 파고들까 생각했으나, 이제 그러기보다는 충고자의 말에 따르고 싶었다. 내 체험과 지혜로는 더 이상 어찌해 볼 수 없었기 때문이었다.

어머니를 혼자 놓아둘 수 없으니 이사 와 나와 함께 살기를 바란다고 털어놓자, 어머니는 서글프게 머리를 가로저었다.

"무슨 생각을 하는 거냐!" 어머니는 단박에 거절했다. "그리 쉬운 일이 아니야. 나는 몸에 밴 습관이 있고 무엇을 새로 시작할

힘도 없다. 너는 자유가 필요할 테니 네게 짐이 되고 싶지도 않다."

"한번 시도해 볼 수는 있잖아요." 나는 설득했다. "어쩌면 생각보다 쉬울지도 몰라요."

처음에는 처리할 일이 너무 많아, 골똘히 생각하며 절망에 빠질 틈도 없었다. 집이며, 채권과 채무가 딸린 광범한 사업이며, 장부와 회계며, 대출금과 차입금 따위가 쌓여 있었는데, 이 모든 것을 어떻게 해야 할지 알 수 없었다. 나는 물론 처음부터 모조리 팔아 버리려 마음먹고 있었으나, 그렇게 빨리 처분할 수 없었다. 또한 어머니는 오래 산 집에 애착이 많았고 아무리 까다롭고 힘들더라도 아버지의 유언도 이행해야 했다. 그래서 경리와 공증인의 도움을 받아야 했고, 협의하고 돈과 채무에 관해 서신 교환하고 계획하고 실망하는 가운데 여러 날, 여러 주가 흘렀다. 나는 이 모든 회계와 관청 서류에 두 손을 들었고, 공증인에게 변호사까지 붙여 해결을 맡겼다.

그러느라 어머니를 돌보지 못하는 때도 많았다. 나는 어머니가 그 시기를 좀 더 편안히 보내게 하려고 애썼으며, 사업에 전혀 신경 쓰지 않도록 했고, 책을 읽어 드리기도 하고, 함께 마차를 타고 바람을 쐬기도 했다. 모두 다 팽개치고 도망치고 싶은 마음이 때로 굴뚝같았다. 하지만 이는 낯부끄러운 일이라는 생각도 들었고 앞으로 어떻게 될까 싶은 호기심도 일어 눌러앉아 있었다.

어머니는 돌아가신 아버지 생각밖에 하지 않았지만, 몹시 까다롭고 변덕스럽고 내 눈엔 낯설고 종종 좀스럽게 슬픔을 드러냈다. 처음에는 나더러 식사할 때 아버지의 자리에 앉으라고 했다. 그런 뒤 내가 그 자리에 어울리지 않는다고 여기고선 그 자리를 비워 두라고 했다. 어떤 때는 내가 아버지 이야기를 아무리 늘어놓아도 괜찮았으나, 어떤 때는 내가 아버지 이름을 입에 올리기만 해도 말수가 없어지며 괴로운 듯 바라봤다. 나는 무엇보다도 음악이 아쉬웠다. 한 시간만 바이올린을 켤 수 있다면 무엇이라도 내놓았을 것이다. 하지만 몇 주가 지나서야 다시 연주할 수 있었고, 그럴 때에도 어머니는 한숨을 쉬면서 이는 고인에 대한 도리에 어긋난다고 여겼다. 나는 내가 어떤 사람인지, 어떻게 사는지 눈앞에 보여 주며 어머니와 친밀해지려고 나름대로 무척 애를 썼지만 어머니는 모르는 체했다.

종종 고통스러웠고 이 노력을 포기하고 싶었지만, 나는 다시 마음을 다잡고 이 메아리 없는 나날에 길들어 갔다. 나 자신의 인생은 적막만 감돌고 괴괴했다. 꿈속에서 게르트루트의 목소리를 듣거나 빈 시간에 나도 모르게 오페라의 선율이 떠오를 때만, 지나간 일들이 드문드문 아련히 울려 왔을 뿐이었다. 나는 R시로 가서, 그곳의 집에서 이사하려고 짐들을 꾸렸다. 그곳에서 있었던 모든 일들이 여러 해 전 같았다. 나는 나를 충실하게 도와줬던 타이저를 찾아갔다. 게르트루트에 관해서는 물어볼 엄두를 내지 못했다.

어머니의 주뼛주뼛하고 체념한 듯한 태도는 오래도록 내 마음을 슬프게 했다. 나는 서서히, 본격적으로 남모르게 이와 맞싸우기 시작해야 했다. 어머니가 내게 무엇을 바라는지, 무엇이 불만인지 알려 달라고 내가 터놓고 채근하자, 어머니는 슬프게 미소 짓고 내 손을 쓰다듬으며 말했다. "나를 가만 놔두지 않으련! 나는 이제 늙어빠진 할망구란다." 그래서 나는 어머니가 왜 그러는지 나름대로 알아보기 시작했고, 그러면서 경리나 사환에게까지 꺼리지 않고 물었다.

그리하여 여러 가지가 밝혀졌다. 주된 이유는 이러했다. 어머니는 유일하게 가까운 친척이자 친구가 시내에 있었다. 이 사촌은 나이 많은 노처녀로, 사람들과 사귀는 것을 좋아하지 않았으나 어머니와는 매우 친밀히 우애를 나누고 있었다. 이 슈니벨 양은 우리 아버지를 전혀 좋아하지도 않았고, 나를 끔찍하게 싫어하여 최근에는 우리 집에 발걸음도 들이지 않았다. 어머니는 당신께서 남편보다 더 오래 살게 되면 그 사촌을 집으로 불러들이겠다고 전에 약속한 적이 있었는데, 그 여자는 내가 집에 눌러앉음으로써 그 희망이 물거품이 됐다고 여겼다. 나는 이런 켯속을 조금씩 조금씩 알아낸 다음 이 나이 많은 노처녀에게 찾아가 환심을 사려고 애썼다. 괴팍하고 꼼수를 부리는 여자를 다뤄 보기는 처음이어서인지 재미있기까지 했다. 내가 그 노처녀를 달래 우리집에 다시 찾아오게 만들자, 어머니는 고맙게 여기는 눈치였다. 그런데 두 여자는 죽이 척척 맞아 내가 이 오래된 집을 팔려

하자 방해했고, 아닌 게 아니라 그 뜻을 이뤘다. 이제 그 노처녀가 힘을 쏟은 일은, 집안에서 내 자리를 차지하고, 내가 집을 떠나면 오래도록 노려 왔던 아버지의 푸근한 자리를 넘겨받는 것이었다. 그녀와 내가 함께 살아도 될 만큼 방이 충분했는데도, 그녀는 자기 말고 다른 가장을 받아들이고 싶지 않았던지 우리 집에 들어와 살기를 마다했다. 그러면서도 뻔질나게 드나들며, 어머니에게는 스스로를 자질구레한 일들을 하는 데 없어서는 안 되는 듯 굴었다. 마치 위험천만한 괴물이라도 어르듯 내게는 깍듯이 예의를 갖췄고, 집안 살림에 감 놓아라 배 놓아라 참견하고 나섰다. 나는 그녀에게 무슨 권리로 이런 조언자 행세를 하느냐고 따질 수 없었다.

가엾은 어머니는 그녀 편도 내 편도 들지 않았다. 어머니는 지쳤고 뒤바뀐 인생에 몹시 괴로워했다. 어머니가 아버지를 얼마나 그리워하는지, 나는 한참이 지나서야 알아챘다. 한번은 어떤 방을 통과하다가, 그 방에 있으리라고는 생각지도 못했던 어머니가 옷장을 열고 어떤 행동을 하고 있는 모습을 보았다. 어머니는 내가 들어오자 화들짝 놀랐고 나도 급히 내쳐 걸었지만, 어머니가 고인의 옷들을 매만지고 있다는 것을 알아챘다. 나중에 보니 어머니의 눈시울이 붉어져 있었다.

여름이 오자 새로운 싸움이 시작됐다. 나는 반드시 어머니와 여행을 떠나려 했다. 우리 둘 다 휴식을 취할 수 있을 것이었고, 그러면서 나는 어머니의 원기를 북돋우고 더 많은 영향력을 미칠 수 있게 되기를 바랐다. 어머니는 여행에 별로 흥미를 보이지 않았지만 싫다고 하지도 않았다. 그럴수록 슈니벨 양은 더욱더 열을 올려 어머니는 집에 머물고 나만 여행을 떠나야 한다고 말했다. 하지만 나는 그것만큼은 양보하고 싶지 않았고, 이 여행을 크게 기대하고 있었다. 불안해하고 괴로워하는 가엾은 어머니와 함께 이 오래된 집 안에서만 지내는 게 섬뜩하게 느껴지기 시작했고, 집을 벗어나면 어머니를 더 잘 도울 수 있을 것 같았다. 그리도 내 생각과 기분도 더 잘 다스릴 수 있게 되기를 바랐다.

나는 뜻대로 밀고 나갔고, 우리는 6월 말에 여행을 떠났다. 매일 행선지를 바꿔, 콘스탄츠와 취리히를 구경하고 브뤼니히 고개를 넘어 베른 고원으로 향했다. 어머니는 지친 몸을 말없이 이끌고 여행을 견뎌 내고 있었으며, 불행해 보였다. 스위스 인터라켄에서 어머니는 잠이 오지 않는다고 하소연했다. 하지만 나는 그린델발트 마을까지 함께 가면 나도 어머니도 푹 쉴 수 있을 것이라고 설득했다. 이 어리석고 끝없고 재미없는 여행을 하며, 나는 나 자신의 비참함에서 빠져나와 도망칠 길이 없다는 사실을 똑똑히 깨달았다. 아름답고 푸른 호수마다 유서 깊고 화려한 도시들이 얼비치고, 하얗고 파랗게 솟아오른 산들에서는 푸르스름한 빙하가 햇빛에 빛났다. 하지만 우리 두 사람은 아무 기쁨도 느끼지 못하고 말없이 이 모든 것을 스쳐 지났고, 이 모든 것 앞에 부끄럽기 짝이 없었다. 이 모든 것에 슬퍼지고 지칠 뿐이었다. 우리는 산책을 하고, 산을 올려다보고, 가볍고 달콤한 공기를 들이마시고, 풀을 뜯는 암소들의 워낭소리를 듣고 "참 아름답다"라고 말했으나, 그러면서도 서로의 두 눈을 들여다볼 엄두를 내지 못했다.

일주일간 우리는 그린델발트에서 이런 상태를 견뎌 냈다. 어느 날 아침 어머니가 말했다. "얘야, 이래봐야 아무 소용없다. 우리 돌아가자. 하룻밤만이라도 눈을 붙였으면 좋겠구나. 병들어 죽더라도 집에서 죽으련다."

나는 입을 다문 채 우리 트렁크를 싸면서 내심 어머니의 말이 옳다고 생각했고, 왔던 길보다 훨씬 더 빠르게 집으로 돌아갔다. 하지만 고향으로 돌아간다기보다는 감옥으로 들어가는 듯한 심정이었고, 어머니도 조용히 만족스러운 듯한 표정을 지었을 뿐이었다.

집에 돌아온 날 저녁에 나는 어머니에게 말했다. "저 혼자 여행을 떠나고 싶은데 어떻게 생각하세요? 저는 다시 R시로 가고 싶어요. 아시지요, 제가 조금이라도 도움이 된다면 어머니와 함께 있고 싶어 하는 것을. 하지만 우리 둘다 병들어서 아무 기쁨도 느끼지 못하고 늘 서로 병을 옮기고 있을 뿐이에요. 어머니 친구분을 집에 들이세요. 그분이 어머니에게 저보다 더 위로가 될 거예요."

여느 때 버릇대로 그녀는 내 손을 붙잡고 가볍게 쓰다듬었다. 고개를 끄덕이더니 웃음 짓고 나를 바라봤다. 이 미소는 또렷이 이렇게 말하고 있었다. "그래, 가거라!"

나는 나름대로 애쓰고 잘해 보려 했지만, 그녀와 나 자신을 몇 달 동안 괴롭혀 그녀와 훨씬 더 서먹해진 것 말고는 아무것도 이룬 게 없었다. 우리는 함께 살았지만 저마다 자신의 짐을 홀로 걸머쥔 채 서로와 나누지 않았고, 제각기 자신의 고통과 병에 더 깊이 빠져들었을 뿐이었다. 내 노력은 아무 성과 없이 끝났고, 나는 집을 떠나 슈니벨 양에게 길을 비켜 주는 수밖에 다른 도리가 없었다.

나는 당장 착수했다. 달리 갈 만한 곳이 없었으므로, R시로 돌아갔다. 여행을 떠나면서 이제 내게는 고향이 없다는 생각이 뇌리에 스쳤다. 태어나 어린 시절을 보냈고 아버지를 묻은 도시는 이제 나와 아무 관계가 없었고, 추억 말고는 내게 요구할 것도, 줄 것도 없었다. 로에 선생에게 작별 인사를 하면서 굳이 말을 꺼내지는 않았지만, 선생의 처방은 효험이 없었다.

우연히도 R시에서 내가 예전에 살던 방은 아직 비어 있었다. 마치 지난날과의 인연을 끊고 운명에서 도망치려 해봐야 아무 소용이 없다는 징조인 듯했다. 나는 같은 도시에 있는 같은 집의 같은 방에 다시 묵었고, 짐을 풀어 바이올린과 작곡집을 꺼냈다. 그리고 모든 것이 예전과 꼭 같다는 것을 알아챘다. 다만 무오트는 뮌헨으로 갔고 게르트루트는 그의 약혼녀가 되어 있었다.

나는 내 오페라 악곡들을 손에 들었다. 그것은 내 인생의 잔해들처럼 느껴졌지만, 그래도 그로부터 무언가 만들어 내고 싶었다. 하지만 음악은 내 굳어 버린 마음속에서 굼뜨게 꿈지럭대다

가, 내 곡의 모든 가사를 써준 시인이 내게 새로운 시를 부쳐 주
자 그제야 깨어났다. 저녁이면 예전의 불안을 깊이 느끼고 가슴
깊이 부끄러워하며 수천 개의 도깨비불에 홀린 듯 임토르 씨 저
택 정원을 맴돌곤 했던 그 무렵, 나는 그 시를 받았다. 내용은 이
러했다.

밤마다 남풍이 몰아친다
젖은 나래를 세차게 퍼덕이며
도요새가 공중에서 비틀거린다
아무것도 잠자지 않고,
온 땅이 깨어난다
봄이 부르고 있다

이런 밤이면 나는 잠들지 않는다
내 가슴은 젊어지고
추억의 아련한 심연에서
내 젊은 시절 뜨거운 행복이 솟아올라
내 얼굴을 바투 들여다보고
깜짝 놀라 도로 달아난다

가만 있거라, 가만 있거라, 내 가슴이여!
핏속에서 격정이

뜨겁고 세차게 들끓어

옛길을 따라 걷더라도,

네 길은 이제

청춘으로 통하지 않는다

이 시는 내 가슴에 사무쳤고 소리와 생명을 다시 일깨웠다. 오랫동안 꾹 눌러 감췄던 내 고통이 녹아 괴롭게 빛나며, 박자와 음이 되어 흘렀다. 나는 이 시에서 오페라의 잃어버렸던 실마리를 되찾았다. 오랫동안, 그토록 적막하게 보낸 끝에 다시금 뜨거운 도취에 빠져들었다. 감정을 거침없이 쏟아내다 못해 자유로이, 하늘 높이 날아 올렸다. 그리하여 괴로움과 기쁨이 더는 나뉘지 않고, 마음속 모든 열정과 원기가 한줄기로, 단 한 갈래의 세찬 불길로 솟구치는 것을 느꼈다.

어느 날 나는 새 가곡을 써서 타이저에게 보이고 저녁에 밤나무 가로수길을 지나 집으로 돌아오며, 새로운 작업에 대한 의욕에 자못 부풀었다. 지난 몇 달 동안 겪은 일은 여전히 나를 가면의 눈처럼 스산하고 멍하니 지켜보고 있었다. 이제 내 가슴은 열망으로 빠르게 고동쳤고, 왜 고뇌에서 빠져나오고 싶어 했는지 더는 이해하지 못했다. 게르트루트의 모습이 먼지를 헤치고 뚜렷하고 아름답게 떠오르자, 나는 놀라지 않고 그 밝은 두 눈을 다시 들여다보며 모든 고통을 향해 가슴을 활짝 열었다. 아, 고통을 겪으며 상처에 가시를 깊이 박아 넣는 것이, 고통을 마다하고 내 참된 인생을 멀리하며 유령처럼 세월을 보내는 것보다 더 나았다. 우람한 밤나무들의 어둡고 무성한 우듬지 사이로 검푸르게 떠 있는 하늘과 총총히 박혀 있는 별들이 보였다. 별들은 한결같이 장엄한 황금색으로 떠올라, 저 멀리까지 시원하게 빛나고 있었다. 그렇게 별들은 반짝였고, 나무들은 봉오리와 꽃과 암술머리를 훤히 드러내 보이며, 즐겁든 괴롭든 개의치 않고 엄청난 생명 의지에 몸을 맡기고 있었다. 하루살이들은 죽음을 향해 어찔어찔 몰려가고 있었고, 어떤 생명이든 저마다의 광채로 빛나고 아름다웠다. 나는 한순간 이를 통찰하고 이해하고 내 생명과 고뇌도 기꺼이 받아들였다.

가을이 지나는 동안 내 오페라는 완성됐다. 이 무렵 나는 한 음악회에서 임토르 씨를 만났다. 그는 내게 반갑게 인사하면서 자못 놀란 표정을 지었다. 내가 이 도시에 사는 줄 전혀 몰랐기 때문이었다. 그는 내 아버지가 돌아가신 뒤 내가 고향에 살고 있다고 들어왔던 것이다.

"게르트루트 양은 어떻게 지냅니까?" 나는 되도록 침착하게 물었다.

"오, 직접 와서 어떤지 보시오. 11월 초에 결혼식이 있소이다. 우리는 당신이 와주리라 생각하오."

"고맙습니다, 임토르 씨. 무오트 소식은 못 들으셨습니까?"

"무오트는 잘 있소. 잘 알겠지만, 나는 그 결혼에 선뜻 동의하지 않고 있소. 나는 당신에게 무오트 군에 관해 오래전부터 묻고 싶었소. 내가 아는 바로는 무오트는 나무랄 데가 없소. 하지만 그에 관해 여러 소문을 들었소. 여자관계가 복잡했다던데. 그 부분에 대해 무언가 말해 줄 게 없소?"

"없습니다, 임토르 씨. 말씀해 드리더라도 아무 소용없을 것입니다. 따님은 소문 따위에 마음을 바꿀 사람이 아닙니다. 무오트 군은 제 친구입니다. 저는 기꺼이 무오트의 행복을 바랍니다."

"그렇지요, 그렇겠지요. 우리 집에서 곧 뵐 수 있겠소?"

"찾아뵙도록 하겠습니다. 안녕히 가십시오, 임토르 씨."

바로 얼마 전까지만 해도 나는 두 사람의 결합을 막기 위해서라면 무슨 수라도 썼을 것이다. 질투 때문도, 게르트루트가 아직도 내게 마음을 기울일 수 있으리라 기대했기 때문도 아니다. 두 사람의 결혼 생활이 행복하지 못할 거라고 확실히 예감했고, 무오트의 자학을 일삼는 우울증이며 과민한 성격과 게르트루트의 예민한 천성이 떠올랐고, 마리온과 로테가 아직도 기억에 뚜렷이 남아 있었기 때문이었다.

이제는 생각이 달라졌다. 인생이 송두리째 뒤흔들리고, 반년 동안 마음속 깊이 외로워하고, 내 청춘과 결연하게 작별한 뒤 나는 달라졌다. 나는 이제 다른 사람의 운명에 쓸데없이 참견하는 일은 어리석고 위험하다고 생각했다. 이러한 간섭을 필요한 것이라 여길 이유도 없었고, 나 자신을 남에게 도움이 되거나 물정에 밝다고 생각할 만한 근거도 없었다. 어머니를 도우려 했던 일들이 하나같이 틀어져 더없이 부끄러워진 터라 더더욱 그랬다. 지금도 나는 인간이 자신의 인생이나 다른 사람들의 인생을 뜻대로 발전시키거나 형성할 수 있는지 몹시도 의구심을 품고 있다. 우리는 돈을 벌 수도 있고 명예나 훈장도 받을 수 있지만, 자신을 위해서도 다른 사람을 위해서도 행복이나 불행을 얻지는 못한다. 우리는 그저 우리에게 닥치는 일을 견뎌 낼 수 있을 뿐이다. 물론 참아 내는 데는 매우 다양한 방식이 있지만 말이다. 나로서는 내 인생을 양지바른 곳에서 보내려는 그 어떤 시도도 억지로 하고 싶지 않았다. 내게 주어진 운명을 받아들이고 최선을 다해 견뎌 내며 좋은 방향으로 돌리고 싶었다.

인생은 이런 성찰과 관계 없이 이런 성찰을 무시하고 지나간다 할지라도, 진술한 결심과 생각은 마음속에 평화를 남기고, 바꿀 수 없는 운명을 견디는 데 도움이 된다. 아무튼 내가 나중에 느낀 바로는, 내가 운명에 순응하여 나 개인에게 무슨 일이 닥치든 상관없음을 깨달은 뒤부터 인생은 내게 훨씬 더 부드러워졌다.

아무리 바라고 애써도 이룰 수 없던 일이, 때로는 저절로 이뤄지기도 한다는 사실을 어머니를 보고 곧 알게 됐다. 나는 어머니에게 매달 편지를 썼는데, 얼마 전부터는 어머니로부터 답장이 끊겼다. 어머니가 몸이 편치 않다면 연락이 있었을 것이므로, 나는 그다지 염려하지 않고 계속 편지를 부쳤다. 내가 어떻게 지내는지 간단히 알렸고, 그럴 때마다 슈니벨 양에게 보내는 상냥한 안부 인사를 덧붙였다.

최근 들어 어머니는 나의 이런 인사를 슈니벨 양에게 전하지 않았다. 두 부인은 일이 너무 잘 풀린 나머지, 소원이 이뤄지자 지긋이 있지 못했다. 누구보다도 슈니벨 양은 세월이 좋아지자 한껏 기가 살았다. 그녀는 내가 떠나자마자 승전지에 입성하는 개선장군처럼 우리 집에 거처를 정했다. 이제 오랜 친구이자 사촌인 어머니와 함께 살았고, 번듯한 집에서 함께 여주인 노릇을 하며 푸근하고 아늑하게 지내게 되자, 오랜 고생 끝에 드디어 낙이 찾아왔다고 여겼다. 그녀는 사치스러운 습관이나 낭비벽에 빠지지는 않았다. 그러기에는 너무 오랫동안 형편이 쪼들리고 궁기에 찌들어 살아왔다. 더 고운 옷을 입지도 않았고 더 좋은 시트를 깔고 자지도 않았다. 오히려 알뜰하고 검소한 절약을 이제야 제대로 시작했다. 보람도 있었고 절약할 것들도 있었기 때문이었다. 하지만 그녀가 끝내 집착했던 것은 권력과 위세였다. 하녀 두 사람은 어머니 못지않게 그녀에게도 복종해야 했다. 하인, 수공업자, 우편배달부에게조차 그녀는 권세를 부릴 줄 알았다. 무릇 격정이란 충족된다고 해서 없어지지 않기에, 그녀는 야금야금 지배욕을 뻗쳐 어머니가 쉽사리 양보할 수 없는 일에까지 끼어들었다. 그녀는 어머니를 찾아오는 손님을 자신도 만나려고 했고, 자신이 없을 때 어머니가 손님을 맞이하면 못마땅해했다. 그녀는 편지들을, 특히 내게서 온 편지들을 간추려 듣는 데 성이 차지 않아, 직접 읽고 싶어 했다. 마침내 그녀는 어머니의 집안에서 많은 것들이 그녀가 바람직하다고 여기는 방향으로 움직이고 다스려지지 않는다는 사실을 알아냈다. 무엇보다도 하인들이 엄하게 관리되고 있지 않다고 생각했다. 한 하녀는 저녁에 집을 비우고 다른 하녀는 우편배달부와 너무 오랫동안 시시덕거리고 식모는 일요일에 쉬겠다고 나설 때면, 그녀는 어머니에게 그렇게 너그러우면 안 된다고 호되게 타박했다. 그러고는 집안을 어떻게 올바르게 꾸려야 하는지 장황하게 잔소리를 늘어놓았다. 그 밖에도 그녀는 지나치게 씀씀이가 크고 헤픈 것을 못 견뎌 했다. 벌써 또 석탄을 집에 들여놓는가 하면, 식모의 가계부를 보니 달걀을 너무 많이 구입한 것으로 적혀 있었으니! 그녀는 쌍지팡이를 짚고서 이를 나무라고 나섰으며, 그때부터 두 친구 사이에 금이 가기 시작했다.

지금까지의 일은 어머니도 기꺼이 참아 넘길 수 있었다. 친구가 하는 일이 다 마음에 맞지는 않았고, 이 친구가 자신에게 그렇게 굴 것이라 생각지 못했기에 여러모로 실망하기는 했지만 말이다. 하지만 이제 오래도록 기릴 만한 집안 관습이 위태로워지고, 하루하루의 안락과 가정의 평화가 깨지려 하는 터라, 가만히 보고 있을 수만은 없었던 어머니는 할 말을 하고 나섰다. 하지만 그렇게 따지는 데 있어서는 친구에게 상대가 되지 못했다. 말다툼이 있었고 서로 실랑이가 벌어졌다. 어느 날 식모가 그만두겠다고 말하자, 어머니는 갖은 약속을 곁들이고 싹싹 빌다시피 해서 가까스로 말렸는데, 그때부터 집안의 권력 문제는 진짜 전쟁으로 치닫기 시작했다.

슈니벨 양은 그녀의 지식, 경험, 알뜰함, 살림 손끝을 자부한 나머지, 다른 사람들은 그녀의 이 모든 자질을 오히려 아니꼽게 여긴다는 사실을 깨닫지 못했다. 그래서 대놓고 지금까지의 살림살이를 흠잡고, 어머니의 주부로서의 솜씨를 나무라고, 집안 전체의 관습과 특성에 대해 혀를 끌끌 차며 업신여겨도 마땅하다고 여겼다. 어머니는 아버지에게 의지하고 나섰다. 아버지가 아버지 방식대로 이끌던 때는, 오랜 세월 동안 집안이 잘됐다는 것이었다. 아버지는 좀스럽게 굴거나 쩨쩨하게 아끼는 것을 참지 못했다. 하인들에게 기꺼이 자유와 권리를 주었고, 하녀들이 말다툼하거나 뾰로통한 상태를 싫어했다. 어머니가 예전에는 간혹 흠을 잡기도 했으나, 돌아가신 뒤에는 성자처럼 떠받드는 아버지에게 의지하고 나서자, 슈니벨 양은 가만히 참지 못했다. 어머니가 오랫동안 고인에 대해 어떻게 생각하고 말해 왔는지 모질게 일깨우며, 이제 구태에서 벗어나 이성을 찾아야 할 때라고 말했다. 그녀는 친구를 아끼는 마음에 고인에 대한 추억을 건드리고 싶지는 않았지만, 친구가 고인을 들먹이고 나서는 터라 솔직히 말할 수밖에 없다고 했다. 이 집안의 여러 잘못된 일에 대해 옛주인에게 책임이 있고, 그녀와 어머니가 이를 바로잡을 수 있는데도 왜 그냥 놓아둬야 하는지 알다가도 모르겠다고 덧붙였다.

어머니로서는 따귀를 맞은 셈이었다. 어머니는 사촌의 이런 언행을 잊지 못했다. 전에는 때때로 그 친구와 이야기를 나누며 하소연하고 남편을 흉보는 일이 필요하기도 했고 재미도 있었다. 그러나 이제 어머니는 남편의 신성한 모습에 조금이라도 그림자가 드리우면 견디지 못했다. 집안에 꿈틀거리고 있는 변혁의 손길이 평화를 깨뜨릴 뿐 아니라, 무엇보다도 고인에게 저지르는 죄악이라고 느끼기 시작한 것이다.

내가 알지 못하는 사이 이런 사태가 벌어져 있었다. 어머니가 이러한 새장 속의 다툼을 처음으로, 아직은 조심스럽고 신중하게 편지에 내비쳤을 때, 나는 웃음을 터뜨리고 말았다. 나는 다음번 편지에서 이 노처녀에게 보내는 안부 인사를 빼버렸지만, 어머니가 넌지시 말한 내용에 아무 대꾸도 하지 않았다. 두 부인이 알아서 해결하도록 끼어들지 않는 게 낫겠다고 생각했다. 그사이 내가 보다 더 신경 써야 할 다른 일이 닥쳤다.

10월이 와 있었다. 게르트루트의 결혼이 임박했다는 생각이 머리에서 떠나지 않았다. 나는 그녀의 집에 다시 찾아가지 않았고 그녀를 다시 만나지도 못했다. 결혼식 후 그녀가 집을 떠나면 나는 그녀 아버지와 다시 교류를 시작해야겠다고 생각했다. 그러면서도 시간이 지나 그녀와 나 사이가 허물없고 좋은 관계가 되기를 바랐다. 우리는 이미 서로 매우 가까이 지냈던 터라 지나간 일을 그리 쉽사리 지워 버릴 수 없었다. 다만 지금은 만날 용기가 나지 않았다. 그녀는 내가 아는 한 그런 만남을 피하지는 않았겠지만 말이다.

어느 날 귀에 익은 노크 소리가 문에서 났다. 나는 가슴이 두근거려 어쩔 줄 몰라 하며 벌떡 일어서 문을 열었다. 하인리히 무오트가 문 앞에 서서 손을 내밀었다.

"무오트!" 나는 소리치며 그 손을 붙잡았다. 그의 눈을 들여다 보자 마음속에 묻었던 모든 일이 깨어나며 괴로워졌다. 그의 책상에 놓여 있던 편지가, 게르트루트의 글씨가 적힌 편지가, 내가 그녀에게 작별을 고하고 죽음을 선택했던 일이 눈앞에 떠올랐다. 그는 우뚝 서서 나를 찬찬히 바라봤다. 약간 여위었지만, 늘 그렇듯 훤하고 의기양양해 보였다.

"자네가 찾아올 줄은 몰랐는데." 나는 나직이 말했다.

"그런가? 자네가 더 이상 게르트루트를 찾아오지 않는 걸로 알고 있네. 그건 아무래도 좋네. 그 이야기는 그만두기로 하세! 나는 자네가 어떻게 살고 있는지, 자네 작업이 어떻게 되었는지 알아보려고 온 거니까. 오페라는 어떻게 됐나?"

"완성됐네. 하지만 먼저 묻고 싶은 게 있네. 게르트루트는 어떻게 지내나?"

"잘 지내지. 우린 곧 결혼식을 올리네."

"알고 있네."

"그렇군. 곧 게르트루트를 한번 찾아오겠나?"

"나중에 가겠네. 자네와 행복하게 잘 사나 보러 가도록 하지."

"음……."

"하인리히, 미안하네. 하지만 나는 가끔 로테 생각이 나네. 자네가 함부로 하고 두들겨 팼던……."

"로테 이야기는 그만하게! 그녀는 맞을 만했어. 맞고 싶지 않은 여자라면 맞을 이유가 없지."

"그렇군. 오페라 말인데. 나는 이것을 어디로 먼저 들고 가야 할지 아직 모르겠네. 좋은 극장이어야 할 텐데, 그런 극장이 이런 것을 받아 줄까?"

"받아 주고말고! 이 부분에 대해 자네와 이야기하고 싶네. 뮌헨으로 들고 오게! 그곳에선 오페라라면 아마도 받아들여질걸세. 사람들은 자네에게 관심이 많거든. 정 여의치 않으면 나라도 나서겠네. 내가 누구보다 먼저 그 배역을 노래하고 싶은 마음이 간절하네."

내게 매우 큰 도움이 되는 일이었다. 나는 기꺼이 승낙하고 곧 사본을 만들어 주겠다고 약속했다. 우리는 세부 사항을 논의하고, 서먹서먹하게 이야기를 더 주고받았다 더없이 중요한 말을 나누기라도 하는 듯했다. 하지만 우리는 시간을 끌면서, 우리 사이에 벌어진 틈을 애써 눈 감아 넘기려는 것일 뿐이었다.

무오트가 먼저 이런 거북한 분위기를 깨뜨렸다.

"이보게," 그가 말했다. "자네가 당시 나를 임토르 씨 댁에 데리고 갔던 게 아직 생각나나? 1년이 되어 가는군."

"기억하고말고." 내가 말했다. "자네 그런 말을 하려거든 말이야. 이제 그만 돌아가게!"

"그렇게 못하겠네, 친구. 그러니까 기억하고 있다는 거지. 자네는 당시 그 아가씨를 사랑하고 있었으면서도 왜 내게 한마디도 하지 않았나? 왜 그렇게 말하지 않았나? 그녀를 가만 놓아두라고, 맡겨 두라고! 그렇게 한마디만 했더라도, 눈치만 한 번 줬더라도 나는 알아들었을 텐데."

"나는 그럴 수 없었네."

"그럴 수 없었다고? 도대체 왜? 누가 자네더러, 더 이상 손쓸 수 없게 될 때까지 구경하고 입 다물고 있으라 시키던가?"

"그녀가 나를 사랑하고 있는지 알 수 없었네. 비록 나를 좋아한다 할지라도, 자네를 더 좋아하고 있다면 나는 어쩔 도리가 없었네."

"자넨 어린애로군! 그녀는 자네와 함께 있었으면 아마 더 행복해졌을 거야! 누구나 여자를 차지할 권리가 있네. 자네가 애초에 한마디만 했더라면, 넌지시 눈치라도 줬더라면 나는 그녀에게 다가가지 않았을 거야. 나중에는 이미 때가 늦었지만 말이야."

이런 이야기를 주고받는 게 나는 괴로웠다.

"나는 생각이 다르네," 내가 말했다. "자네는 만족스러워하고 있지 않나? 그러니 나를 가만 놓아두게! 그녀에게 안부 인사를 전해 주고, 자네들이 뮌헨에 살림을 차리면 그리로 찾아가겠네."

"결혼식에는 오지 않을 건가?"

"가지 않겠네, 무오트, 자네는 취미가 고약하군. 한데, 성당에서 결혼식을 올리나?"

"그럼, 대성당에서."

"잘됐군. 내가 결혼식을 위해 따로 준비해 두었네. 오르간서곡일세. 걱정 말게. 아주 짧으니까 말이야."

"자네는 정말 좋은 친구야! 망할, 자네에게 이렇게 불운을 안기고 말다니!"

"행운이나 빌어 주게, 무오트."

"알겠네. 자네와 다투고 싶지 않아. 이제 가야겠네. 사야 할 물건도 있고 챙길 일이 수두룩하니. 오페라는 곧 보내 주겠지? 나에게 보내게. 그러면 내가 우리 지휘자에게 직접 들고 가겠네. 참, 결혼식을 하기 전에 우리는 둘만을 위한 저녁 시간을 다시 한 번가져야 하지 않겠나? 내일 어떤가? — 좋아, 그럼 내일 보세!"

나는 다시금 예전에 밤마다 그랬던 대로, 수천 가지 생각을 하고 수천 가지 고뇌를 맛보며 그날 밤을 지새웠다. 다음 날에는 오르가니스트에게 찾아가, 무오트의 결혼식에서 내 오르간서곡을 연주해 달라고 부탁했다. 오후에는 타이저와 함께 내 오페라 전주곡을 마지막으로 검토했다. 저녁에는 하인리히 무오트가 묵고 있는 여관으로 찾아갔다.

우리를 위해 벽난로를 지피고 촛불을 밝힌 방이 마련돼 있었고, 하얀 탁자보가 덮인 탁자에는 꽃과 은그릇이 놓여 있었다. 무오트가 그곳에서 나를 기다리고 있었다.

"자, 친구," 그가 소리쳤다. "이제 송별회를 하자고. 자네가 아니라 나를 위해서. 게르트루트가 자네에게 안부 인사를 전하라더군. 오늘은 그녀의 건강을 위해 건배하세."

우리는 잔을 가득 채우고 말없이 모두 들이켰다.

"그럼, 이제 우리 자신이나 돌아보세. 청춘은 저물어 가고 있네, 친구, 자네도 그걸 느끼나? 청춘은 인생에서 가장 아름다운 때라고들 하지. 이 말도 다른 인기 있는 격언들이나 마찬가지로 의미 있는 소리이기를 바라네. 가장 좋은 시절은 이제야 비로소 다가올 것임에 틀림없네. 그렇지 않다면 모든 일이 애쓸 만한 가치가 없지. 자네 오페라가 공연되면, 이에 대해 더 얘기해 보세."

우리는 오붓하게 식사를 하고 독한 라인강 포도주를 들이켰다. 나중에는 푹신한 안락의자에 벌렁 기대어 시가를 피우고 샴페인을 마셨다. 나와 그는 잠시 동안 옛 시절을 떠올렸고, 계획을 세우고 잡담을 나누며 수다스럽게 즐거워했다. 우리는 근심을 잊고 생각에 잠겨 거짓 없는 눈길을 주고받았으며, 서로에게 기꺼워했다. 하인리히는 이런 시간에는 여느 때보다 더 착하고 살가웠다. 그는 그러한 즐거움이 덧없다는 것을 똑똑히 알고 있었기에, 그 분위기가 살아 있는 동안 그 기쁨을 살그머니 붙잡아 조심스레 움켜쥐었다. 그는 목소리를 낮추고 미소 지으며 뮌헨에 관해 말해 줬고, 극장들에서 일어난 자질구레한 일화들을 이야기했다. 인간들과 다양한 상황을 정곡을 찔러, 눈에 선하게 그려 내는 기막힌 솜씨가 여전히 살아 있었다.

그가 재미 삼아 지휘자와 임토르 씨와 다른 사람들의 특징을 예리하면서도 악의 없이 묘사했을 때, 나는 그를 위해 건배하며 물었다. "그런데 자네는 나에 대해서는 뭐라고 말할 건가? 나 같은 사람도 어떤 유형에 넣을 수 있나?"

"그럼, 있고말고." 그는 태연하게 고개를 끄덕이더니 내게 어두운 눈길을 던졌다. "자네는 어디로 보나 예술가 타입일세. 예술가란 속물들이 생각하는 바와 달리, 마냥 들떠서 여기저기 예술작품을 쏟아내는 쾌활한 양반들이 아니야. 유감스럽게도 대개의 경우 쓸데없는 것을 너무 많이 품고 있어서 숨이 막힐 듯하기 때문에, 무언가 토해 내지 않으면 안 되는 가련한 작자들이지. 예술가가 행복하다는 말은 허튼소리일세. 속물들이나 지껄이는 소리일세. 쾌활한 모차르트가 쓰러지지 않고 살았던 건 샴페인 덕이었고 대신 빵이 없어 고생했지. 베토벤이 젊었을 때 왜 자살하지 않고 그토록 훌륭한 곡들을 썼는지는 알다가도 모를 일이네. 제대로 된 예술가라면 인생이 불행할 수밖에 없네. 배가 고파서 자루를 열어 보면 그 안에는 늘 진주만 들어 있으니까!"

"맞아. 인생에서 약간의 즐거움이나 푸근함이나 아늑함을 갈망할 때, 오페라니 삼중주 따위가 한 다스나 있어도 아닌 게 아니라 별로 도움이 되지 않지."

"내 말이 그 말일세. 그러니 친구가 있다면 그 친구와 함께 포도주를 마시고 시간을 보내며, 이 기이한 인생에 관해 오붓하게 잡담을 나누는 게 우리가 인생에서 누릴 수 있는 최고의 행복일세. 틀림없이 그럴걸세. 우리는 그런 행복을 누리고 있으니 기뻐해야 하네. 한 불쌍한 작자가 아름다운 불꽃을 아무리 오랫동안 만든다 할지라도, 불꽃놀이의 기쁨은 채 1분을 넘기지 못하지! 그러니 우리는 즐거움과 마음의 평안과 떳떳한 양심을 아껴 둬야 하네. 때때로 멋진 순간에 꺼내 쓸 수 있도록 말이야. 건배, 친구여!"

나는 그의 철학에 내심으로는 전혀 동의하지 않았지만, 아무러면 어떻단 말인가? 나는 이 친구를 틀림없이 잃게 되리라고 여겼었고, 이 친구도 내가 친구로 남으리라 확신하지 못했다. 그런데, 이 친구와 이렇게 저녁을 보낼 수 있어서 기분 좋았다. 나는 생각에 잠겨, 지나간 시절을 향해 작별 인사를 보냈다. 그 시절은 아직 엊그제 같았지만 이미 내 청춘을 마감했기에, 청춘의 경솔함이나 천진함은 다시는 내게 찾아들 수 없었다.

우리는 너무 늦지 않게 자리에서 일어났다. 무오트는 나와 함께 내가 묵는 집까지 가겠다고 나섰다. 하지만 나는 그에게 나오지 말라고 했다. 그가 나와 함께 길을 걷는 것을 좋아하지 않으며, 내가 느리게 절룩거리면 그에게 방해가 되고 짜증나게 하리라는 것을 알고 있었다. 그는 희생할 줄 모르는 사람이었고, 그렇게 작은 희생이야말로 때로 가장 하기 힘든 희생이었다.

나는 내 오르간 소곡 덕분에 기뻤다. 그것은 일종의 서곡으로, 내게는 옛 시간으로부터의 탈출이었고, 신랑신부에게 보내는 감사와 축하였으며, 신부와 신랑과 우정을 나누던 행복한 시기의 여운이었다.

결혼식 날 나는 시간에 늦지 않게 교회에 도착하여 파이프오르간에 몸을 감추고 예식을 구경했다. 오르가니스트가 내 소곡을 연주할 때, 게르트루트가 위를 올려다보더니 남편에게 고갯짓을 했다. 나는 한참 동안이나 두 사람을 보지 못했었다. 게르트루트는 하얀 드레스를 입어 더 훤칠하고 날씬해 보였고, 꽃으로 장식된 좁다란 통로를 따라 제단으로 걸어 왔다. 우아하고 진지한 자태였다. 그녀의 곁에서는 남편이 자랑스럽게 가슴을 활짝 펴고 걸음을 옮겼다. 무오트 대신에 내가, 다리가 굽은 불구자가 그 장엄한 길을 걸어갔다면 저만큼 멋지고 눈부시게 보이지 않았을 것이다.

제7장

　내가 친구들의 결혼식을 두고두고 생각하며 관심을 쏟지도, 자학하지도 않을 수 있었던 까닭은, 이미 다른 사정이 생겼기 때문이었다.

　나는 그 무렵 어머니를 거의 생각하지 못했다. 어머니의 지난번 편지를 읽고 집안이 썩 아늑하지도 평온하지도 않다는 사실을 알아챘지만, 두 부인의 싸움에 끼어들고 싶지도 않았고, 그래야 할 이유도 없었다. 그러니 내가 중재할 필요가 없는 일로 치부해 놓고 은근히 고소해하던 터였다. 그 뒤로 내가 편지를 써도 답장이 오지 않았고, 나는 내 오페라 사본을 작성하고 교정하느라 정신없이 바빠, 슈니벨 양에 관해 생각할 겨를이 없었다.

　그때 어머니로부터 편지가 왔다. 예사롭지 않게 두툼한 편지에 나는 이미 놀랐다. 어머니가 동거인을 원망하는 내용을 담아서 쓴 고통스러운 편지였다. 이를 통해 나는 이 노처녀가 내 착한 어머니의 가정과 마음의 평화를 얼마나 뒤흔들고 있는지 알았다. 어머니는 내게 이런 내용을 알리는 것조차 힘들어했고, 점잖고 조심스레 운을 뗐다. 하지만 한마디로 어머니의 옛 친구이자 사촌에게 실망했다고 실토했다.

어머니는 돌아가신 아버지와 내가 슈니벨 양을 싫어했던 게 옳았다고 말했을 뿐 아니라 내가 바란다면 집을 팔고 거처를 옮길 용의까지 있다고 했다. 그 모든 게 슈니벨 양에게서 벗어나기 위해서였다.

'네가 직접 여기로 와줬으면 좋겠구나. 루치에는 내가 무슨 생각을 하고 어떤 계획을 세우는지 다 알고 있단다. 거기에 촉각을 곤두세우고 있거든. 하지만 우리 사이는 틀어질 대로 틀어져서, 나는 말을 가려 가며 할 말을 할 자신이 없구나. 내가 집에서 혼자 살고 싶고 루치에가 없어도 된다고 눈치를 줘도, 루치에는 모른 체하고 있단다. 난 떠들썩한 싸움은 피하고 싶다. 면전에 대고 나가라고 말하면 루치에는 욕을 퍼붓고 대들 게 불보듯 뻔하다. 그러니 네가 와서 이 일을 처리해 주면 좋겠구나. 나는 소동이 벌어지는 걸 바라지 않고 루치에에게 손해를 끼치고 싶지도 않아. 하지만 분명하고 단호하게 나가라고 말해 줘야 한다.'

어머니가 바란다면 나는 용龍이라도 때려잡을 용의가 있었다. 나는 몹시 흐뭇한 마음으로 행장을 꾸려 집으로 갔다. 오래된 우리 집에 들어서자마자 그곳에 감돌고 있는 새로운 분위기를 알아챘다. 무엇보다도 드넓고 아늑했던 방이 을씨년스럽고 꾀죄죄하고 궁상맞아 보였다. 모든 것이 간신히 꾸려지고 돌봐지고 있는 듯싶었다. 오래된 단단한 바닥에는 보기 흉한 싸구려 천으로 만든 길고 새까만 헝겊이 '양탄자' 랍시고 깔려 있었다. 마루청을 보호하고 걸레질을 줄여 보겠다는 요량인 듯했다. 여러 해 전부터 사용하지 않고 응접실에 놓여 있던 피아노도 그런 덮개를 뒤집어쓴 채였다. 어머니는 내가 도착하기를 기다리며 차와 과자를 준비하고 집 안을 다소 산뜻하게 만들어 놓았다. 그러나 노처녀의 궁기와 나프탈렌 냄새는 지울 수 없었던 터라, 어머니가 나를 맞이하자마자 나는 미소를 던지며 코를 찌푸렸고 어머니는 그 이유를 금세 알아챘다.

내가 의자에 앉자마자 문제의 용이 들어와, 양탄자를 밟고서 내게 달려와 인사를 받았다. 나는 아낌없이 경의를 표했다. 그녀의 안부를 자상하게 묻고, 편안하게 지내는 게 몸에 배어 있을 텐데 이 집이 너무 오래되어 불편하지 않느냐고 미안해했다. 그녀는 어머니를 없는 사람으로 치고 내게 말을 건넸다. 주부 역할을 떠맡고, 차 시중을 들고, 내 인사말에 열심히 대꾸했다. 내가 지나치게 상냥하게 대하자 흐뭇해하기는 했지만 오히려 더 불안하고 수상스러워하는 것 같았다. 그녀는 배반의 낌새를 알아챘지만, 내 사근사근한 어조를 못 들은 척할 수 없었던 터라 그녀 자신도 고풍스럽고 점잖은 인사말을 아는 대로 늘어놓을 수밖에 없었다. 서로 자기를 낮추고 상대를 우러르는 가운데 밤이 다가왔다. 우리는 다정히 인사를 나누고 예의 바른 외교관처럼 헤어졌다. 하지만 이 '용'은 달콤한 인사치레를 받았어도 그날 밤 거의 잠을 이루지 못했을 것이다. 반면 나는 만족스럽게 푹 잤고, 가엾은 어머니도 분노와 슬픔으로 여러 밤을 지샌 뒤 처음으로 이 집의 주부는 본인이라는 느낌을 고스란히 간직하고 잠이 들었다.

다음 날 아침 식사에서 또다시 입에 발린 말치레가 시작됐다. 어제 저녁에는 아무 말없이 마음 졸이며 듣고만 있던 어머니가 이제 기분이 좋아져 자진해서 끼어들었고, 우리는 슈니벨 양을 점잖고 살갑게 다루며 그녀를 궁지에 빠뜨리고 심지어 처량하게 만들기까지 했다. 슈니벨 양은 어머니의 이런 말투가 마음속에서 우러난 것이 아님을 느끼고 있었기 때문이었다. 이 노처녀가 불안해져 굽실거리며 모든 일을 추어올리고 긍정하고 나서자, 나는 하마터면 그녀를 불쌍하게 여길 뻔했다. 그러나 해고당한 하녀, 불만 가득해 보이지만 어머니가 사정사정한 덕에 아직 붙어 있는 식모, 덮개를 뒤집어 쓴 피아노, 전에는 밝았던 아버지 집의 을씨년스럽고 궁상스러운 냄새를 떠올리며 마음을 다잡았다.

식사 뒤에 나는 어머니에게 잠깐 들어가 쉬라고 말하고, 사촌 여자와 둘만 남았다.

"식사 뒤에 한소끔 눈을 붙이시는지요?" 나는 공손하게 물었다. "그렇다면 방해하지 않겠습니다. 몇 가지 이야기를 나누고 싶지만, 그리 급한 일은 아니니까요."

"오 말씀하시구려, 나는 낮잠을 자지 않으니까. 다행히 아직 그렇게 나이가 많지는 않다오. 괜찮으니 말해 봐요."

"고맙습니다, 부인. 저는 부인이 어머니께 보여 주신 친절함에 감사를 전하고 싶습니다. 어머니가 빈집을 혼자 지키고 계셨더라면 몹시 외로웠을 겁니다. 그런데 이제 사정이 달라졌습니다."

"뭐라고요?" 그녀가 소스라쳐 소리쳤다. "뭐가 달라졌다는 게요?"

"아직 모르셨습니까? 어머니가 마침내 제 소원을 들어주고 제가 있는 곳으로 이사해 오기로 마음먹으셨다는 걸요. 물론 우리는 이 집을 비워 둘 수는 없습니다. 그래서 곧 팔려고 내놓으려합니다."

노처녀는 안절부절못하며 나를 뚫어지게 바라봤다.

"예, 저도 유감입니다." 나는 안타깝다는 듯 말을 이었다. "물론 부인께서는 여기 계시는 동안 무척 힘드셨겠지요. 온 집안을 이처럼 친절하고 정성스레 보살펴 주신 데 대해 뭐라고 감사드려야 할지 모르겠습니다."

"하지만 나는 어떻게…… 나는 어디로……."

"다 잘 풀리겠지요. 부인께서는 거처를 다시 물색하셔야 합니다, 물론 급히 서두르실 필요는 없습니다. 다시 조용히 지내게 되어 기쁘실 것이라 생각합니다."

그녀는 일어섰다. 어조는 아직 정중하긴 했으나 날카롭게 가시

돋아 있었다.

"뭐라 말해야 할지 모르겠소만," 그녀는 몸부림치며 소리쳤다. "이보게, 자네 어머니는 나더러 여기에 살게 해주겠다고 말했어. 철석같이 약속했단 말야. 이제 내가 집안을 돌보고 자네 어머니를 돕고 다니까, 날 길바닥으로 내쫓겠다고!"

그녀는 흐느끼기 시작하며 자리를 박차고 나가려 했다. 하지만 나는 그녀의 여윈 손을 붙잡아 다시 안락의자에 앉혔다.

"그렇게까지 나쁘게 생각지 마십시오." 나는 미소 지으며 말했다. "어머니가 여기서 이사 나오고 싶어 하셔서 사정이 약간 달라졌을 뿐입니다. 말이 나온 김에 말하자면 집을 팔자고 결정한 사람도 어머니가 아니라 저입니다. 제가 소유주이니까요. 부인이 마음에 드는 새 집을 고르면 그 뒷돈은 어머니가 대려고 생각하고 계십니다. 그러면 부인은 지금보다 편해지실 거고, 그러면서도 어찌 보면 어머니 집에 머무시는 셈이지요."

이제 예상했던 대로 대들기도 하고, 콧대를 세우기도 하고, 흐느끼기도 하고, 통사정이 끝나기 무섭게 허세를 부리기도 하다가, 마침내 이 앵돌아진 여자는 물러서는 게 상책이라는 사실을 알아챘다. 하지만 그런 뒤 자기 방에 틀어박혀 커피도 마시러 나오지도 않았다.

어머니는 그녀의 방으로 커피를 보내자고 말했으나 나는 최대한 정중하게 대하고 난 뒤에서 앙갚음하고 싶었다. 그래서 슈니벨 양을 버티려면 버텨 보라고 내버려 뒀고, 저녁이 되자 그녀는 아무 말없이 시무룩하게, 하지만 시간에 맞춰 식사하러 나왔다.

"유감스럽지만 저는 내일 다시 R시로 떠나야 합니다." 나는 저녁을 먹으며 말했다. "하지만 어머니, 어머니께 제가 필요하다면 언제든 급히 달려올 겁니다."

그렇게 말하며 나는 어머니가 아니라 어머니의 사촌을 바라봤고, 이 여자는 그 말이 무슨 뜻인지 알아챘다. 이 여자에게 잘 자라고 짧게 인사를 건넬 때 나는 더 이상 말치장을 하지 않았다.

"얘야," 어머니가 나중에 말했다. "참 잘했다. 뭐라 고맙다 해야 할지 모르겠구나. 네 오페라 중에 한 곡 연주해 주지 않겠니?"

나는 이 청을 들어드리지는 못했지만, 장애물이 허물어지며, 나이 많은 어머니와 나 사이에 햇살이 비치기 시작했다. 그것이 이번 일의 가장 큰 성과였다. 어머니는 이제 나를 믿었고, 나는 곧 어머니와 단출하게 살림을 차림으로써 오랫동안 집 없이 떠돌던 생활에서 벗어나게 되어 기뻐했다. 나는 흐뭇한 마음으로 길을 떠났고, 노처녀에게도 다정하게 인사했다. R시로 돌아오자마자 여기저기 들러 예쁘고 아담한 셋집들을 둘러봤다. 타이저가 이 일을 도왔고 그의 누이도 대개 함께 다녔다. 이 오누이는 두 가족이 오손도손 즐겁게 모여 살게 될 날을 기다리며 기뻐했다.

그동안 내 오페라는 뮌헨에 발송되었다. 두 달 뒤 어머니가 도착하기 바로 전에 무오트가 내게 편지를 썼다. 오페라가 받아들여졌지만 이번 공연 시즌에는 연습할 수 없고, 그러나 다가오는 초겨울에 공연할 수 있으리라는 내용이었다. 어머니에게 전할 만한 희소식이었고, 타이저는 이 소식을 듣자 축하를 위해 댄스 파티를 열었다.

어머니는 앞뜰이 딸린 아담한 우리의 집에 이사해 들어오며 눈물을 흘리시더니, 다 늙어 낯선 땅에 새로 뿌리 내리는 것은 슬픈 일이라고 말했다. 하지만 나는 이를 기쁘게 여겼다. 타이저 오누이도 그렇게 생각했고, 브리기테는 어머니를 돕고 거들어 그 일을 즐겁게 느끼도록 만들었다. 이 아가씨는 시내에 아는 사람이 거의 없었고, 오빠가 극장에 일하러 간 동안 외로이 집에 앉아 있는 때가 종종 있었다. 내색을 하지는 않았지만 말이다. 이제 그녀는 우리 집에 자주 찾아와서, 정리하고 적응하는 것을 도왔을 뿐 아니라, 나와 어머니가 사이좋게 조용히 함께 사는 데 어려움이 없도록 거들어 줬다. 브리기테는 내게 휴식이 필요하거나 혼자 있어야 할 때, 이를 나이 든 어머니에게 알릴 줄 알았고, 이럴 경우 나를 돕고자 발 벗고 나섰다. 어머니가 필요로 하거나 바라는 것들을 내게 귀띔하기도 했는데, 나로서는 전혀 눈치채지도 못했을 것들이고 어머니도 절대 말하지 않았을 것들이었다. 그래서 곧바로 우리에게는 단출한 가정과 가정의 평화가 생겼다. 이 집은 내가 예전에 생각했던 것과 다르고 조촐했지만, 나만큼이라도 성공하지 못한 사람에게는 충분히 훌륭하고 아름다워 보였다.

이제 어머니는 내 음악도 알게 됐다. 그녀는 내 곡을 모두 다 좋아하지는 않았고 대부분의 곡에 대해 말을 삼갔지만, 이것이

심심풀이 재밋거리가 아니라 노동이요 현실임을 눈으로 보고 믿게 되었다. 우리 음악가들이 줄꾼이나 다름없이 사는 줄로만 알았었는데, 돌아가신 아버지 못지않게 소시민답고 부지런히 살아간다는 것을 알고 깜짝 놀라셨다. 아버지에 대해서도 우리는 훨씬 편하게 말을 주고받을 수 있었고, 차츰차츰 나는 아버지와 어머니와 조부모와 나 자신의 어린 시절에 관한 이야기를 수없이 듣게 됐다. 나는 지난날과 가족에 관해 듣는 게 좋고 흥미로웠고, 의지할 곳 없다는 느낌이 더 이상 들지 않았다. 한편 어머니는 내가 작업할 때 문을 걸어 잠그고 있거나, 신경이 예민해지더라도 나를 가만 내버려 두고 미더워하게 됐다. 어머니는 아버지와 매우 금실이 좋았고, 그런 만큼 슈니벨 양과 함께 살며 더욱 모질게 시련을 치렀다. 이제 어머니는 믿음을 되찾고 스스로 늙었다거나 외롭다는 말들을 점차 입 밖에 내지 않게 되었다.

그렇게 아늑함과 조촐한 행복을 느끼는 가운데, 내가 오랫동안 품고 살았던 고뇌와 불만이 가라앉았다. 하지만 이는 가뭇없이 잦아든 것은 아니었고, 내 마음속 깊은 곳에 숨죽이고 도사리고 있다가, 밤이면 궁금한 듯 찾아들어 남은 힘을 떨쳤다. 지난 일이 멀어진 듯할수록, 내 사랑과 고뇌는 더욱더 뚜렷이 떠올라 말없이 곁에 머물며 옛날을 돌이키게 했던 것이다. 때로 나는 사랑이 무엇인지 안다고 생각했다. 예쁘고 철없는 리디에 눈이 멀어 흠뻑 빠졌던 소년 시절부터, 나는 사랑을 안다고 생각했다. 그런 뒤 게르트루트를 처음 보고 그녀야말로 내 물음에 대한 대답이요 내 어렴풋한 소원에 대한 위안이라고 느꼈던 때도, 그러고선 고통이 시작되고 우정과 맑음이 격정과 어둠으로 바뀌었을 때도, 마지막으로 그녀를 잃었을 때도 나는 사랑을 안다고 믿었다. 그녀는 갔어도 사랑은 남아서 항상 내 곁에 머물러 있었다. 나는 게르트루트를 마음속에 품은 뒤로는 다시는 다른 여성을 갈망하고 쫓아다닐 수 없고, 다른 여성의 입술에 입 맞추고 싶지 않을 것임을 알았다.

나는 때로 게르트루트의 아버지를 방문했는데, 임토르 씨는 이제 나와 게르트루트의 관계를 알아챈 것 같았다. 그는 내가 그녀의 결혼식을 위해 작곡했던 서곡을 들려 달라고 청했고, 내게 말없이 살갑게 대했다. 그는 내가 그녀의 소식을 얼마나 듣고 싶어 하는지, 그러면서도 그에 대해 묻기를 얼마나 꺼리는지 잘 알고 있는 듯했고, 그녀가 보낸 편지의 내용을 이것저것 알려줬다. 편지에는 내 이야기도 자주 나왔다. 다른 것보다도 오페라에 관해서였다. 그녀는 소프라노 배역을 맡을 훌륭한 여가수를 찾았고, 이 친숙한 작품을 마침내 전부 들을 수 있어 얼마나 기쁜지 모르겠다고 썼다. 그녀는 또한 내가 어머니를 모시고 산다니 무척 기쁘다고 했다. 그녀가 무오트에 관해 뭐라고 썼는지는 나는 알 수 없었다.

내 인생은 잔잔히 흘러갔다. 깊은 곳의 물결은 더 이상 위로 치솟지 않았다. 나는 미사곡을 쓰고 있었고, 오라토리오를 구상했으나 아직 가사를 구하지 못하고 있었다. 오페라를 생각하지 않으면 안 될 때가 있었는데, 그러면 다른 세상으로 돌아간 기분이었다. 내 음악은 새로운 길을 걷고 있었다. 수수하고 차분해졌고, 흥분시키기보다는 위로하려 했다.

이 무렵 타이저 오누이는 내게 더없이 큰 힘이 됐다. 우리는 거의 날마다 만났고, 서로 책을 읽어 주고 함께 연주하고 잔치를 벌이고 소풍을 갔다. 나는 이 원기왕성한 여행가들에게 폐를 끼치고 싶지 않아 여름에만 몇 주 동안 떨어져 있었다. 타이저 오누이는 다시 티롤과 포어아를베르크를 두루 여행하며 에델바이스 상자를 보냈다. 하지만 나는 어머니를 여러 해 전부터 초대했던 북부 독일의 친척에게 모시고 간 다음, 북해에 자리를 잡았다. 밤낮으로 바다의 옛 노래를 듣고, 맵고 짭짤하고 쌉쌀하고 싱그러운 바닷바람을 맞으며 내 생각과 선율을 좇았다. 여기서 나는 처음으로 게르트루트에게 편지를 써 뮌헨으로 보낼 용기를 냈다. 무오트 부인에게가 아니라, 내 음악과 꿈에 대해 이야기를 나누었던 친구 게르트루트에게. 어쩌면 이 편지를 받고 그녀가 기뻐할지도 모른다고 생각했다. 어쩌면 위로를 보내고 친구로서 안부를 묻는 게 그녀에게 괜찮을지도 몰랐다. 아무리 그러지 않으려 애를 써도 나는 무오트를 믿을 수 없었고, 늘 게르트루트가 은근히 걱정스러웠기 때문이다. 나는 무오트를 너무도 잘 알았다. 이 제멋대로인 우울증 환자는 기분 내키는 대로 살며 어디에서도 희생하지 않는 데 익숙했고, 어두운 충동에 휩쓸려 끌려다녔다. 생각에 잠겨 있을 때면 자신의 인생을 비극처럼 구경했다. 선량한

로에 선생이 내게 설명했듯, 외로움을 타고 이해받지 못하는 것을 정말 병이라 한다면, 무오트는 어느 누구보다도 단단히 이 병을 앓고 있었다.

하지만 나는 무오트로부터 어떤 소식도 듣지 못했다. 무오트는 편지를 쓰지 않았다. 게르트루트도 짤막하게 감사를 전하며, 연주 시즌이 시작되자마자 내 오페라 연습이 계속될 터이니 가을에 일찍이 뮌헨으로 오라고 답장했을 뿐이었다.

9월 초 다들 도시에 돌아와 여느 때와 똑같이 일상을 시작했을 무렵이었다. 어느 날 저녁 우리는 집에 모여 내가 여름 동안 했던 작업을 검토했다. 주요 작품은 두 대의 바이올린과 피아노를 위한 서정적인 협주곡이었다. 우리는 이 악곡을 연주했다. 브리기테 타이저는 피아노에 다가앉았고, 나는 악보 너머로 그녀의 머리카락을 바라봤다. 금발을 땋아 수북이 틀어 올렸는데, 머리 가닥 언저리마다 촛불을 받아 황금빛으로 이글거렸다. 그녀의 오빠는 그녀 옆에 서서 제1바이올린을 연주했다. 수수한 가곡풍의 음악이었다. 나직이 한숨 짓는 듯하다가 여름날 저녁처럼 저물어 갔고, 기쁜 빛도 슬픈 빛도 없이 짙푸른 어스름에 떠다니는 느낌이 마치 해 진 뒤 스러져 가는 저녁놀 같았다. 타이저 오누이는, 특히 브리기테가 이 소곡은 마음에 들어 했다. 브리기테는 내 음악에 관해 언급하는 적이 드물었고, 어린애처럼 경탄하고 조용히 있으면서 나를 찬미하듯 바라보곤 했다. 그녀는 나를 위대한 거장으로 여기고 있었기 때문이었다. 그런 그녀가 오늘은 용기를 내어 정말 마음에 든다고 말한 것이다. 그녀는 밝고 파란 두 눈을 반짝이며 나를 그윽이 바라봤고, 그러면서 고개를 끄덕거리자 그녀의 금발 머리칼이 불빛에 너울거렸다. 그녀는 매우 아리따웠고 미인이라 부를 만했다.

나는 그녀를 기쁘게 해주고 싶어서 그녀의 피아노 분보를 들었다. 그러고는 악보 위에 연필로 '사랑하는 친구 브리기테 타이저에게'라고 헌사를 적은 뒤, 그녀에게 돌려줬다.

"이 헌사는 이제 항상 이 소곡 위에 적혀 있을 겁니다." 나는 정중히 말하며 허리를 굽혔다. 그녀는 헌사를 읽으며 얼굴이 천천히 달아올랐고 작고 힘찬 손을 내게 내밀더니 느닷없이 두 눈에 눈물이 그득 고였다.

"정말이에요?" 그녀가 나직이 물었다.

"그렇고말고요." 나는 웃었다. "내가 생각하기에 이 소곡은 당신에게 썩 잘 어울립니다, 브리기테 양."

여전히 그녀의 눈에 눈물이 그렁그렁하여 나는 깜짝 놀랐다. 그녀의 눈길은 너무나 진지하고 여성스러웠다. 하지만 나는 더이상 신경 쓰지 않았고, 타이저는 이제 바이올린을 내려놓았다. 어머니는 타이저가 무엇을 바라는지 이미 알아채고 잔마다 포도주를 따랐다. 우리는 이야기꽃을 피웠고, 몇 주 전에 공연되었던 새로운 오페레타에 관해 논쟁을 벌였다. 늦은 저녁이 되어서야 브리기테와의 작은 사건이 다시 떠올랐다. 두 오누이가 작별 인사를 할 때, 브리기테가 기묘할 만큼 불안해하며 내 두 눈을 들여다봤기 때문이었다.

뮌헨에서는 그동안 내 작품을 연습하기 시작했다. 주역으로는 무오트가 안성맞춤이었고 게르트루트가 소프라노 가수도 칭찬했던 터였으므로, 가장 중요한 문제는 오케스트라와 합창단이었다. 나는 친구들에게 어머니를 보살펴 달라고 부탁하고 뮌헨으로 떠났다.

도착한 날 아침, 나는 아름답고 드넓은 도로를 달려 슈바빙으로 향했고 고즈넉한 곳에 있는 무오트 집에 찾아갔다. 오페라는 까맣게 잊은 채, 무오트와 게르트루트와 이들이 어떻게 지내고 있을지만 생각했다. 마차는 거의 시골 같은 고샅길의 작은 집 앞에 멈췄다. 그 집은 낙엽 진 나무들 사이에 서 있었고, 양쪽 길섶에 노란 단풍나뭇잎들을 쓸어 모은 무더기가 보였다.

나는 불안한 마음으로 안으로 들어갔다. 집은 아늑하고 호화로운 느낌이었고, 하인이 내 외투를 벗겨 줬다.

안내된 커다란 방에서 나는 임토르 씨 집에 있다가 여기로 옮겨진 오래된 그림 두 점을 알아봤다. 다른 벽에는 뮌헨에서 그린 무오트의 새 초상화가 걸려 있었다. 내가 그 그림을 보고 있는 동안 게르트루트가 들어왔다.

오랜만에 그녀의 두 눈을 들여다보며 가슴이 뛰었다. 한 남자의 아내가 된 그녀는 얼굴이 달라지고 더 엄격해 보였으나, 옛 우정을 잃지 않고 미소 지었고 내게 친근하게 손을 내밀었다.

"잘 지내세요?" 그녀가 상냥하게 물었다. "나이가 들었는데도 건강해 보이네요. 우리는 오래전부터 당신을 기다렸어요."

그녀는 친구들, 그녀의 아버지, 내 어머니의 안부를 물었고, 그렇게 관심을 보이는 가운데 서먹한 분위기에서 벗어나 나를 예전처럼 스스럼없이 대했다. 어느새 나도 어색해하지 않게 되었고, 나는 그녀를 친한 친구로 여기고 이야기를 나눴다. 바닷가에서 보낸 여름, 내 작업, 타이저 오누이, 끝으로 가엾은 슈니벨 양에 대해서까지 말해 주었다.

"이제," 그녀가 소리쳤다. "당신의 오페라가 공연되네요! 고대하고 계시겠지요."

"그렇습니다." 나는 말했다. "하지만 제가 가장 고대하는 일은 당신의 노래를 다시 한 번 듣는 것입니다."

그녀는 나를 보고 고개를 끄덕였다. "저도 그걸 고대하고 있었어요. 저는 노래를 자주 부르지만 거의 혼자 하거든요. 당신의 가곡을 모두 부르기로 해요. 저는 이 가곡들을 늘 손 닿는 곳에 두고 먼지 앉을 틈이 없게 하지요. 점심 때까지 머물러 계세요. 남편이 곧 올 거예요. 점심을 먹고 오후에 지휘자에게 데려다 드릴 수 있을 거예요."

우리는 이제 음악실로 들어갔다. 나는 피아노에 다가앉았고 그녀는 지난날의 내 가곡들을 노래했다. 나는 말이 없어졌고 쾌활함을 잃지 않으려 안간힘을 다했다. 그녀의 목소리는 더 무르익고 더 힘찼으나, 여느 때와 다름없이 가볍고 날래게 날아다니며, 내 가슴이 내 인생의 가장 아름다운 시절에 대한 기억으로 사무치게 만들었다. 나는 마법에 걸린 듯 건반을 두드렸고 옛 악보를 나직이 연주했다. 한동안 눈 감고 귀 기울이며, 지금과 그때를 더는 구분하지 못했다. 그녀는 나와 내 인생의 일부가 아니었던가? 우리는 오누이만큼 가까웠고 둘도 없는 친구가 아니었던가? 물론 무오트와 노래할 때 그녀는 다른 모습을 보였지만 말이다!

우리는 앉아서 조금 더 잡담을 했다. 즐거웠지만 서로 할 말이 많지는 않았다. 우리들 사이에는 따져 볼 만한 일이 없다고 느끼고 있었기 때문이었다. 그녀가 어떻게 지내며 그녀와 남편 사이가 어떤지 나는 이제 생각지 않았다. 조금 뒤 내 눈으로 확인할 수 있을 터였다. 어쨌든 그녀가 잘못된 길로 빠져들거나 타고난 본성을 거스른 것은 아니었고, 설령 그녀가 잘 지내지 못하고 고생하고 있다 할지라도, 그녀는 이를 고결하고 우아하게 견뎌 내고 있을 것이다.

한 시간 뒤 하인리히가 왔다. 그는 내가 와 있다는 것을 이미 들어서 알고 있었다. 그는 곧바로 오페라에 대해 말하기 시작했다. 내 오페라를 다른 사람들이 나 자신보다도 더 중요하게 여기고 있었다. 나는 그에게 뮌헨이 마음이 드는지, 지내기는 괜찮은지 물었다.

"어디나 마찬가지네." 그는 진지하게 말했다. "관객은 나를 좋아하지 않네. 내가 관객을 싫어하는 게 느껴지기 때문이지. 나는 첫 번째 출연에서 호평받는 일이 드물어. 출연할 때마다 사람들을 먼저 휘어잡고 매료시켜야 하네. 그래서 성공은 하지만 사랑받지는 못하지. 형편없이 노래할 때가 있는 것도 사실이네. 나 자신도 인정하지 않을 수 없네. 자네 오페라는 자네를 위해서나 나를 위해서나 성공을 거둘걸세. 믿어도 좋네. 오늘 나와 함께 지휘자에게 가세. 내일은 소프라노 가수와 자네가 원하는 누구든 집으로 부르도록 하세. 내일 아침 일찍이 오페라 리허설이 있네. 자네가 만족할 거라고 생각하네만."

나는 식사를 하면서 그가 게르트루트에게 지나칠 만큼 정중하게 대하는 모습을 볼 수 있었고, 그것이 몹시도 마음에 들지 않았다. 내가 뮌헨에 있으면서 두 사람을 보는 내내 날마다 그러했다. 두 사람은 선남선녀같이 눈부신 한 쌍이었고 어디를 가든 돋보였다. 하지만 두 사람 사이에는 냉기가 감돌았고, 오로지 게르트루트가 강인하고 마음이 고결했기에, 무오트도 이러한 차가움을 정중함과 기품 있는 태도로 바꿔 낸 것이라고 나는 생각했다. 그녀는 이 잘생긴 남자에게 품었던 격정에서 깨어난 지 오래되지 않은 듯했고, 잃어버린 애정이 돌아오기를 아직도 바라고 있는 듯했다. 어쨌든 무오트에게도 바른 태도를 지키게 만든 것은 게르트루트였다. 그녀는 너무도 고상하고 선량하여, 친구들에게조차 실망에 빠지고 이해받지 못하고 있다는 내색을 하지 않았다. 남모를 고통을 누구에게도 비치지 않았다. 내게도 이를 감추지 못했으면서 말이다. 하지만 내가 이해한다거나 동정한다는 눈빛이라도 던지거나 시늉이라도 하면, 그녀는 참지 못했을 것이다. 그러므로 우리는 그녀의 결혼에 먹구름이라고는 찾아볼 수 없는 듯 말하고 행동했다.

이런 상태가 얼마나 오래 유지될지는 물론 의심스러웠다. 이는 오로지 — 그의 종잡을 수 없는 성격이 한 여성에게 길들여지고 있는 광경을 내가 처음 본 — 무오트에게 달려 있었다. 나는 두 사람이 안쓰러웠으나, 이러한 상황을 보고 그리 놀라지는 않았다. 두 사람은 격정에 휩싸여 즐겼었고, 이제 다 체념하고 행복했던 시절을 서글픈 추억으로 간직하거나 아니면 새로운 행복과 새로운 사랑의 길을 찾고 있을지도 몰랐다. 어쩌면 아이가 태어나 두 사람을 다시 한데 뭉치게 할지도 몰랐다. 잃어버린 열정의 낙원으로 돌려보내 주지는 못하겠지만, 함께 살며 서로 맞춰 가겠다고 새로이 다짐하게 할지도 몰랐다. 게르트루트는 그럴 만큼 기운도 있고 마음도 쾌활하다는 것을 나는 알고 있었다. 하인리히도 그런 기운과 마음을 찾을지에 대해서는 더는 생각하고 싶지 않았다. 두 사람을 첫 번째 정열과 기쁨에 빠뜨렸던 아름다운 폭풍이 이미 지나갔다는 게 안타까웠지만, 그런데도 두 사람이 다른 사람들에게뿐만 아니라 서로에게도 아름다움과 기품을 잃지 않고 바른 태도를 보이는 게 나는 기뻤다.

무오트는 자기 집에 묵으라고 했지만 내가 이를 마다하자, 그러면 원하는 대로 하라고 했다. 나는 날마다 무오트 집에 찾아갔고, 게르트루트가 나를 반기고 함께 잡담하고 노래 부르기를 좋아하는 것으로 보아, 나만 기쁨을 누리는 게 아님을 알고 사뭇 즐거웠다.

이제 오페라 공연 일자가 12월로 결정되었다. 나는 두 주 동안 뮌헨에 머물며 오케스트라 리허설마다 참석했고, 여기저기 지우고 다듬어야 했으나 작품이 꼼꼼히 연습되고 있다는 것을 확인했다. 남녀 가수들, 바이올리니스트와 플루티스트, 악단장과 합창단이 내 작품에 몰두하고 있었는데, 이 작품은 나 자신에게 낯설어졌고, 내게서 나왔으나 스스로 살아 숨 쉬고 있는 듯해 묘한 느낌이었다.

"두고 보게," 하인리히가 이따금 말했다. "이제 곧 자네는 대중들의 역겨운 숨결을 들이마시게 될 거야. 자네가 성공하지 않았기를 바라고 싶을 정도일 거야. 성공을 거두면 군중들이 자네를 졸졸 따를걸세. 자네는 머리카락이고 사인이고 다 팔 수 있게 될 거고, 이 무리들이 얼마나 달콤하고 사근사근하게 떠받드는지 알게 될걸세. 자네 다리가 불구라는 사실도 벌써 짜하게 소문나 있어. 그런 점이 더 인기를 불러올 거야!"

꼭 필요한 리허설과 함께 다양한 시도를 해본 뒤, 나는 공연 며칠 전에 돌아오겠다고 말하고 다시 R시로 떠났다. 타이저는 공연에 관해 끊임없이 질문을 퍼부었다. 내가 미처 생각지 못했던 오케스트라의 자질구레한 부분들을 시시콜콜 캐물었고, 나 자신보다 훨씬 더 흥분하고 안달하며 공연을 기다렸다. 내가 누이와 함께 공연을 보러 오라고 초청하자, 그는 뛸 듯이 기뻐했다. 하지만 어머니는 함께 겨울 여행을 떠나 공연을 관람하고 싶어 하지 않았다. 내게는 잘된 일이었다. 나는 시나브로 긴장감을 느꼈고,

저녁에 적포도주를 한 잔 마시지 않으면 잠들지 못했다.

초겨울이 되었다. 아담한 우리 집 앞뜰이 눈에 수북이 덮였던 어느 날 아침, 타이저 오누이가 마차를 타고 나를 데리러 왔다. 어머니는 창문에서 손을 흔들었고 마차가 출발했으며, 타이저는 두터운 목도리를 두르고 여행 노래를 불렀다. 오랜 기차 여행 내내 그는 크리스마스 휴가 여행을 가는 사내아이 같았고, 아리따운 브리기테도 그처럼 떠들썩하지는 않았지만 기쁨에 들떠 있었다. 나는 오누이와 함께하게 되어 기뻤다. 나는 침착하지 못한 상태였고, 판결을 앞둔 죄인처럼 며칠 뒤 일들을 기다리고 있었다.

정거장으로 우리를 마중 나온 무오트는 단박에 내 기분을 알아챘다. "자네 무대 공포증이 있군, 친구." 그는 쾌활하게 웃었다. "다행스러운 일이야! 자네는 천생 음악가이지 철학자는 아니네."

그의 말은 맞는 것 같았다. 나는 공연 때까지 흥분이 가라앉지 않았고 밤마다 잠을 이루지 못했다. 우리 중에서 무오트만이 침착했다. 타이저는 안절부절못했고, 리허설마다 찾아와서 끝없이 타박했다. 그는 리허설 때 내 옆에 웅크리고 앉아 귀 기울였고, 까다로운 대목에서는 주먹으로 소리 나게 박자를 두드리며 추어올리기도 하고, 고개를 설레설레 가로젓기도 했다.

"여기 플루트가 빠졌어!" 첫 번째 오케스트라 리허설이 시작되자마자 그가 얼마나 크게 소리 질렀던지 지휘자는 못마땅하게 건너다봤다.

"그건 지워야 했네." 내가 미소 지으며 말했다.

"플루트를? 지웠다고? 왜, 도대체 왜? 이런 어처구니없는 일이! 정신 차리게, 이자들은 자네 전주곡을 뼈만 남기고 있어!"

나는 웃음을 터뜨리며 그를 말리지 않을 수 없었다. 그는 이처럼 불같이 열을 올렸다. 하지만 전주곡에서 비올라와 첼로 협주가 시작되는 가장 좋아하는 대목이 나오면, 눈을 지그시 감고 뒤로 기대어 내 손을 꼭 부여잡았고 나중에 내게 부끄러운 듯 속삭였다. "하마터면 눈물을 흘릴 뻔했어. 망할, 왜 이리 아름다운 거야!"

나는 소프라노 배역의 노래를 아직 들어 보지 못했다. 낯선 목소리가 그 배역을 노래하는 것을 처음으로 듣자, 나는 기묘하고 서글픈 생각이 들었다. 여가수는 훌륭하게 노래했고, 나는 끝나자마자 고맙다고 말했다. 하지만 마음속으로 게르트루트가 이 가사들을 불렀던 오후를 떠올렸고, 털어놓지 못한 슬프고 거북한 감정을 맛보았다. 아끼는 물건을 내줬다가 다른 사람의 손에 들어간 뒤 처음으로 보는 듯한 느낌이었다.

나는 이 무렵 게르트루트를 거의 만나지 못했다. 그녀는 내 무대 공포증을 빙긋이 지켜보며 나를 가만 놓아뒀다. 나는 타이저 오누이와 함께 그녀를 찾아간 적이 있는데, 그때 그녀는 브리기테를 반갑고 살갑게 맞이했고, 브리기테는 이 아름답고 우아한 여인을 감탄하며 쳐다봤다. 그 뒤로 브리기테는 이 아름다운 여인에게 열광하고 칭송했으며, 그녀의 오빠도 맞장구쳤다.

공연 전 이틀 동안을 나는 더 이상 또렷이 기억할 수 없다. 모든 게 내 머릿속에서 뒤섞여 버렸기 때문이다. 그런데다 다른 소동들이 더해졌다. 가수 한 사람은 목이 쉬었고, 다른 한 사람은 큰 배역을 맡지 못해 기분이 상했는지 마지막 리허설 때 몹시 못되게 굴었다. 내 잔소리가 많아질수록 지휘자는 더욱더 굳어가고 차가워졌다. 무오트는 가끔 내 편을 들어 주며 이러한 혼란에 태평스럽게 미소 지었는데, 그러한 상황에서는 콩 튀듯 팥 튀듯 돌아다니며 가는 곳마다 야단을 퍼붓는 타이저보다 훨씬 더 힘이 됐다. 브리기테는 우리가 한숨 돌리며 침울하고 말없이 호텔에 함께 앉아 있을 때, 나를 우러러보면서도 안쓰럽다는 눈빛을 감추지 못했다.

이제 이틀도 지나갔고, 공연이 열리는 저녁이 되었다. 극장이 메워지는 동안 나는 무대 뒤에 서 있었다. 더는 할 일도 없었고 할 말도 없었다. 마지막에 나는 무오트 곁에 머물렀다. 무오트는 이미 의상을 갖추고 소음이 들리지 않는 방이나 구석을 찾아가 샴페인 반병을 천천히 비웠다.

"자네도 한잔할 텐가?" 그는 동정하듯 물었다.

"됐네." 내가 말했다. "자네는 흥분되지 않나?"

"무엇 때문에? 밖의 소음 때문에? 늘 저렇다네."

"샴페인 때문에 말이야."

"아니, 샴페인은 내 마음을 진정시키네. 무언가 하려면 늘 한두 잔 마시곤 하지. 자, 가세. 시간이 됐네."

나는 하인을 따라 특별석으로 갔다. 거기서 게르트루트, 타이저 오누이뿐 아니라 극장 경영진 고위 임원을 만났고, 이 신사는 미소 지으며 인사했다.

동시에 우리는 두 번째 벨 소리를 들었다. 게르트루트는 나를 상냥하게 바라보며 목례를 했다. 내 뒤에 앉아 있던 타이저는 내 팔을 붙잡더니 사정없이 꼬집었다. 극장의 불이 꺼졌고 아래 무대로부터 전주곡이 장엄하게 내 쪽으로 솟아올랐다. 나는 이제 마음이 가라앉았다.

내가 잘 알면서도 낯설기만 한 내 작품이 눈앞에 떠올라 울려 퍼졌다. 이 작품은 더 이상 나를 필요로 하지 않았고 스스로 살아 숨 쉬었다. 지난날의 기쁨과 고통, 희망과 잠 못 이룬 밤, 그 시절의 격정과 동경이 내게서 떨어져 나와 모습을 바꾸고 내 앞에 다가섰고, 은밀한 시간마다 느꼈던 흥분들이 자유로이 떠돌며 극장에 모인 수많은 관객의 마음을 얻으려 했다. 무오트가 등장하여 처음에는 힘을 아끼다가 차츰 목청을 높이더니, 온몸을 바쳐 어둡고 성난 듯 열정을 다해 노래했고, 여가수는 높고 떠다니는 듯 밝은 소리로 화답했다. 언젠가 게르트루트에게서 들었던 바로 그대로 여전히 내 귀에 쟁쟁 울리는 대목이 나왔다. 그 부분은 게르트루트에게 바치는 송가이자 내 사랑의 나직한 고백이었다. 나는 눈길을 돌려 그녀의 고요하고 해맑은 두 눈을 들여다보았다. 그녀는 내 마음을 알아채고 상냥하게 인사했고, 그 순간 나는 내 청춘의 모든 의미를 느꼈다. 마치 무르익은 열매의 향기로운 내음이 나를 감싸는 듯했다.

그때부터 나는 차분해져서, 여느 관객과 다름없는 태도로 보고 들었다. 갈채가 울려 퍼졌고, 남녀 가수들이 막에서 나타나 허리 굽혀 절했다. 무오트는 여러 번 불려 나와, 차가운 미소를 지으며 불이 들어온 객석을 내려다봤다. 관객들은 작곡가도 나오라고 성화했지만, 나는 너무 얼떨떨했고 마음 편히 몸을 감추고 있다가 절룩이며 나가고 싶지 않았다.

한편 타이저는 아침 해처럼 밝게 웃으며 나를 얼싸안았고, 극장 고위 임원의 두 손을 제 흥에 겨워 덥석 잡고 악수를 했다.

축하연이 마련되어 있었다. 공연이 실패로 끝났더라도 열릴 예정이었다. 게르트루트는 남편과 함께 나는 오누이와 함께 마차를 타고 연회장으로 향했다. 마차를 타고 가는 잠시 동안 그때까지 한마디도 하지 않던 브리기테가 느닷없이 울음을 터뜨렸다. 그녀는 처음에는 울음을 삼키려 안간힘을 썼으나 마침내 얼굴을 두 손으로 가리고 마냥 눈물을 흘렸다. 나는 아무 말도 하지 못하고 깜짝 놀랐다. 타이저 역시 입을 다물고 브리기테에게 왜 그러냐고 묻지도 않아서였다. 타이저가 브리기테를 팔로 감싸고 어르고 달래는 품이, 마치 어린애를 다독거리는 듯했다.

뒤에 악수를 하고 축사를 하고 건배할 때가 되자, 무오트는 빈정거리듯 눈을 가늘게 뜨고 나를 바라봤다. 누군가 내 다음 작업이 뭐냐고 관심을 갖고 묻더니, 내가 오라토리오를 쓰고 있다고 대답하자 적잖이 실망했다. 그런 뒤 누군가가 내 다음 오페라를 위해서 건배하자고 했는데, 나는 그 오페라를 지금까지도 쓰지 못하고 있다.

　밤이 이슥하여 우리가 연회장을 떠나 잠자러 왔을 때에야 비로소 나는 타이저에게 그의 누이에게 무슨 일이 있었는지, 왜 울었는지 물을 수 있었다. 브리기테는 이미 잠자러 들어간 지 오래였다. 친구는 자못 놀란 듯 나를 찬찬히 바라보더니 고개를 설레설레 젓다가, 내가 다시 한 번 물을 때까지 휘파람만 불었다.

　"자네는 눈뜬장님이군." 그런 뒤 그는 나무라듯 말했다. "아무것도 눈치채지 못했나?"

　"아무것도." 나는 그제야 무언가 어렴풋이 깨달으며 말했다.

　"그렇다면 내가 말해 주지. 누이는 자네를 좋아하고 있네. 오래전부터. 물론 자네에게 그랬듯 내게도 한 번도 입 밖에 낸 적이 없지. 하지만 나는 눈치채고 있었네. 솔직히 말하자면, 둘이 잘됐다면 나도 기뻤을걸세."

　"아, 이럴 수가!" 나는 몹시 슬프게 말했다. "그런데 오늘 저녁 일은 어찌된 건가?"

　"브리기테가 북받쳐 운 것 말인가? 자네는 어린애로군! 우리가 아무것도 못 봤을 거라고 생각하나?"

　"도대체 뭘?"

　"맙소사! 자네는 내게 아무것도 말할 필요도 없고, 지금껏 아무 말 안 한 것도 괜찮네. 하지만 그럴 거면 무오트 부인을 그런 눈으로 바라보지도 말았어야지. 이제 우리는 다 알아챘네."

　나는 그에게 내 비밀을 지켜 달라고 부탁했고, 그를 믿었다. 그는 내 어깨에 조용히 손을 얹었다.

"친구여, 이제 나는 자네가 몇 해 동안 무엇을 되삼키고 우리에게 숨겨 왔는지 죄다 떠올릴 수 있네. 나도 예전에 비슷한 일을 겪었으니까. 우리는 이제 똘똘 뭉쳐 아름다운 음악을 만들기로 하세. 그리고 브리기테가 마음을 추스리는 걸 지켜보세. 자, 악수나 하자고. 오늘은 멋졌네! 고향에서 다시 만나세! 나는 누이와 함께 내일 일찍 떠나네."

그렇게 우리는 작별 인사를 했지만, 그는 잠시 뒤 다시 달려와서 신신당부했다. "이보게, 다음번 공연에는 플루트를 다시 넣어야 하네, 알겠지?"

기쁜 날은 그렇게 저물었다. 우리는 저마다 잠자리에 누워 오랫동안 생각에 잠겨 잠 못 이루고 깨어 있었다. 나는 브리기테를 생각했다. 브리기테는 그즈음 내내 내 곁에 머물렀고, 나는 그녀를 친한 친구 이상으로 느끼지 못했고 느끼려 하지도 않았다. 게르트루트가 내게 그랬던 것과 마찬가지였다. 브리기테는 내가 다른 여자를 사랑한다는 사실을 알아챘고, 그때 브리기테의 마음은 내가 무오트의 집에서 편지를 발견하고 권총에 장전했을 때의 심정과 똑같았으리라. 나는 슬펐지만 미소 짓지 않을 수 없었다.

뮌헨에서 더 머무는 동안 무오트의 집에서 대부분의 시간을 보냈다. 우리는 세 사람이 처음으로 함께 연주하고 노래했던 첫 오후처럼 함께 어울리지는 않았지만, 공연의 여광이 아직 빛나는 가운데 그 시절을 말없이 함께 떠올렸다. 무오트와 게르트루트

사이도 이따금 환하게 밝아졌다. 나는 작별 인사를 하고 나온 뒤 겨울나무에 둘러싸인 고요한 집을 밖에서 잠시 되돌아보며 가끔 그곳에 들를 수 있기를 바랐다. 그 안에 사는 두 사람을 새로이, 영원히 맺어 줄 수만 있다면 내 만족과 행복을 얼마든지 내주고 싶었다.

제8장

하인리히가 예언했듯이, 집에 돌아온 뒤, 성공으로 얻은 명성 탓에 거추장스럽고 때로는 우스꽝스러운 결과가 숱하게 이어졌다. 나는 오페라를 대행인에게 위임함으로써, 사업에서는 쉽사리 손 뗄 수 있었다. 하지만 방문객, 신문기자, 출판업자, 어처구니없는 편지가 줄을 이었다. 시간이 한참 지난 뒤에야 나는 갑작스러운 유명세에 익숙해졌고, 환멸에서 벗어나 마음을 추스를 수 있었다. 세상 사람들은 유명해진 이들에게 ─ 신동이든, 작곡가든, 시인이든, 강도든 가리지 않고 ─ 기기묘묘한 방식으로 세금을 내라고 손을 내민다. 어떤 사람은 사진을 바라고, 어떤 사람은 사인을 원하고, 어떤 사람은 돈을 청한다. 젊은 음악가는 자신의 작품을 보내며 낯 뜨겁게 아첨하고 평가를 부탁하는데, 이쪽에서 답변을 하지 않거나 생각을 솔직히 말하면, 이 숭배자는 돌연 화를 내고 무례하게 굴며 복수심에 불탄다. 잡지들은 이 유명인의 사진을 싣고 싶어 하고, 신문들은 그의 인생, 출신, 외모 따위에 관해 기사를 쓴다. 동창생들은 옛 친분을 상기시키고, 먼 친척들은 사촌이 언젠가 유명해질 거라고, 이미 여러 해 전에 알아봤다고 주장한다.

나를 당황하게 하고 난처하게 만든 이러한 종류의 편지들 중에는 우리를 즐겁게 만든 슈니벨 부인의 편지도 있었고, 오랫동안 까맣게 잊고 있었던 사람의 편지도 있었다. 편지를 쓴 사람은 다름 아니라 매초롬했던 리디였다. 하지만 우리의 썰매 타기에 대해서는 일언반구도 없었고, 오래도록 변함없는 친구의 어조를 띠고 있었다. 그녀는 고향에서 음악 선생과 결혼했는데, 내 모든 악곡마다 멋진 헌사를 덧붙여 그녀에게 곧바로 보내 달라며 주소를 적어 보냈다. 그녀는 사진을 동봉했는데, 눈에 익은 이목구비가 나이 탓에 무너져 있었다. 나는 될 수 있는 대로 상냥하게 답장을 써 보냈다.

하지만 이 모든 시답잖은 일들은 가뭇없이 잦아들 것이다. 성공의 향긋하고 탐스러운 열매조차도, 음악을 입으로 논하지 않고 가슴으로 느끼는 고결하고 세련된 사람들과의 교류조차도 내 본래 인생은 아니다. 내 참된 인생은 여전히 고요한 곳에서 벗어나지 않았고, 그 뒤로도 거의 변하지 않았다. 이제 내 가장 가까운 친구들의 운명이 어떻게 되었는지 이야기하는 일만 남았다.

늙은 임토르 씨는 게르트루트가 집에 있었던 예전만큼 모임을 자주 열지는 않았다. 하지만 그의 집에 걸린 수많은 그림들 사이에서는 3주에 한 번씩 정선된 실내악의 밤이 개최되었고, 나는 그때마다 꼬박꼬박 참석했다. 때때로 타이저도 함께 동반했다. 임토르 씨는 내가 다른 때에도 찾아오기를 바랐다. 그래서 나는 그가 가장 좋아하는 시간인 초저녁에, 게르트루트의 초상화가 걸린 수수한 서재로 그를 방문했다. 늙은 임토르 씨와 나는 언뜻 보기에는 담백하지만 오래가는 친분을 쌓으며, 차츰차츰 서로를 이해하고 이야기 나누고 싶어 하게 되었다. 그래서 우리는 두 사람 모두 가장 마음에 두고 있는 일을 자주 화제로 삼곤 했다. 나는 뮌헨에 관해 이야기해야 했고 딸 부부의 관계에서 어떤 인상을 받았는지 숨기지 않았다. 임토르 씨는 고개를 끄덕거렸다.

"모든 게 잘되어 가겠지만," 그는 한숨 쉬며 말했다. "우리로서는 그렇게 되도록 손쓸 길이 없구려. 나는 여름이 오기를 기다리고 있소. 그때 딸아이가 두 달 동안 여기에 올 거요. 뮌헨으로 딸아이를 보러 잘 가지도 않을 뿐더러 가고 싶지도 않소. 딸아이는 꿋꿋하게 버텨 나가고 있으니 방해하거나 약하게 만들어서는 아니 되오."

게르트루트의 편지에는 어떤 새로운 소식도 없었다. 하지만 부활절에 그녀가 아버지를 방문해 우리 집에도 들렀을 때, 그녀는 여위고 긴장돼 보였다. 우리에게 아무리 상냥하게 대하며 속마음을 감추려 해도, 우리는 그녀의 심각해진 두 눈에 여느 때와 달리 절망이 어려 있는 것을 자주 보았다. 나는 그녀에게 내 음악을 연주해 줘야 했지만, 무언가 노래를 불러 달라고 부탁하자 그녀는 고개를 가로젓고 거절하며 나를 바라봤다.

"다음번에요." 그녀는 말꼬리를 흐렸다.

우리 모두는 그녀가 행복하지 않다는 사실을 알아챘다. 그녀의 아버지는 나중에 내게 털어놓았다. 그녀에게 친정에 그냥 머물러 있으라고 권했지만 그녀가 마다했다고 했다.

"따님은 무오트를 사랑합니다." 내가 말했다.

임토르 씨는 어깨를 으쓱하며 나를 근심스럽게 바라봤다. "아, 나는 모르겠소. 이런 비참한 겉속을 아는 사람이 누가 있겠소! 한데 딸아이는 남편 곁을 지켜야 하고 그게 남편 때문이라고 하는구려. 남편은 너무 영락하고 불행해서, 스스로 생각하는 것보다 훨씬 더 딸아이를 필요로 한다면서 말이오. 남편은 딸아이에게 아무 말도 하지 않지만, 얼굴에 그렇게 쓰여 있다는 게요."

그러고선 노인은 목소리를 내리깔고 창피한 듯 나직이 말했다. "딸이 말하더구려. 남편이 술을 마신다고."

"무오트는 늘 술을 조금씩 마셨습니다." 나는 위로하듯 말했다. "하지만 만취한 걸 본 적은 없습니다. 자기 위신을 생각하거든요. 무오트는 신경이 예민한 사람입니다. 극기력이 부족하기는 하지만, 아마도 자신의 본성 때문에 스스로 훨씬 더 고통을 겪고 있을 겁니다. 다른 사람에게 고통을 주는 그 이상으로 말입니다."

두 아름답고 훌륭한 인간이 은밀히, 얼마나 끔찍하게 고통받았는지 우리는 누구도 알지 못했다. 나는 그들이 언제부턴가 서로 사랑하지 않게 되었다고는 생각지 않는다. 하지만 두 사람은 본성 면에서 서로 제짝이 아니었다. 감정이 고조되어 광채에 빛나는 시간에만 서로 어울렸다. 무오트는, 인생을 밝고 지긋하게 참아내며, 자신의 본성을 깨닫고 느긋하게 살아가는 법을 결코 익히지 못했다. 게르트루트는 무오트가 폭풍우처럼 몰려와 사정없이 짓누르고, 쓰러졌다 일어서고, 자아를 잊고 도취에 빠지려 갈망하는 것을 참아내고 동정하기는 했으나, 변화시킬 수도 함께 체험할 수도 없었다. 두 사람은 서로 사랑했으나 한마음이 되지 못했고, 무오트는 그녀를 통해 평화와 만족을 얻으려던 남모를 희망이 물거품이 되는 것을 지켜보았다. 게르트루트는 그녀가 아무리 애쓰고 희생해도 소용없으며, 그녀도 그를 달래거나 자학에서 구할 수 없다는 사실을 깨닫고 고통스러워했다. 두 사람의 은밀한 꿈과 간절한 소망은 깨어져 있었다. 그들이 함께할 수 있었던 건 오로지 자기를 버리고 상대를 감쌌기 때문이었다. 그들의 그러한 처신은 자못 꿋꿋했다.

나는 여름에야 비로소 하인리히를 다시 만났다. 그가 게르트루트를 그녀의 아버지 집에 데리고 왔을 때였다. 그는 그녀에게도 내게도 살갑고 조심스럽게 굴었다. 한 번도 본 적이 없던 태도였다. 나는 그가 그녀를 잃을까 봐 두려워하고 있다는 걸 눈치챘고, 그녀를 잃으면 그가 견딜 수 없으리라는 것도 알았다. 하지만 그녀는 지쳐 있었고, 마음을 가다듬고 원기와 평정을 되찾기 위해 편안하고 조용히 쉬기만을 바랐다. 우리는 우리 집 뜰에 모여 푸근하게 저녁을 보냈다. 게르트루트는 어머니와 브리기테 사이에 앉아 브리기테의 손을 붙잡고 있었고, 하인리히는 장미나무들 사이를 조용히 거닐었다. 나는 테라스에서 타이저와 더불어 바이올린 소나타를 연주했다. 게르트루트는 쉬면서 그 시간의 평화를 호흡하고, 브리기테는 이 아름답고 고통받는 여인을 우러르며 몸을 기댔다. 무오트는 고개를 숙이고 나직한 걸음걸이로 뜰의 그늘 사이를 거닐며 음악에 귀 기울였다. 이는 지워지지 않을 한 폭의 그림으로 내 마음속 깊이 남아 있다. 나중에 하인리히는 농담처럼, 그러면서도 슬픈 눈빛으로 내게 이렇게 말했다. "세 여인이 나란히 앉아 있군! 세 여인 중에 자네 어머니만 행복해 보여. 우리도 나이를 먹었을 때 저랬으면 좋겠네."

그 뒤 우리는 뿔뿔이 여행을 떠났다. 무오트는 홀로 바이로이트로, 게르트루트는 임토르 씨와 함께 산으로, 타이저 오누이는 슈타이어마르크로, 나는 어머니와 함께 다시 북해로 갔다. 나는 종종 바닷가를 거닐며 바닷소리에 귀 기울였다. 여러 해 전 청춘기에 들어섰을 때 그랬던 것처럼 인생이란 서글프고도 터무니없이 혼란스러운 데 깜짝 놀라고 오싹했다. 사랑은 아무 소용 없을 수 있고, 두 인간이 아무리 서로 좋아하더라도 한 사람은 다른 사람과 관계없이 자신의 운명을 살아야 하며, 저마다 자신만의 불가해한 운명을 겪어야 한다고 생각했다. 저마다 타인을 돕고자 다가서려 하지만, 악몽에 답답하게 가위 눌린 듯 그러지 못한다고 여겼다. 나는 청춘과 노년에 관한 무오트의 말들도 자주 떠올렸고, 내 인생도 언젠가는 수수하고 순박하게 바뀔까 궁금했다. 내가 이야기를 주고받다 그런 말을 꺼내자 어머니는 빙그레 웃었는데, 아닌 게 아니라 만족스러워 보였다. 어머니는 내 친구 타이저를 생각해 보라고 하여 나를 부끄럽게 만들었다. 타이저는 아직 늙지는 않았지만 겪을 일은 다 겪었을 만큼 나이 들었는데도 모차르트 선율을 입에 달고 아무 근심 없이 살아가고 있지 않느냐는 말이었다. 이런 태도는 나이와 상관없다는 사실을 나는 잘 알고 있었다. 어쩌면 우리의 고뇌와 무지는 언젠가 로에 선생이 말해 줬던 병에 지나지 않는 것인지도 모른다. 아니면 그 현자賢者도 타이저처럼 어린애였던 것은 아닐까?

하지만 이렇든 저렇든, 아무리 생각하고 헤아려도 아무것도 알 수 없었다. 음악이 내 영혼을 감동시킬 때는, 나는 말없이도 모든 것을 이해했고 모든 생명에 깊숙이 흐르는 순수한 화성을 느꼈다. 어느 사건에든 나름의 의미와 아름다운 법칙이 숨어 있다는 것을 알았다. 그것이 착각이었다 할지라도 나는 그 속에서 살았고 그 속에서 행복했다.

어쩌면 게르트루트는 여름 동안 남편과 떨어져 있지 않는 편이 더 나았을지도 몰랐다. 그녀는 몸이 회복되기 시작했고, 내가 여행에서 돌아와 그녀를 다시 만난 가을에는 정말로 더 건강해지고 견딜 힘이 생긴 듯 보였다. 하지만 우리가 이런 원기 회복에 걸었던 희망은 착각이었다.

게르트루트는 여러 달 동안 아버지 집에서 잘 지냈다. 마음껏 휴식을 취할 수 있었고, 날마다 싸움을 벌이는 일 없이 안도의 한숨을 쉬며 그 고요한 상태에 잠겼다. 마치 어느 피곤한 사람이 침대에 눕자마자 잠에 빠져드는 것과 같았다. 하지만 게르트루트는 우리가 짐작했던 것보다, 그녀 자신이 알고 있었던 것보다 훨씬 더 기력이 쇠해 있었다. 이제 무오트가 그녀를 곧 다시 데리러 올 때가 되자, 그녀는 낙담하고 불안해하며 잠을 이루지 못했고, 얼마간 집에 더 머무르게 해달라고 아버지에게 애타게 빌었다.

임토르 씨가 자못 놀란 것은 두말할 나위도 없었다. 딸이 기운을 차려 마음을 새로이 가다듬고, 무오트에게 돌아가는 것을 기뻐하고 있으리라고 철석같이 믿었기 때문이었다. 하지만 임토르 씨는 딸에게 반대하지 않았고, 일단 오랫동안 별거한 뒤 여차하면 나중에 이혼하라고 타이르기조차 했다. 이에 게르트루트는 몹시 흥분하여 대들었다.

"저는 그이를 사랑해요!" 그녀는 세차게 소리쳤다. "그이를 결코 저버리지 않을 거예요. 그이와 함께 사는 게 힘들 뿐이에요! 얼마간 휴식을 취하고 싶을 뿐이에요. 아마 두세 달 정도, 제가 다시 기분이 나아질 때까지요."

늙은 임토르 씨는 그녀를 달래려 했고, 딸을 잠시 더 데리고 있는 것을 마다할 까닭이 없었다. 그는 무오트에게 편지를 써서 게르트루투가 아직 고통스러워하고 있으며, 얼마간 더 아버지 집에 머물고 싶어 한다고 알렸다. 유감스럽게도 무오트는 이 소식을 예사로 넘기지 않았다. 별거하고 있는 동안 그의 마음속에는 아내에 대한 그리움이 지나칠 만큼 커졌고, 그는 그녀가 돌아오기만을 고대했다. 그녀를 다시 손에 넣어 제 것으로 만들겠다는 결의를 다지고 있었다.

그럴 때 임토르 씨의 편지가 날아들어 무오트에게 엄청난 실망을 안겼다. 무오트는 곧바로 격정적으로 답장을 썼다. 장인에 대한 의심으로 가득 찬 내용이었다. 무오트는 장인이 이혼을 바라고서 술수를 쓰고 있다고 믿었고, 게르트루트를 다시 찾게 되기를 굳게 바라며 그녀를 곧바로 만나게 해달라고 요구했다. 임토르 씨는 그 편지를 들고 나를 찾아왔고, 우리는 어떻게 해야 할지 오랫동안 곰곰 생각했다. 우리 두 사람은 게르트루트가 지금 감정에 휩쓸리면 견디지 못할 것 같으니, 이 부부를 다시 만나게 하는 것을 당장은 피하는 게 좋겠다고 여겼다. 근심에 가득 찬 임토르 씨는 내가 직접 뮌헨으로 무오트에게 찾아가, 게르트루트를 잠시 가만 내버려 두도록 설득해 달라고 부탁했다. 그렇게 하는 편이 더 나았으리라는 것을, 나는 지금은 안다. 하지만 당시는 그 방법에 회의적이었다. 내가 그의 장인과 친할뿐더러 그의 사생활 문제에 대해, 그가 내게 직접 털어놓고 싶지 않았던 일까지 꿰고 있다는 사실을 친구에게 알리는 게 위험하다고 생각했다. 그래서 나는 그 청을 거절했고, 임토르 씨는 무오트에게 편지를 보내는 데 그쳤다. 물론 그 편지로 상황이 나아지지는 않았다.

그렇기는커녕 무오트가 예고 없이 불쑥 R시로 찾아왔고, 사
랑과 의심에 들끓는 격정을 가누지 못하여 우리 모두를 깜짝 놀
라게 했다. 게르트루트는 그 짧은 편지 교환에 대해 전혀 몰랐던
터라, 무오트가 생각지도 않게 찾아와 흥분하여 열을 올리자 소
스라치게 놀라 넋이 나갔다. 남부끄러운 소란이 벌어졌는데, 그에
대해 나는 자세히 듣지 못했다. 아는 것이라고는 무오트가 게르
트루트에게 함께 뮌헨으로 돌아가자고 재촉했다는 것뿐이다. 게
르트루트는 정 그렇다면 기꺼이 가겠으나, 얼마간 더 아버지 집
에 있게 해달라고 빌었다. 그녀는 지쳤고 아직 휴식이 필요하다
는 것이었다. 무오트는 게르트루트가 자신에게서 도망치려 한다
고, 그리고 그녀의 아버지가 부추기고 있다고 호되게 몰아붙였
다. 게르트루트가 아무리 조곤조곤 설명해도 의심을 더욱더 키
울 뿐이었다. 분노와 고통에 휩싸여 어리석은 짓을 저질렀으니,
당장 돌아오라고 그녀에게 명령을 내렸다. 그러자 게르투르트는
자존심이 상할 대로 상했다. 그녀는 침착을 지켰지만 더 이상 그
의 말을 듣기를 거부했고, 무슨 일이 있어도 아버지 집에 머물겠
다고 잘라 말했다. 그러한 소동이 벌어진 다음 날 아침 모종의
화해가 이루어졌다. 무오트는 부끄러워하고 뉘우치며 게르트루트
에게 원하는 대로 하라고 말했다. 그러고선 내게 들르지도 않고
다시 뮌헨으로 돌아가 버렸다.

나는 그 소식을 듣고 깜짝 놀랐다. 애초부터 두려워했던 재난
이 찾아온 것만 같았다. 그가 볼썽사납고 어리석은 소동을 벌인

탓에, 게르트루트가 다시 쾌활해지고 돌아갈 마음이 생기려면 이제 오래 걸릴지도 모르겠다고 생각했다. 무오트는 그동안 더 거칠어져, 그녀를 갈망하면서도 그녀에게 더 낯설어질 위험이 있었다. 그는 한동안 행복하게 살았던 집에서 혼자 있는 것을 오래 견디지 못할 것이다. 절망하고 술을 마시고, 그렇잖아도 그를 따라다니는 다른 여자들을 불러들일지도 몰랐다.

그러나 아무 일도 없었다. 무오트는 게르트루트에게 편지를 써서 다시금 용서를 빌었고, 그녀는 그에게 답장을 보내 조금만 참으라고 동정하며 상냥하게 달랬다. 나는 그즈음 게르트루트를 자주 만나지 못했다. 때로 그녀에게 노래를 시켜 보려 했으나, 그녀는 늘 고개를 저었다. 하지만 그녀가 그랜드피아노 앞에 앉아 있는 모습을 여러 번 목격했다.

나는 이 아름답고 도도한 여인이 늘 기운이 넘치고 쾌활하며 마음이 평온한 것만 보아왔다. 그런데 그 여인이 이제 두려워하며 신경이 뿌리째 곤두서 있다는 사실을 알아채고, 기묘하고도 오싹한 기분이 들었다. 때로 게르트루트는 어머니에게 찾아와 우리가 어떻게 지내는지 상냥하게 물었고, 어머니 옆 회색 소파에 잠시 앉아 잡담을 나누곤 했다. 나는 그녀의 말소리를 듣고 억지로 짓는 미소를 보며 가슴이 찢어지는 듯했다. 나뿐 아니라 다른 어느 누구도 그녀의 고뇌를 눈치채지 못한 척했다. 아니면 우리는 그 모든 것을 그녀의 신경이 예민해지고 몸이 허약해진 탓으로 돌렸다. 나는 그녀의 두 눈을 차마 들여다보지도 못했다. 거기에는 털어놓지 않은 슬픔이, 전혀 알고 싶지 않은데도 너무나 뚜렷이 어려 있었기 때문이었다. 우리는 모든 것이 여느 때와 똑같기라도 한 듯 이야기하고 살아가고 스쳐 지났다. 그러면서 서로 부끄러워 피해 다녔다! 그렇게 감정이 슬프고도 혼란스러운 가운데, 나는 이따금 불같은 열정에 느닷없이 사로잡혔다. 게르트루트의 마음은 남편의 것이 아니며 자유로우니, 이제 그녀를 다시 잃지 말고 내 것으로 만들어야 한다고, 어떤 폭풍이 몰아치고 어떤 고뇌가 닥치더라도 그녀를 내 품에 지켜야 한다는 마음이 치솟았다. 그럴 때면 나는 문을 걸어 잠그고, 내 오페라 가운데 뜨거운 구애의 음악을 별안간 다시 좋아하고 이해하게 되어 연주했다. 갈망하고 갈구하며 애타게 밤을 지새웠다. 청춘의 채우지 못한 열망과 고통을 미소 지으며 극복했다고 생각했는데, 송두리째 다시 겪었다. 그 고통은 내가 처음 그녀를 향해 불타오르며 그녀에게 단 한 번 잊을 수 없는 키스를 했을 때 못지않게 혹독했다. 그 키스는 다시금 내 입술에서 활활 타올라, 평온하게 체념하며 지내 온 여러 해를 몇 시간 만에 잿더미로 만들었다.

오로지 게르트루트와 한자리에 있을 때에만 그 불길은 사그라졌다. 내가, 친구인 그녀의 남편을 아랑곳하지 않고 내 욕망만 좇아 그녀의 마음을 얻으려 할 만큼 어리석고 야비했을지라도, 이 고통받고 예민하고 이를 악문 채 괴로움을 참고 있는 여인의 눈길을 마주하고서도, 동정하며 조심스레 감싸려 들지 않았다면 마땅히 부끄러워해야 할 일이었을 것이다. 게르트루트도 고통이 심해질수록, 아마도 희망을 잃어 갈수록, 더욱 도도하게 굴었고 그래서 다가가기가 점점 더 힘들어졌다. 그녀는 훤칠한 몸과 곱고 짙은 금발로 덮인 머리를 그 어느 때보다 똑바로 꼿꼿이 세웠다. 그렇게 함으로써, 우리 중 어느 누구도 그녀에게 가까이 다가가 고통을 달래는 시늉조차 하지 못했다.

그렇게 오랫동안 말없이 보낸 몇 주는 아마도 내 인생에서 가장 힘든 때였다. 한쪽에 게르트루트가 있었다. 그녀가 가까이 있었으나 도달할 수 없었다. 혼자 있고 싶어 하는 그녀에 다가갈 길이 없었다. 다른 쪽에 브리기테가 있었다. 그녀가 나를 사랑한다는 것을 알았고, 오랫동안 피해 다닌 끝에 차츰 다시 친분을 나누었다. 우리 모두 사이에는 어머니가 있었다. 그녀는 우리가 고통받고 있는 것을 지켜보며 모든 것을 눈치챘지만, 아무 말도 하지 않았다. 나 자신이 고집스럽게 입을 다물고 신상에 관해 한마디도 꺼내려 하지 않았기 때문이었다. 하지만 가장 괴로웠던 일은, 나의 가장 친한 친구들이 파멸해 가는 모습을 손 놓고 지켜봐야 한다는 것이었다. 그 파멸을 확신하면서도 어쩔 도리가 없었고, 그 사실을 아는 낌새조차 보여서는 안 된다는 것이었다.

게르트루트의 아버지는 가장 심하게 고통받고 있는 듯했다. 여러 해 전에 그를 처음 만났을 때는 슬기롭고, 기운차고 아직 쾌활한 늙은 신사였으나, 이제 나이가 들어 달라졌고 목소리마저 나직하고 불안해졌다. 더 이상 농담도 하지 않았고 근심에 가득 차고 가련해 보였다. 11월 어느 날 나는 그의 집에 찾아갔다. 말동

무가 되어 그를 위로하기 위해서가 아니라, 새 소식이라도 듣고 나 자신이 희망을 얻을까 싶어서였다.

그는 나를 서재에서 맞았고, 값비싼 시가 한 개비를 내놓았다. 정중하고 경쾌하게 이야기를 꺼냈으나, 그 어조를 지키기 힘들자 금세 바꿨다. 그는 슬프게 미소 지으며 나를 바라보더니 말했다. "어떻게 돼가는지 묻고 싶겠지요? 좋지 않구려, 쿤 씨, 좋지 않아요. 딸아이는 우리가 알고 있는 것보다 더 많이 참아온 것 같소. 그렇지 않다면 더 잘 헤쳐 나갔을 텐데. 나는 이혼시키기로 결심했소. 하지만 딸은 내 말을 들으려 하지 않아요. 딸은 남편을 사랑하고 있소. 적어도 말은 그렇게 하는구려. 그러면서도 남편을 두려워하오! 좋지 않은 일이오. 딸은 병들었소. 그 아이는 눈을 감고 더 이상 무엇도 보려 하지 않소. 조금만 기다리고 자기를 가만 놓아두면 틀림없이 좋아질 거라고 말하고 있소. 신경과민이라오, 두말할 것도 없이. 하지만 딸은 더 깊이 병들어 있는 것 같소. 생각해 보시오. 딸은 남편에게 다시 돌아가면 남편이 자기를 학대할지도 모른다고 때로 두려워하고 있소! 그러면서도 남편을 사랑한다고 말하는구려."

임토르 씨는 딸을 이해하지 못하는 듯했고 어쩔 줄 몰라 하며 사태를 지켜봤다. 나는 그녀의 고통을 아마도 사랑과 자존심 사이의 싸움일 것이라고 이해했다. 그녀는 그에게 두들겨 맞는 것은 두려워하지 않았다. 그를 더 이상 존중할 수 없게 될까 봐 두려워했고, 자신이 기운을 되찾기를 불안하게 기다렸다. 그녀는 그를 다스리고 옭아맬 수 있었지만, 그러느라 진이 빠져 자신에게 그럴 만한 기운이 남아 있는지 더는 믿을 수 없었다. 그것이 그녀의 병이었다. 이제 그녀는 그를 갈망하면서도, 함께 살고자 애쓰다 실패하면 그를 완전히 잃을까 봐 두려워했다. 나는 내 뻔뻔스러운 사랑의 환상이 얼마나 덧없고 눈먼 짓이었는지, 뚜렷이 깨달았다.

게르트루트는 남편을 사랑했고, 결코 다른 사내에게 눈을 돌리지 않을 것이었다.

늙은 임토르 씨는 무오트에 대해 말하려 하지 않았다. 내가 그와 친하다는 사실을 알기 때문이었다. 하지만 임토르 씨는 무오트를 증오했고 그가 게르트루트의 마음을 어떻게 차지할 수 있었는지 이해하지 못했다. 임토르 씨는 무오트를, 죄 없는 사람들을 붙잡아 결코 내놓지 않는 사악한 마법사 보듯 했다. 무릇 격정이란 늘 수수께끼 같아 설명할 수 없다. 유감스럽게도 확실한 사실은 아무리 아름다운 사람이라도 인생에서 보호받지 못하며, 더없이 훌륭한 인간이라도 하필 자신을 파멸시키는 자를 사랑하지 않으면 안 되는 일이 종종 발생한다는 것이다.

내가 그렇게 우울해하고 있을 무렵 무오트로부터 짧은 편지가 구원처럼 날아들었다. 이런 내용이었다.

사랑하는 쿤!
자네의 오페라는 이제 어디서나, 어쩌면 여기에서보다 더 훌륭하게 공연 중이네. 그렇지만 자네가 다시 와줬으면 고맙겠네. 내가 자네 배역을 두 차례 노래할 다음 주에라도 말이야. 자네는 알지, 아내가 병들었다는 것을. 나도 여기 혼자 있네. 그러니까 자네는 우리 집에서 맘 놓고 묵어도 좋네. 하지만 누구도 데려오지는 말게!

안녕히.

무오트

그는 좀처럼 편지를 쓰지 않았고 불필요한 편지는 아예 쓰지 않았으므로, 나는 즉시 뮌헨으로 떠나야겠다고 마음먹었다. 그에게는 틀림없이 내가 필요했다. 한순간 나는 게르트루트에게 알릴까 생각했다. 마법을 깰 수 있는 좋은 기회일지도 몰랐고, 그녀는 내게 편지를 건네주거나 그에게 전할 덕담을 말해 줄지도 모른다. 그를 이리로 오라고 부르거나, 스스로 나와 함께 가겠다고 할지도 모른다. 그런 생각들이 퍼뜩 떠올랐으나, 실행에 옮기지는 않았다. 출발 전에 그녀의 아버지에게만 찾아갔을 뿐이었다.

날씨가 궂고 비가 내리며 강풍이 몰아치는 늦가을이었다. 뮌헨에서는 한 시간쯤 거리인 가까운 산들이 숫눈에 덮여 있는 광경을 때로 볼 수 있었다. 시내는 우중충하고 빗물에 젖어 있었다. 나는 곧장 무오트의 집으로 갔다. 모든 게 1년 전과 똑같았다. 하인도 같고, 방도 같고, 가구 배치도 같았다. 다만 모두 사람이 살지 않고 비어 있는 것 같아 보였고, 보통 때라면 게르트루트가 꽂아 뒀을 꽃들이 없었다. 무오트는 집에 없었다. 하인이 나를 방으로 안내하고 짐을 푸는 것을 도왔다. 나는 옷을 갈아입었고, 집주인이 아직 오지 않았으므로 음악실로 내려갔다. 그곳의 이중 창 뒤에서 나무들이 흔들리는 소리를 들으며 잠시 지난날을 돌아봤다. 그림들을 바라보고 책들을 뒤적이며 더 오래 앉아 있을 수록, 마음이 더욱더 슬퍼졌다. 그 집을 더는 도울 수 없을 것 같은 생각이 들었다. 부질없는 생각에서 벗어나기 위해, 나는 내키지는 않았지만 그랜드피아노에 다가앉았다. 그렇게 하면 지나간 행복을 다시 불러올 수 있을 것처럼 내 결혼식 서곡을 연주했다.

마침내 옆에서 걸음 소리가 빠르게 쿵쿵 들리더니 하인리히 무오트가 들어왔다. 그는 악수를 청하고 지친 듯 나를 바라봤다.

"늦어서 미안하네." 그가 말했다. "극장에서 바빴네. 자네 알고 있지, 내가 오늘 저녁에 노래한다는 것. 이제 식사하러 가겠나?"

그가 앞장섰다. 나는 그가 달라졌다고 생각했다. 그는 넋이 나가고 심드렁했으며 오로지 극장 이야기만 했다. 화제를 돌리고 싶지 않은 듯했다. 식사 후 우리가 노란색 등나무 의자에 기대어 말없이 사뭇 어색하게 마주 앉았을 때에야, 그는 불쑥 말을 꺼냈다. "와줘서 고맙네! 오늘 저녁은 젖 먹던 힘까지 내어 불러 보겠네."

"고맙네." 내가 말했다. "자네 안색이 말이 아니군."

"그런가? 이제 우리 쾌활하게 지내세. 나는 생홀아비일세, 알지?"

"알지."

그는 흘깃 옆을 보았다. "게르트루트 소식은 전혀 모르나?"

"별로 잘 알지 못하네. 여전히 신경이 예민해서 잠을 잘 자지 못한다고……."

"알았네. 그만하세! 자네들이 어련히 잘 보살피고 있겠나."

그는 일어서서 방에서 왔다 갔다 했다. 여전히 무언가 묻고 싶은 말이 있는 듯했고, 나를 찬찬히, 내가 느낄 수 있을 만큼 미심쩍게 바라봤다.

그러고선 웃음을 터뜨리더니 아무것도 묻지 않았다. 그는 화제를 바꾸었다. "로테가 다시 나타났네."

"로테가?"

"그래, 예전에 자네에게 찾아가 나에 대해 하소연을 늘어놓은 여자 말일세. 그녀가 여기 사네. 결혼해서 말일세. 그런데 아직도 나한테 관심이 있는 것 같아. 이 집에 왔네. 제 발로 찾아왔다니까."

그는 나를 다시 의뭉스럽게 건너보더니 내가 깜짝 놀라자 웃음을 터뜨렸다.

"로테를 맞아들였나?" 나는 머뭇머뭇 물었다.

"아, 내가 그랬을 거라고 믿는군! 아닐세, 이 친구야. 나는 그녀를 쫓아 보냈네. 미안하네. 쓸데없는 소리를 지껄여서. 나는 엄청나게 피곤하네. 저녁에 노래도 불러야 하고. 괜찮다면 저기 드러누워 한소끔 눈을 붙일까 싶어."

"괜찮고말고, 하인리히, 푹 쉬게, 나는 시내에 다녀오겠어. 마차를 불러 주겠나?"

나는 그 집에 다시 잠자코 앉아 나무들에 바람이 스치는 소리를 듣고 싶지 않았다. 나는 시내로 나가 이리저리 돌아다니다 알테 피나코테크*에 들렀다. 거기서 반 시간 동안 침침한 회색빛을 받고 있는 옛 그림들을 구경했고, 문 닫을 시간이 되자 카페에 찾아들 수밖에 없었다. 거기에서는 신문을 읽으며 키 높은 유리창 너머로 빗물에 젖은 거리를 내다봤다. 나는 어떠한 일이 있더라도 서먹함을 깨고, 하인리히와 흉금을 털어놓고 이야기하기로 마음먹었다.

돌아와 보니, 그는 기분이 좋아져 미소 짓고 있었다.

"잠이 모자랐을 뿐이네." 그는 쾌활하게 말했다. "이제 다시 기운을 차렸어. 내게 뭐 좀 연주해 줄 수 있겠나? 서곡을 연주해 주면 고맙겠어."

무오트가 그렇게 빨리 변한 것을 보고 기쁘기도 하고 놀랍기도 해서 나는 그가 바라는 대로 했다. 연주 뒤에 그는 예전과 마찬가지로 빈정거리고 의심하며 잡담을 늘어놓았고, 기발한 생각을 찬란히 펼쳐 내어 내 마음을 다시 송두리째 사로잡았다. 우리의 우정이 시작됐던 첫 무렵이 떠올랐고, 우리가 저녁에 집을 떠났을 때 나는 나도 모르게 물었다. "이제 개를 키우지 않나?"

"키우지 않아. 게르트루트가 개를 좋아하지 않거든."

✦ Alte Pinakothek, 뮌헨의 미술관. 고전미술 작품들을 소장하고 있다.

우리는 아무 말 없이 마차를 타고 극장으로 갔다. 나는 악단장에게 인사하고 좌석을 하나 얻었다. 다시금 내 귀에 익은 음악을 들었으나, 모든 게 지난번과 달랐다. 나는 특별석에 홀로 앉아 있었고, 게르트루트는 자리에 없었다. 아래 무대에서 연기하고 노래하는 무오트도 다른 사람이 되어 있었다. 그는 격정을 다해 목청 터져라 노래했다. 관객은 그의 그 배역을 좋아하는 듯했고 처음부터 열광적으로 반응했다. 하지만 그의 열정은 내게는 과장되어 보였고 그의 목소리는 너무 올라가 거칠게 느껴지기까지 했다. 첫 휴식 시간에 나는 아래로 내려가 그를 찾았다. 그는 다시 그의 방에 앉아 샴페인을 마시고 있었고 우리가 몇 마디 나누는 동안 그는 만취한 사람처럼 두 눈에 불안이 어려 있었다.

나는 나중에 무오트가 옷을 갈아입는 동안 악단장에게 찾아갔다.

"말해 주십시오," 나는 악단장에게 물었다. "무오트가 병들었습니까? 무오트는 샴페인으로 지탱해 나가고 있는 것 같습니다. 무오트가 제 친구라는 걸 아시지요?"

악단장은 나를 수상쩍게 바라봤다. "무오트가 병들었는지는 모르겠습니다. 하지만 자신을 망가뜨리고 있는 것만큼은 분명합니다. 그는 때로 거의 만취하여 무대에 오릅니다. 술을 마시지 않으면 연기도 형편없어지고 노래도 끔찍해집니다. 그는 전에도 항상 무대에 서기 전에 샴페인을 한 잔씩 걸쳤지만, 이제는 한 병을 다 비우지 않으면 무대에 오르지 못합니다. 그에게 충고를 하고 싶다면…… 하지만 별 소용이 없을 겁니다. 무오트는 자신을 사정없이 망가뜨리고 있습니다."

무오트가 나를 데리러 왔고, 우리는 가까운 음식점에서 저녁 식사를 했다. 그는 낮에 그랬듯 다시 기진맥진하고 무뚝뚝해졌으며, 그러지 않으면 잠을 이룰 수 없다며 진한 적포도주를 한없이 마셨다. 세상에는 피곤과 수면욕 말고도 다른 게 있다는 사실을 어떻게든 잊으려 하는 듯했다.

집으로 돌아오는 마차 안에서 그는 잠시 깨어나 나를 보고 웃으며 소리쳤다.

"여보게, 내가 없어지거든 자네 오페라는 묻어 버리게. 이 배역은 나 말고는 아무도 못 부르거든."

다음 날 그는 늦게 일어났고, 그런 뒤에도 지치고 늘어져 두 눈이 풀리고 얼굴이 잿빛이었다. 아침 식사를 마친 다음 나는 그를 나무라고 타일렀다.

"자네는 자신을 죽이고 있네." 나는 슬프고 못마땅하여 말했다. "샴페인으로 기운을 차리고 있는데 나중에 그 대가를 치르게 되리라는 것은 두말할 나위도 없어. 나는 자네가 왜 이러는지 지나칠 정도로 잘 알고, 자네에게 아내가 없다면 이러든 저러든 아무 말도 하지 않을걸세. 자네는 몸도 마음도 깨끗하고 꿋꿋한 자세를 지켜야 할 의무를 자네 아내에게 지고 있어."

"그런가?" 그는 희미하게 미소 지었다. 내가 열 올려 말하는 게 재미있다는 듯했다. "게르트루트는 내게 어떤 의무를 지고 있지?

꿋꿋한 자세를 지키고 있나? 아버지 집에 눌러앉아 나를 홀로 내버려 두고 있네. 왜 나만 정신을 차려야 하지, 게르트루트는 그러지 않는데? 이제 누구나 다 알아, 우리 사이는 이제 끝장났다는걸. 자네도 알잖는가. 그런데도 나는 노래도 불러야 하고 사람들 앞에서 광대 연기도 해야 하네. 나는 허무하고, 모든 것에, 무엇보다도 예술이 역겨워, 그렇게 할 수 없네."

"그래도 자네는 어떻게든 새로 시작해야 해, 무오트! 행복해지고 싶다면 말이야! 자네는 지금 비참하게 지내고 있어. 노래가 힘에 부치거든 휴가를 가게, 휴가는 바로 얻을 수 있을 거야. 자네는 돈을 벌겠답시고 노래를 부르지만 돈은 전혀 필요없지 않은가? 산이나 바다나 그 밖에 어디로든 가서 건강을 되찾게! 술은 끊고! 어리석은 짓이야! 어리석을 뿐 아니라 비겁한 짓이야. 자네도 잘 알지 않나?"

그는 미소를 지을 뿐이었다. "좋네." 그가 차갑게 말했다. "그렇다면 자네는 어디 한번 가서 왈츠를 춰보게! 자네 몸에 좋을 거야, 내 말을 믿게! 그놈의 다리 생각은 그만 집어치우고, 그건 착각에 지나지 않으니까!"

"그만하게," 나는 뼛성을 내며 소리쳤다. "자네는 잘 알지 않나, 서로 경우가 다르다는 걸. 나는 기꺼이 춤추고 싶네, 그럴 수 있다면. 하지만 그럴 수 없잖은가? 그렇지만 자네는 정신을 바짝 차리고 더 슬기롭게 처신할 수 있단 말일세. 술은 반드시 끊어야 하네!"

"반드시라고! 여보게 쿤, 나를 웃기려는 건가. 나는 술을 끊을 수 없네. 자네가 춤출 수 없듯이 말이야. 내 인생과 기분을 겨우 겨우 지탱해 주는 것을 버릴 수 없네. 무슨 말인지 알겠나? 술꾼들은 구세군이나 그 밖의 어디에서든 더 기분 좋게 더 오랫동안 만족을 얻을 만한 것을 찾으면 술을 끊곤 하지. 내게도 그런 게 있었네. 여자들이었지. 이제 나는 다른 여자들과는 사귈 수 없네. 내 아내가 내 것이 되고 나를 떠난 뒤로는, 그러니까……."

"게르트루트는 자네를 떠나지 않았네! 돌아올걸세. 지금 잠시 병들었을 뿐이야."

"자네는 그렇게 생각하나, 내 아내도 그렇게 생각한다는 걸 나는 아네. 하지만 아내는 돌아오지 않을 거야. 배가 가라앉을 때가 되면 쥐들이 먼저 떠나는 법이거든. 아마도 쥐들은 배가 망가졌다는 사실은 알지 못할 테지. 다만 왠지 등골이 오싹해져서 달아날 뿐이야. 모르긴 몰라도 곧 다시 돌아오겠다는 생각을 품고 말이야."

"아, 그런 소리는 그만하게! 자네는 인생에서 여러 번 절망했지만 다시 잘 지내지 않았나?"

"그렇지. 잘 지냈지. 나를 위로하고 달래 주는 게 있었으니까. 어떤 때는 여자가, 어떤 때는 친구가 ― 그래, 자네도 내게 위안을 베풀었지! ― 어떤 때는 음악이나 극장의 갈채가. 이제는 그런 것조차 나를 기쁘게 하지 못하네. 그래서 술을 마시는걸세. 나는 두세 잔 마시지 않으면 노래할 수 없을 거야. 뿐만 아니라 생각할 수도 말할 수도 살아갈 수도 없고 견딜 만하다고 느낄 수도 없네. 두세 잔 비우지 않으면. 그러니까 한마디로, 잔소리 집어치우게, 자네에게 딱 어울리기는 하지만 말이야. 언젠가 비슷한 일이 한 번 있었지, 열두 해쯤 전이었을걸세. 한 친구가 내게 잔소리를 시작하더니 그칠 줄 몰랐네. 어떤 아가씨 때문이었지. 그 친구도 자네처럼 내 가장 친한 친구였네……."

"그래서 어떻게 했나?"

"그래서 어쩔 수 없이 쫓아 버렸지. 그런 다음 오랫동안 내겐 친구가 없었어. 자네가 나타날 때까지 말이야."

"누구나 아는 사실이지."

"그렇지?" 그는 배시시 웃었다. "내게서 떠나고 싶거든 잔소리를 더 하게. 하지만 이렇게 말하고 싶네. 자네가 지금 나한테서 떠나간다면 아쉬울 거라고. 나는 자네를 좋아하거든, 알겠나, 나는 자네에게도 기쁨을 줄 만한 일을 생각했네."

"그래? 도대체 뭔데?"

"이보게, 자네는 내 아내를 좋아하네. 적어도 좋아했었네. 나도 내 아내를 좋아하지, 그것도 몹시. 우리 오늘 저녁에 잔치를 벌이자고, 자네와 나 둘이서 내 아내를 위해서 말일세. 그럴 만한 이유가 있네. 나는 내 아내의 초상화를 그리게 했네. 아내는 지난 봄에 늘 화가에게 갔지. 나도 종종 거기에 갔네. 그러고서 아내는 떠나 버렸고, 그림은 거의 마무리됐네. 화가는 아내가 다시 한 번 모델이 되어 주기를 바랐지만, 나는 기다리는 데 지쳐 그림을 그냥 그대로 가져오라고 했네. 그게 일주일 전 일일세. 이제 액자에 끼워진 그 그림이 어제 집에 도착했네. 자네에게 그림을 바로 보여 주고도 싶지만, 잔치를 벌이며 선보이는 게 나을 거 같네. 물론 샴페인 서너 잔 없이는 안 되겠지. 샴페인도 없이 무슨 기분이 나겠나! 괜찮겠지?"

나는 그가 이렇게 농담을 하지만 속으로는 가슴이 미어져 눈물까지 흘리고 있다고 느꼈다. 그래서 쾌활하게 고개를 끄덕였지만 사실은 그럴 기분이 아니었다. 우리는 한 여인을 위해 잔치를 준비했다. 무오트에게서 완전히 떠나간 듯한, 내게서는 실제로 떠나간 그 여인이었다.

"자네, 내 아내가 좋아하던 꽃들 기억하나?" 무오트가 내게 물었다. "나는 꽃이라면 아무것도 모르네. 이름이 뭔지도 몰라. 아내는 하얀 꽃, 노란 꽃, 그리고 빨간 꽃을 꽂았었지. 어떤 꽃인지 모르나?"

"알지, 서너 가지는 아직 알아. 왜 그러는데?"

"그 꽃 좀 사 오게. 마차를 불러 주게. 그렇잖아도 나도 시내에 나갈 일이 있으니. 우리는 아내가 이 자리에 있는 것처럼 그렇게 꾸미기로 하세."

그는 이런 식으로 여러 가지를 생각해 냈다. 이로 미뤄 보아 그가 게르트루트를 얼마나 깊이 끊임없이 생각하고 있었는지 알 수 있었다. 그걸 알아채고서 나는 기분이 좋기도 했지만 슬프기도 했다. 그는 게르트루트를 위해 개를 기르지도 않고 외롭게 살았다. 여느 때에는 이렇게 오랫동안 여자 없이 지내지 못하던 그였다. 그는 그녀의 그림을 가져오라 하고 내게 꽃을 사오라 했다! 그는 가면을 벗었고, 나는 그 딱딱하고 이기적인 모습 뒤에 감춰진 어린애 같은 얼굴을 본 듯싶었다.

"하지만," 나는 다른 의견을 내놓았다. "우리는 그림을 지금 아니면 오후에 보는 게 좋겠네. 그림들은 낮에 환할 때 봐야 하는 법이야."

"무슨 뚱딴지 같은 소리, 내일 실컷 볼 수도 있을 텐데. 그림이나 훌륭했으면 좋겠네. 하기야 우리에게는 아무래도 상관없지. 우리는 그저 게르트루트를 보고 싶을 뿐이니까."

식사 뒤에 우리는 시내로 가서 장을 봤다. 무엇보다도 꽃들을, 국화 한 다발, 장미 한 바구니, 하얀색 라일락 서너 묶음을 샀다. 그러면서 무오트는 R시에 있는 게르트루트에게 꽃을 듬뿍 보내야겠다는 생각을 했다.

"꽃에는 아름다움이 서려 있네." 무오트는 생각에 잠겨 말했다. "게르트루트가 꽃들을 좋아하는 걸 이해하겠네. 나도 꽃들이 마음에 들어. 다만 나는 이런 것들을 정성스레 가꿀 수 없을 뿐일세. 여자가 집안을 돌봐 주지 않으면, 내가 사는 방은 늘 난장판이고 아늑하지 못했지."

저녁에 나는 음악실에 비단천에 덮여 세워져 있는 새 그림을 보았다. 우리는 잔치를 벌였고, 무오트는 먼저 결혼식 서곡을 듣고 싶어 했다. 내가 서곡을 연주한 뒤 그는 그림의 비단천을 벗겼다. 우리는 잠시 동안 말없이 그림 앞에 서 있었다. 게르트루트는 전신화에서 밝은 여름옷을 입고서, 해맑은 두 눈으로 우리를 상냥하게 바라보고 있었다. 무오트와 나는 한참이 지난 뒤에야 서로 마주보며 손을 맞잡았다. 무오트는 라인 포도주 두 잔을 따르고서 그림을 향해 목례를 하고, 우리 두 사람은 그녀를 위해 건배하며 그녀를 생각했다. 그러고는 곧바로 그는 그림을 팔에 안고 밖으로 들고 나갔다.

나는 그에게 어떤 노래든 불러 달라고 청했으나 그는 그러려 하지 않았다.

"자네 아직 기억하나?" 그는 미소 지으며 말했다. "우리가 내 결혼식 전날 저녁을 함께 보냈던 거? 이제 나는 다시 총각이나 마찬가지가 됐네. 우리 다시 한 번 잔을 부딪치며 기분 좋게 즐겨 보자고. 자네 친구 타이저가 이 자리에 있으면 좋을 텐데. 타이저는 나나 자네보다 즐기는 법을 잘 아는데. 집에 가거든 타이저에게 안부 인사를 전해 주게. 타이저는 나를 좋아하지 않지만, 그래도……"

무오트는 기분 좋게 시간을 보낼 때면 늘 그랬듯, 조심스럽고 신중하면서도 쾌활하게 잡담을 늘어놓으며 지난 일을 끄집어냈다. 나는 그가 하찮고 우연한 일들은 오래전에 잊었을 거라고 생각했는데, 그 모든 일들이 그의 기억에 낱낱이 남아 있어 놀라웠다. 내가 그와 마리온의 집에서 크란츨과 다른 사람들과 함께 보냈던 첫날 저녁과 당시 우리의 말다툼도 그는 잊지 않았다. 다만 그는 게르트루트 이야기는 꺼내지 않았다. 게르트루트가 우리 사이에 끼어들었던 뒤의 시간은 입 밖에 내지 않았고, 그 편이 내게도 좋았다.

나는 뜻밖에 이렇게 즐거운 시간을 보내게 되어 기뻤고, 그에게 술을 그만하라고 하기는커녕 맛 좋은 포도주를 실컷 마시도록 했다. 그가 그런 기분을 느끼는 일이 얼마나 드문지, 그런 기분이 찾아들면 얼마나 아끼고 다독이는지 잘 알고 있었고, 그런 기분이 포도주 없이는 찾아오지 않는다는 것은 두말할 나위도 없었다. 나는 이러한 기분이 오래가지 못할 테고, 그가 내일 다시 시무룩하고 무뚝뚝해지리라는 것도 알았다. 그렇지만 내가 그의 모순투성이이기는 하지만 슬기롭고 깊이 있는 생각들에 귀 기울이는 동안, 내 마음속에도 살갑고 따뜻한 느낌과 즐거운 듯한 기분이 찾아들었다. 이런 분위기에서 무오트는 때때로 내게 아름다운 시선을 던졌다. 그가 이런 시간에만 보이는 눈빛이었고, 막 잠에서 깨어난 사람의 눈처럼 마냥 꿈속에서 솟아나오는 듯한 눈빛이었다.

그가 입을 다물고 생각에 잠겨 있는 틈을 타, 나는 신지학자 로에 선생이 내게 외로움이라는 병에 대해 해주었던 이야기를 꺼냈다.

"그런가?" 그는 사람 좋게 말했다. "자네는 물론 그 말을 믿었겠지? 자네는 신지학자가 되는 게 좋았을 텐데."

"왜 그렇게 말하나? 거기에도 무언가 일리가 있네."

"그거야 물론이지. 현자라는 위인들은 모든 게 한갓 몽상에 지나지 않는다는 사실을 틈만 나면 밝혀 내니까. 자네도 알지, 나도 전에는 종종 그런 책들을 읽었다네. 잘라 말하지만 그것들은 허튼소리네, 하나같이 허튼소리지. 이 철학자들이 끼적거린 말들은 모조리 재미 삼아 해본 데 지나지 않아. 아마 그들은 그렇게 해서 스스로 위안은 얻었겠지. 어떤 철학자는 같은 시대 사람들을 좋아하지 않아서 개인주의를 생각해 내고, 다른 철학자는 홀로 지내는 것을 견디지 못해 사회주의를 만들어 내지. 우리의 외로운 감정은 일종의 병일지도 몰라. 다만 이를 어떻게 해볼 수 없네. 몽유증도 일종의 병이지. 그래서 어떤 작자는 아닌 게 아니라 추녀 홈통까지 기어오르네. 그렇다고 누군가가 이 작자를 야단치면 거기서 떨어져 목이 부러지고 마네."

"그건 경우가 좀 달라."

"그럴지도. 내 말이 옳다고 우기고 싶지는 않네. 다만 나는 지혜를 통해서는 어떤 것도 이룰 수 없다고 생각하네. 세상에는 두 가지 지혜밖에 없네. 그 사이에 끼어 있는 나머지 것은 모조리 허튼소리일세."

"두 가지 지혜란 무엇인가?"

"하나는 세상은 불완전하고 비천하다는 것일세. 불교도들과 기독교들이 그렇게 말하지. 그렇다면 우리는 고행을 하고 모든 것을 단념해야 하네. 그러면서도 만족스럽게 살 수 있다고 나는 생각하네. 금욕주의자들은 사람들이 생각하듯 그렇게 힘든 인생을 사는 게 아니네. 다른 하나는 세상과 인생은 완전하고 올바르다는 것일세. 그러면 우리는 열심히 살다가 나중에 편안히 죽을 수 있네. 죽으면 인생은 끝나니까……"

"자네는 어떤 지혜를 믿는가?"

"그런 질문은 누구에게도 해서는 안 돼. 대부분의 사람들은 이 지혜를 믿기도 하고 저 지혜를 믿기도 하지. 날씨가 좋은지 궂은지에 따라 건강한지 아픈지에 따라 돈주머니가 두둑한지 비었는지에 따라 말일세. 어떤 지혜를 진정으로 믿는 사람은 그 지혜에 따라 살지도 않네. 내가 바로 그렇지. 이를테면 나는 부처처럼 인생은 아무 가치가 없다고 생각하네. 하지만 나는 내 감각을 만족시키며 살아왔네. 그게 가장 중요한 일이기라도 한 듯 말이야. 그저 조금만 더 즐겁다면 좋으련만!"

우리는 아직 밤이 깊지 않았을 때 잔치를 끝냈다. 우리가 전등들만 외로이 켜 있는 옆방을 지나갔을 때, 무오트는 내 팔을 붙들더니 불이란 불은 다 켜고서 게르트루트의 그림을 덮고 있던 천을 벗겼다. 우리는 다시 한 번 사랑스럽고 해맑은 얼굴을 들여다봤고 그런 뒤 그 위에 천을 덮고 불을 껐다. 그는 나를 방까지 따라와서, 원하면 읽을 수 있도록 잡지 몇 권을 탁자에 놓았다. 그러고서는 나와 악수를 하고 나직하게 말했다. "잘 자게, 사랑하는 친구여!"

나는 침대로 가서 무오트를 생각하며 반 시간 동안 잠을 이루지 못했다. 무오트가 우리끼리 우정을 나누며 겪은 일들을 빠짐없이 시시콜콜 기억하고 있는 것을 들으며 나는 가슴이 뭉클해지고 낯이 뜨거워졌다. 그는 우정을 표현하는 데 서툴렀지만, 내가 생각했던 것보다 훨씬 더 마음속 깊이, 사랑하는 사람들에게 매달리고 있었다.

그런 뒤 나는 잠이 들었고 무오트, 내 오페라, 로에 선생이 뒤죽박죽 뒤섞인 꿈을 꿨다. 내가 깨어났을 때는 아직 밤이었다. 나는 내 꿈과 아무 관계없이 어떤 공포를 느끼며 잠에서 깼다. 흐릿한 사각형 창문이 희붐하게 밝아오는 것을 보며 가슴이 고통스럽고 불안해졌고, 침대에서 몸을 일으켜 잠을 몰아내고 정신을 차리려 했다.

그때 내 문을 급하고 세차게 두드리는 소리가 났다. 나는 펄쩍 일어나 문을 열었다. 추웠고, 나는 등불도 켜지 않은 채였다. 밖에 하인이 서 있었다. 그는 아무 옷이나 급한 대로 걸친 채였고, 소스라치게 놀라 멍한 눈으로 나를 불안하게 바라봤다.

"이리 오세요!" 그는 숨을 헐떡이며 속삭거렸다. "이리 오세요! 사고가 났어요."

나는 손에 잡히는 대로 잠옷을 걸쳐 입고 그 젊은이를 따라 계단을 내려갔다. 하인은 문을 열고 뒤로 물러서며 나를 들여보냈다. 작은 등나무 탁자 위에 촛대가 세워져 있었고, 거기에 굵은 초가 세 자루 타고 있었다. 그 옆에 시트가 마구 구겨진 침대가 놓여 있었다. 나는 내 친구 무오트가 침대에 얼굴을 묻고 엎드려 있는 것을 보았다.

"똑바로 눕혀야 해요." 내가 나직이 말했다.

하인은 선뜻 다가오려 하지 않았다. "곧 의사가 올 겁니다." 그는 더듬거리며 말했다.

하지만 나는 그에게 거들라고 채근하여, 엎드려 있던 무오트를 똑바로 눕혔다. 나는 친구의 얼굴을 내려다봤다. 얼굴은 하얗고 일그러져 있었고 셔츠에는 피가 흥건했다. 우리가 그를 눕힌 뒤 다시 이불을 덮어 줬을 때 입술이 가볍게 씰룩거렸으나 두 눈은 이미 초점을 잃고 있었다.

하인은 이제 열을 올려 어떻게 된 일인지 이야기하기 시작했지만 나는 아무것도 알고 싶지 않았다. 의사가 왔을 때 무오트는 이미 죽어 있었다. 아침에 나는 임토르 씨에게 전보를 치고 조용한 집으로 돌아왔다. 고인의 침대에 걸터앉아 창밖에서 나무들에 바람이 스치는 소리를 들으며, 내가 이 사내를 얼마나 사랑했었는지 그제야 똑똑히 깨달았다. 나는 무오트를 불쌍히 여길 수 없었다. 그의 죽음은 그의 인생보다 편안했다.

저녁에 나는 정거장에 나가, 늙은 임토르 씨가 기차에서 내리고 검은 상복을 입은 훤칠한 여인이 뒤따라 내리는 것을 보았다. 나는 이들을 고인의 집으로 데리고 갔다. 고인은 이제 수의를 입고 관에 안치되어, 어제 사온 꽃들에 싸여 있었다. 게르트루트가 허리를 굽히고 그의 핏기 없는 입술에 입을 맞췄다.

우리가 그의 무덤 앞에 서 있을 때, 나는 울어서 통통 부은 얼굴로 손에 장미를 들고 혼자 서 있는, 어느 아리땁고 키 큰 여인을 봤다. 누군가 싶어 건너봤더니 로테였다. 로테는 내게 목례를 했고 나는 미소 지었다. 하지만 게르트루트는 울지 않았다. 헬쑥하고 여윈 얼굴을 들어 바람에 흩날리는 부슬비를 뚫어져라 끈질기게 올려다보며, 애젊은 나무처럼 꼿꼿한 자세를 지켰다. 흔들리지 않게 뿌리를 깊이 박고 있기라도 한 듯했다. 하지만 그것은 임시변통에 지나지 않았다. 이틀 뒤 무오트가 보낸 꽃들이 임토르 씨 집에 도착했는데, 게르트루트는 꽃들을 꺼내다가 기절해 쓰러졌다. 그리고 오랫동안 우리 앞에 나타나지 않았다.

제9장

내게도 슬픔이 뒤늦게 밀려왔다. 으레 그렇게 마련이듯, 내가 죽은 친구에게 부당하게 굴었던 수많은 일들이 떠올랐다. 하지만 스스로에게 가장 부당한 일을 저질러 왔던 것은 내 친구였고, 그렇게 죽기 전부터 그랬다. 나는 이런 일들을 곰곰 생각했다. 그 운명에 어떤 애매하거나 불가해한 것이 있다고 여길 수는 없었지만, 모든 것이 잔혹하고 냉소를 짓고 있었다. 나 자신의 인생도 이와 다르지 않았고, 게르트루트와 그 밖에 많은 사람의 인생도 마찬가지였다. 운명은 상냥하지 않았고, 인생은 변덕스럽고 잔인했고, 자연에는 자비도 이성도 없었다. 하지만 우연이 우리를 가지고 놀지라도 우리 안에는, 우리 인간의 마음속에는 자비와 이성이 있으며, 그저 몇 시간에 지나지 않더라도 우리는 자연보다도 운명보다도 더 강해질 수 있다. 우리는 필요할 때 서로 가까워 질 수 있고 서로 이해하는 눈길을 주고받을 수 있다. 서로 사랑할 수 있고 서로 위로하며 살 수 있다.

때로 어두운 마음속이 잠잠해지면 우리는 그 이상의 일도 할 수 있다. 우리는 한순간 신들이 되어, 두 손을 뻗고 명령을 내려, 전에는 존재하지 않았고 완성된 뒤에는 우리 없이 살아 나갈 것들을 만들어 낼 수 있다. 우리는 소리와 말들로, 그 밖의 부서지기 쉽고 아무 가치 없는 것들로 악곡을 지을 수 있다. 의미와 위로와 자비에 가득 찬 선율과 노래를 만들 수 있으며, 이는 우연과 운명의 현란한 연주보다 훨씬 더 아름답고 불멸할 것이다. 우리는 신을 마음속에 품을 수 있다. 우리 마음 깊이 신이 가득 들어차면, 신은 우리의 눈과 우리의 말에 그 모습을 드러내고, 신을 알지 못하거나 알려고 하지 않는 사람에게 말을 걸 것이다. 우리 마음은 인생에서 빠져나올 수는 없지만, 우리가 마음을 계발하고 도야하면, 그 마음은 우연을 뛰어넘고 고통도 굴하지 않고 바라볼 수 있을 것이다.

하인리히 무오트의 장례를 치른 뒤 나는 수없이 그를 되살리고 불러내어, 살아 있었을 때보다 더 지혜롭고 살갑게 그와 대화할 수 있었다. 그리고 시간이 흘러 내 늙은 어머니가 병상에 누워 세상을 떠나는 모습을 보았고, 아름답고 명랑한 브리기테 타이저가 숨을 거두는 모습을 보았다. 브리기테는 여러 해 동안 나를 기다리다 마음이 아문 뒤 한 음악가와 결혼했고, 첫아이를 낳

다가 죽고 말았다.

게르트루트는 우리의 꽃들이 고인의 인사이자 구애로서 그녀에게 도착했을 때 닥쳐 온 고통을 이겨 냈다. 나는 날마다 그녀를 만났지만 그런 이야기는 되도록 꺼내지 않았다. 하지만 나는 그녀가 그녀의 봄날을 잃어버린 낙원처럼 그리는 게 아니라, 언젠가 여행하면서 지났던 아득한 골짜기처럼 돌아본다고 생각한다. 그녀는 원기와 쾌활함을 되찾았고 노래도 다시 불렀다. 하지만 고인의 입술에 차갑게 입 맞춘 뒤 다른 어느 사내에게도 다시는 입을 맞추지 않았다. 세월이 흐르고 그녀의 몸과 마음이 건강해져 예전처럼 싱그럽고 아름답게 피어나자, 한 번쯤 혹은 두 번쯤 내 마음은 예전의 금지됐던 길을 더듬으며 생각했다. 안 될 게 뭐람? 하지만 나는 그 대답을 이미 은밀히 알고 있었다. 그녀는 내 친구이다. 내가 불안하고 외로운 시간을 지새운 뒤 고요한 방에서 가곡이나 소나타를 들고 나타나면, 그것은 가장 먼저 우리 두 사람의 것이 된다.

무오트의 말이 옳았다. 사람은 나이가 들면 청춘의 그 시절보다 더 만족한다. 그렇다고 청춘을 깎아 내리고 싶지는 않다. 청춘은 꿈을 꿀 때마다 아름다운 가곡처럼 내게 들려오며, 실제로 겪었던 당시보다 오늘날 훨씬 더 순수하고 맑게 울려 퍼지고 있다.

갈망과 격정, 그리고 구원의 소나타

음악이 없다면 우리의 인생은 어떻게 될까? 〔……〕 내게서 또는 음악을 제법 좋아하는 어느 누구에게서 이를테면 바흐의 합창곡이나, 〈마술 피리〉나 〈피가로의 결혼〉의 아리아들을 빼앗거나 금지하거나 억지로 기억에서 지운다면, 우리는 어떤 신체 기관을 잃거나 감각의 절반, 아니 전체를 잃는 것과 다름없을 것이다. (헤르만 헤세)

음악은 헤르만 헤세의 인생에서 항상 특별한 역할을 했다. 증조할아버지가 음악가였으며, 어렸을 적부터 바이올린 연주를 배웠고 어른이 되어서는 수많은 음악가와 작곡가들과 친분을 쌓았다. 헤세는 음악 비평과 논평도 썼고 그의 많은 시들은 노래로 작곡되었다.

음악은 헤세의 많은 소설에서도 중요한 역할을 했다. 『페터 카멘친트』에서는 젊은 시절 리하르트 바그너에 매료되었던 경험이 반영되어 있다.

"이것은 바그너의 곡이에요." ─ 그는 뒤돌아보며 소리쳤다. "〈마이스터징어〉에 나오지요." 그러고선 연주를 계속했다. 이는 가볍고도 힘차게, 애타면서도 밝게 울려 퍼졌으며, 미지근하면서도 온몸을 끓어오르게 하는 온천처럼 나를 감싸고 흘렀다. (『페터 카멘친트』, 3장)

『데미안』에서 음악은 문화적 유산으로서 인간의 성장을 돕는다.

기분이 울적할 때면 나는 피스토리우스에게 이전에 들었던 북스테후데의 파사칼리아를 연주해 달라고 부탁했다. 그럴 때면 저녁 무렵에 어두운 교회에 앉아, 자신에 빠져들어 자기 자신에 귀 기울이는 듯한 이 기이하고 진정한 음악에 넋을 잃었다. 그럴 때마다 그 음악은 나를 위로하고, 더욱더 기꺼이 영혼의 목소리에 귀 기울이게 만들었다.(『데미안』, 6장)

『황야의 늑대』에서 헤세는 파블로, 모차르트 등의 인물을 통해서 여러 작곡가들과 음악과 대중의 관계에 관해 독특한 의견을 밝힌다. 베토벤, 브람스, 바그너 등의 음악은 화성이 넘쳐 나서 감정을 드높이기는 하지만, 바흐나 모차르트 음악에 나타나는 정신성을 억누르고 있다고 말한다. 그리하여 『유리알 유희』의 정신적 세계에서는 퍼셀의 바로크 음악이 울려 퍼진다.

> 그는 자리에 앉아 신중하고 매우 나직이 퍼셀의 소나타 한 장을 연주했다. 야코부스 신부가 즐겨 듣는 곡이었다. 황금색 빛이 방울져 내리듯 음들이 고요 속에 흘러들었다. 얼마나 나직한지, 마당에서 오래된 샘이 졸졸거리는 소리가 사이사이 들렸다. 아름다운 음악의 성부聲部들이 부드러우면서도 엄숙하게, 절제하면서도 감미롭게 만나고 어우러졌고, 시간의 무상과 허무를 헤치고 꿋꿋하고 쾌활하게 너울너울 윤무를 췄으며 그렇게 계속되는 짧은 시간 동안 그 방과 밤 시간을 드넓혀 우주만큼 광활하게 만들었다. 요제프 크네히트가 그의 손님에게 작별 인사를 건넸을 때, 이 손님은 얼굴이 변화되고 밝아져 있었으며 두 눈에 눈물까지 머금고 있었다. (『유리알 유희』, 제9장, 대화)

헤세의 음악가 소설 『게르트루트』의 처음 두 미완성 본은 1906-1907년 겨울과 1907-1908년 겨울에 쓰여졌고, 최종본은 1909년에 완성되어 이듬해 출간됐다. 그의 초기 소설 『헤르만 라우셔』와 『페터 카멘친트』와 마찬가지로 여기서도 세상과 갈등하는 아웃사이더로서의 예술가가 다시 등장한다. 『수레바퀴 밑에』와 다름없이 여기서도 헤세는 자신의 자아를 두 인물로 분리하여 그린다. 일인칭 화자이자 작곡가인 쿤과 삼인칭으로 묘사되는 오페라 가수 무오트가 그들이다. 이 두 사람 모두 게르트루트라는 여인을 통해 구원을 얻고자 하지만, 무오트는 인생에 무릎 꿇고 쿤은 운명을 이겨 낸다.

이 소설은 우리나라에서 1970년대에 『사랑의 삼중주』라는 제목으로 번역됐는데, 이 삼중주는 게르트루트의 아버지 임토르 씨 집에서 열린 음악의 밤에 화자 쿤이 자신이 작곡한 내림 마장조 삼중주곡을 연주할 때도, 임토르 씨 집 음악실에서 쿤이 반주하는 가운데 무오트와 게르트루트가 노래할 때도, 또한 이 세 사람이 펼치는 갈망과 격정과 구원의 소나타라 일컬을 수 있는 이 소설 자체에서도 울려 퍼진다.

이 소설에서 화자 쿤은 인생에서 좌절을 맛볼 때마다 음악을 통해 이를 견뎌 낸다. 쿤은 학창 시절 썰매를 타다가 불구가 된다. 어디서도 위로를 받을 수 없던 그는 알프스 산악 마을을 찾아간다. 거기서 '낮의 찬란함과 밤의 비참함' 두 가지 소리를 모두 들으며, '고조된 느낌들이 일렁거리고 아른거리고 맞싸우면서 음악이 생겨' 난다. 그러면서 그는 어떤 깨달음을 얻는다.

나는 향락과 고통을 분간하지 않았다. 이것이나 저것이나 다 똑같았으며, 둘 다 고통스럽기도 하고 감미롭기도 했다. 내가 마음속으로 달콤함이나 괴로움을 느끼고 있는 동안, 내 창조력은 이를 넘어선 곳에서 조용히 아래를 내려다보며, 빛과 어둠은 한 형제이고 고뇌와 평화는 한 위대한 음악의 박자인 동시에 힘이자 일부임을 깨달았다.

이는 다름 아니라 인간은 이원적인 존재라는 인식이다. 헤세 소설의 주인공들이 인간이면서 늑대이고, 범죄자이면서 신사이고, 소시민이면서 예술가이고, 건강하면서 병들어 있는 것과 궤적을 같이한다. 다시 말하면 '내 가슴에는 두 영혼이 깃들어 있다'는 괴테의 『파우스트』의 또 다른 변주이다.

화자 쿤의 더 큰 좌절은 그의 분신이라 할 수 있는 무오트의 몰락에서 그 절정을 이룬다. 쿤은 게르트루트를 만나면서 사랑이 무엇인지 알게 되고, 그녀를 갈망하며 오페라를 작곡하지만 끝내 그녀에게 다가가지 못한다. 오페라 가수 무오트가 게르트루트의 마음을 사로잡기 때문이다. 하지만 두 사람의 결혼 생활은 금세 파경에 이르고, 무오트는 스스로 인생을 마감하고 만다.

한편 쿤은 게르트루트에게 실연당한 뒤 자살 충동을 극복하고, 게르트루트가 미망인이 된 뒤에는 그녀와 우정을 이어 간다. 그러면서 쿤의 음악 세계도 바뀐다. 게르트루트를 갈망할 때는 '열망, 동경, 불만'에 가득 차 있었으나, 이제 '수수하고 차분해졌고, 흥분시키기보다는 위로하려' 한다. 무오트가 목청껏 부르는 바그너 음악에서 또 다른 친구인 타이저가 입에 달고 다니는 모차르트 음악으로 변화하는 것이다.*

그러므로 이 소설은 하나의 희생제의라 할 수 있다. 쿤과 무오트가 마지막 저녁에 벌이는 잔치는 일종의 제사이다. 작곡가 쿤은 자신의 이상인 게르트루트에게 바치기 위해 자신의 분신인 무오트를 제단에 올린다. 자신을 대신하여 무오트를 희생시킨다. 이로부터 새로운 음악과 새로운 인생으로 나아가는 길이 열린다. 그리하여 아마도 '게르트루트에게 가는 황금색 길'을 걸으며 '천체의 화성을 들을 수 있는 행복'을 누릴 것이다.

인생은 숱한 희생을 치러야 하기에 잔혹하다. 하지만 젊었을 적에 운명을 피하지 말아야 한다. 쿤의 아버지는 이렇게 말한다. "가장 정열적이었던 젊은이가 가장 훌륭한 노인이 되는 법이다. 학교 다닐 적부터 애늙은이처럼 행동했던 젊은이는 오히려 그렇지 못하지." 뿐만 아니라 쿤은 예술가로서 '전에는 존재하지 않았으며 완성된 뒤에는 우리 없이 살아나갈 것들을 만들어' 냈다. 그랬기에 쿤은 이렇게 말한다. "청춘은 꿈을 꿀 때마다 아름다운 가곡처럼 들려오며, 실제로 겪었던 당시보다 오늘날 훨씬 더 순수하고 맑게 울려 퍼지고 있다"라고.

---

* 무오트는 "바그너 가수"로 이름을 날리며 게르트루트를 장인 임토르 씨 집에 데려다준 뒤에는 바그너가 살았던 바이로이트로 홀로 떠난다. 타이저는 무오트가 "모차르트는 아예 부르지도 않는다"고 비난하며, 타이저의 누이 브리기테도 모차르트의 아리아를 즐겨 부른다.

1877	7월 2일 독일 남부 뷔르템베르크 주의 소도시 칼프에서 선교사로 훗날 칼프 출판협회장이 된 요하네스 헤세와 그의 부인 마리 군데르트 사이에서 장남으로 태어남. 외할아버지 헤르만 군데르트는 인도학 학자로 유명한 선교사. 인도에서 선교사로 활동하던 아버지는 건강상의 문제로 귀국하여 고향에서 헤르만 군데르트 목사의 기독교 서적 출판 사업을 돕다가 그의 딸과 결혼함. 마리 군데르트의 첫 남편인 찰스 아이젠버그는 영국 출신의 선교사였는데 그가 세상을 떠나자 32세의 나이에 요하네스 헤세와 재혼해 헤르만 외에 아델레, 파울, 게르트루트, 마리, 한스를 낳음.
1881–86	부모와 함께 스위스 바젤로 이주. 아버지는 바젤 선교단에서 교사로 활동하며 1883년에 스위스 국적을 취득.

1886–89	가족이 다시 고향 칼프로 돌아와, 헤세는 그곳에서 실업학교에 입학.
1890–91	괴핑겐의 라틴어 학교에 입학하여, 신학교에 입학할 수 있는 뷔르템베르크 주 시험 준비. 시험 자격 취득을 위해 부모는 헤르만 혼자 스위스 시민권을 포기하고 뷔르템베르크 주 정부의 시민권을 취득하게 함.
1891	6월에 뷔르템베르크 주 시험에 합격. 그해 9월에 케플러, 횔덜린을 배출한 유명한 마울브론 신학교에 입학해 6개월간 다님.
1892	3월 7일에 마울브론 신학교를 도망쳐 나옴. '시인이 되거나 아니면 아무것도 되고 싶지 않았기에' 자유로운 생활을 하려고 함. 바트 볼에 있는 블룸하르트 목사의 병원에서 치료. 6월에 짝사랑으로 인한 자살 기도. 슈테텐의 정신병원에서 약 3개월간 입원 요양.
1892–93	슈투트가르트 근교에 있는 바트 칸슈타트 김나지움(인문중고등학교)에 1년간 다님. 중등학교 자격시험을 치른 후 학업 중단. 에슬링겐에서 서점 견습사원으로 근무하지만 3일 후에 그만둠. 그 후 아버지의 조수로 일함.

1894–95	고향 칼프의 페로트 탑시계 공장에서 15개월간 견습공 생활.
1895–98	튀빙겐의 헤켄하우어 서점에서 판매원 및 서적 분류 조수로 일함.
1898	소설을 쓰기 시작함. 습작소설 『고슴도치*Schweingel*』를 썼으나 원고를 분실함. 처녀 시집 『낭만적인 노래*Romantishe Lieder*』 발표.
1899	9월에 스위스 바젤로 이주하여 1901년까지 라이히 서점에서 서적 분류 조수로 근무. 산문집 『한밤중 뒤의 한 시간*Eine Stunde hinter Mitternacht*』 출간.
1900	〈스위스 일반신문〉에 여러 가지 기사와 서평을 쓰기 시작함.
1901	3월부터 5월까지 첫 번째 이탈리아 여행. 피렌체, 제노바, 라벤나, 피사, 베네치아 등지를 돌아봄. 8월부터 1903년 봄까지 바젤의 바텐빌 고서점에서 판매원으로 근무. 가을에 『헤르만 라우셔의 유작과 시*Hinterlassene Schriften und Gedichte von Hermann Lauscher*』를 바젤의 라이히 서점에서 간행.
1902	베를린의 그로테 출판사에서 시집 『시들*Gedichte*』 출간. 이 시

집은 출간 직전 사망한 그의 어머니에게 헌정됨.

1903 서적 관계 일로 두 번째 이탈리아 여행을 하여 피렌체와 베네치아를 둘러봄. 서점 점원 생활을 청산하고 집필에만 전념함. 그 후 베를린 피셔 출판사로부터 작품 집필을 의뢰받고 소설 『페터 카멘친트*Peter Camenzind*』를 탈고함.

1904 『페터 카멘친트』를 피셔 서점에서 출간하여 신진 작가의 지위를 확보함. 이 작품으로 빈 농민상을 수상. 8월에 아홉 살 연상인 마리아 베르누이와 결혼하여, 9월에 보덴 호수 근교의 작은 마을 가이엔호펜으로 이주. 자유작가로 생활하며 여러 신문과 잡지에 기고. 소설 『보카치오*Boccaccio*』와 『아시시의 프란체스코*Franz von Assisi*』 출간.

1904–12 자유작가 생활을 하며 〈짐플리치시무스*Simplicissimus*〉, 〈라인렌더*Rheinländer*〉, 〈노이에 룬트샤우*Neue Rundschau*〉지의 동인으로 활동.

1905 12월에 첫 아들 브루노 출생. 오스트리아의 문학상 바우어른펠트 상 수상.

1906 소설 『수레바퀴 밑에*Unterm Rad*』를 피셔 출판사에서 출간. 빌

헬름 2세의 권위에 노골적으로 도전하는 진보적인 주간지 〈3월März〉 창간에 참여하여 1912년까지 공동 편집자로 활동함.

1907 중단편집 『이 세상Diesseits』 출간. 가이엔호펜에 자신의 집을 짓고 이사함.

1908 중단편집 『이웃 사람들Nachbarn』 출간.

1909 3월에 차남 하이너 출생. 취리히, 독일, 오스트리아로 강연 여행.

1910 뮌헨의 랑겐 출판사에서 소설 『게르트루트Gertrud』 출간.

1911 7월에 셋째 아들 마르틴 출생. 시집 『여행 중에Unterwegs』 출간. 9월부터 12월까지 친구인 화가 한스 슈투르체네거와 함께 인도 및 동남아시아 여행. 가정생활의 파탄을 타개하기 위해 연말에 귀국함.

1912 단편집 『우회로Umwege』 출간. 가족들과 함께 스위스의 베른 교외에 있는 세상을 떠난 친구인 화가 알베르트 벨티의 집으로 이사.

1913	인도 여행 경험을 바탕으로 퍼져 출판사에서 『인도에서. 인도 여행으로부터의 스케치*Aus Indien, Aufzeichnungen von einer indischen Reise*』 출간.
1914	결혼 문제를 주제로 한 소설 『로스할데*Roshalde*』 출간. 스위스 국적을 신청했으나 거부당함. 7월에 제1차 세계대전이 일어나 자원 입대하려 했지만 시력 때문에 복무 부적격 판정을 받음. 1915년부터 1919년까지 베른 주재 독일공사관에 설치된 '독일 전쟁 포로 후생 사업소'에서 일하며 전쟁 포로와 억류자들을 위한 〈독일 억류자 신문Deutschen Interniertenzeitung〉의 공동 발행인, 〈독일 전쟁 포로를 위한 책Bücherei für deutsche Kriegsgefangene〉, 〈독일 전쟁 포로를 위한 일요일 전령Sonntagsbote für deutsche Kriegsgefangene〉의 발행인을 맡음. 전쟁 중에 전쟁을 비판하는 글을 신문에 발표하여 독일 국민의 반감을 샀으며, 또한 독일 저널리즘에서도 배척당함. 자신의 출판사를 만들어 1918년에서 1919년까지 스물두 권의 소책자를 펴냄.
1914–19	수많은 반전 내용의 정치 논평과 논문, 경고 호소문, 공개서한 등을 독일, 스위스, 오스트리아 신문 잡지들에 발표.
1915	단편집 『길가에서*Am Weg*』와 소설 『크눌프. 크눌프 삶의 세

가지 이야기*Knulp. Drei Geschichten aus dem Leben Knulps*』 발표. 신작 시집 『고독한 자의 음악*Musik des Einsamen*』 출간.

1916 3월 부친 요하네스 헤세 사망. 부인 마리아의 정신분열증 시작과 막내아들 마르틴의 발병으로 인해 자신도 심한 신경쇠약에 시달리게 되어, 루체른 근처 존마트의 요양소에서 심리학자 C. G. 융의 제자인 랑 박사로부터 정신요법 치료를 수십 회 받음. 『청춘은 아름다워라*Schön ist die Jugend*』 출간.

1917 시대 비판적 출판을 금지하라는 경고를 받고 에밀 싱클레어라는 가명으로 신문과 잡지를 출간함.

1919 정치적 팸플릿 『차라투스트라의 귀환. 어느 독일인이 독일 젊은이들에게 보내는 한마디 말*Zarathustras Wiederkehr. Ein Wort an die deutsche Jugend von einem Deutschen*』을 익명으로 발표했다가 이듬해 베를린에서 실명 출간. 『데미안. 어떤 청춘의 이야기 *Demian. Die Geschichte einer Jugend*』를 '에밀 싱클레어'라는 이름으로 발표하여 호평을 받았으며, 신인으로 오해되어 폰타네상이 수여되었으나 이를 사양하고 9판부터 저자의 이름을 헤세로 밝힘. 이 외에 『작은 정원*Kleiner Garten*』, 『환상동화집 *Märchen*』 출간. 4월에 베른을 떠나 가족과 떨어져 테신 주의 중심 도시 루가노 근교의 어느 농가와 조렌고의 어느 숙소

에 머무르다가, 5월 11일 몬타뇰라로 이사해 카무치 별장에서 1931년까지 거주. 본격적으로 수채화를 그리기 시작.

1919–22 R. 볼테레크와 공동으로 월간지 〈생명의 절규Vivos voco〉를 발간.

1920 색채 소묘를 곁들인 열 편의 시가 수록된 시집 『화가의 시Gedichte des Malers』와 『혼돈을 들여다봄Blick ins Chaos』이라는 제목의 도스토예프스키에 대한 에세이 출간. 수채화를 곁들인 여행 소설 『방랑Wanderung』, 세 편의 단편을 모은 『클링조어의 마지막 여름Klingsors letzter Sommer』 출간. 후고 발 부부와 가깝게 지냄.

1921 『시선집Ausgewahlte Gedichte』 출간. 창작의 위기. 취리히 근방의 퀴스나흐트에서 C. G. 융의 정신분석을 받음. 『테신에서 그린 수채화 열한 점Elf Aquarelle aus dem Tessin』 출간.

1922 '인도의 시문학'이라는 부제가 붙은 소설 『싯다르타Siddhartha』 출간.

1923 산문집 『싱클레어의 비망록Sinclairs Notizbuch』 간행. 9월 4년 전부터 별거 중이던 첫 번째 부인 베르누이와 이혼. 취리히

근방의 바덴에서 요양을 시작하여, 1952년까지 매년 늦가을이면 이곳에 와 요양함.

1924 스위스 여류 작가 리자 뱅거의 딸인 루트 뱅거와 결혼. 스위스 국적 재취득.

1925 소설 『요양객*Kurgast*』 발표. 루트 뱅거에게 바치는 사랑의 동화 『픽토르의 변신*Piktors Verwandlungen*』을 친필로 써서 발표. 뮌헨, 울름, 아우구스부르크, 뉘른베르크 등지로 낭독 여행. 이해부터 베를린 피셔 출판사에서 단행본으로 된 『헤세 전집』을 출간하기 시작함. 뮌헨에서 토마스 만을 방문.

1926 독일 프로이센 예술원 문학 분과 국제위원으로 선출됨. 감상과 기행문집 『그림책*Bilderbuch*』을 출간. 여류 예술사가 니논 돌빈과 사귐.

1927 산문집 『뉘른베르크 여행*Nürnberger Reise*』과 히피들의 성서가 된 소설 『황야의 늑대*Steppenwolf*』 출간. 후고 발 출판사에 의해 헤세의 50회 생일 기념으로 그의 자서전 『헤르만 헤세. 그의 생애와 작품*Hermann Hesse. Sein Leben und sein Werk*』 출간됨. 두 번째 부인 루트 뱅거의 요청으로 합의 이혼.

1928 산문집 『관찰Betrachtungen』과 시집 『위기. 한 편의 일기Krise. Ein Stück Tagebuch』 출간. 빈 실러 재단의 메이스트리크 상 수상.

1929 시집 『밤의 위안Trost in der Nacht』과 산문 『세계 문학 총서Eine Bibliothek der Weltliteratur』 출간.

1930 소설 『나르치스와 골드문트Narziß und Goldmund』 출간. 단편집 『이 세상』의 증보판 출간. 프로이센 예술원 탈퇴.

1931 프랑스 귀화인으로 체르노비츠의 아우슬랜더 가 출신 예술사가이자 역사학자인 니논 돌빈과 결혼. 친구인 한스 보드머가 임대해 준 몬타뇰라의 카사 로사(일명 카사 헤세)로 이사해서 평생 그곳에서 거주. 『싯다르타』, 『어린이의 영혼』, 『클라인과 바그너』 그리고 『클링조어의 마지막 여름』을 한데 엮은 『내면으로의 길Weg nach innen』 출간. 소설 『유리알 유희Glasperlenspiel』 집필 시작.

1932 산문집 『동방 순례Die Morgenlandfahrt』 간행.

1933 단편집 『작은 세계Kleine Welt』 출간. 나치즘과 유대인 박해에 반대.

1934 스위스 작가협회 회원이 됨. 시 선집 『생명의 나무에서Vom Baum

des Lebens』출간. 문학 계간지 〈노이에 룬트샤우Neue Rundschau〉에 『유리알 유희』발표 시작. 페터 주어캄프가 피셔 출판사와 함께 〈노이에 룬트샤우〉지 인수.

1935 중단편집『우화집*Fabulierbuch*』출간. 동생 한스 자살.

1936 스위스 최고 권위의 문학상인 고트프리트 켈러 문학상 수상. 전원시집『정원에서 보낸 시간*Stunden im Garten*』출간.

1937 산문집『기념첩*Gedenkblätter*』과 시집『신시집*Neue Gedichte*』그리고 『다리를 저는 소년*Der lahme Knabe*』간행.

1939-45 제2차 세계대전 발발. 나치스의 탄압으로 헤세의 작품들은 몰수되고 출판이 금지되어『수레바퀴 밑에』,『황야의 늑대』,『관찰』, 『나르치스와 골드문트』가 더 이상 인쇄되지 못함. 히틀러 집권 기간인 1933-1945년 사이 독일에는 총 20권의 헤세 저서가 나와 있었는데, 그 기간 동안 총 481권의 문고본밖에 팔리지 않았음. 주어캄프와의 합의하에 단행본으로 된『헤세 전집』을 취리히에 있는 프레츠 & 바스무트 출판사에서 계속 간행키로 함.

1942 최초의 시 전집『시집*Gedichte*』이 스위스 취리히에서 출간됨.

1943	장편소설 『유리알 유희』를 발표.
1944	비밀경찰이 헤세 작품의 독일 출판업자 페터 주어캄프를 체포.
1945	시 선집 『꽃 핀 가지Der Blütenzweig』와 미완성 소설 『베르톨트 Berthold』 그리고 새로운 단편과 동화를 모은 『꿈길Traumfährte』 출간. 제2차 세계대전이 끝난 후 규칙적으로 실스 마리아에서 여름을 보냄.
1946	정치적 평론집 『전쟁과 평화. 1914년 이후의 전쟁과 정치에 대한 수상집Krieg und Frieden. Betrachtungen zu Krieg und Politik seit dem Jahr 1914』 출간. 헤세의 작품이 다시 독일의 주어캄프 출판사에서 간행됨. 프랑크푸르트 시의 괴테 상 수상. 노벨 문학상 수상.
1947	베른 대학의 철학부에서 명예 문학박사 학위를 받음. 고향 칼프 시의 명예시민이 됨.
1950	브라운슈바이크 시의 빌헬름 라베 상 수상.
1951	『후기 산문Späte Prosa』과 『서간집Briefe』 출간.
1952	독일과 스위스에서 헤세의 탄생 75주년 기념행사가 열림. 주어캄

프 출판사에서 『헤세 문학 전집*Gesammelte Dichtungen*』 전 6권 출간.

1954 산문집 『픽토르의 변신*Piktors Verwandlungen*』, 롤랑과 주고받은 편지를 모은 『헤르만 헤세와 로맹 롤랑의 서한집*Briefwechsel. Hermann Hesse - Romain Rolland*』 간행.

1955 독일 출판협회의 평화상 수상. 니논에게 헌정된 후기 산문집 『주문*Beschwörungen*』 출간.

1956 바텐 뷔르템베르크 지방의 독일 예술 후원회가 헤르만 헤세 문학상을 위한 재단 설립.

1957 탄생 80회 기념사업으로 이미 간행된 『헤세 전집』을 증보하여 『헤세 전집*Gesammelte Schriften*』 전7권 출간. 마르틴 부버가 슈투트가르트에서 '헤르만 헤세의 정신에 대한 봉사'라는 제목으로 축사를 함.

1961 시 선집 『단계*Stufen*』 출간.

1962 몬타뇰라의 명예시민이 됨. 바이블러가 쓴 헤세 전기 『헤르만 헤세. 한 편의 전기*Hermann Hesse. Eine Bibliographie*』 간행. 8월 9일 85세를 일기로 몬타뇰라에서 뇌출혈로 세상을 떠남. 이틀 후

성 아본디오 묘지에 안장됨.

1963   『후기 시집*Die späten Gedichte*』 인젤 출판사에서 출간.

1964   바이마르의 실러 박물관에 '헤르만 헤세 문헌 기록 보관소'가 설치됨.

1965   니논 헤세가 『유작 산문집*Prosa aus dem Nachlaß*』 출간.

1966   니논 헤세가 작가의 서간문과 여러 가지 생에 관한 기록을 바탕으로 1877년부터 1895년까지의 생애를 내용으로 하는 『1900년 이전의 유년 시절과 청소년 시절*Kindheit und Jugend vor Neunzehnhundert*』을 펴냄. 9월 헤세의 부인 니논 돌빈 71세로 사망.

게르트루트

초판 1쇄 펴낸날 2013년 1월 31일

지은이 헤르만 헤세
옮긴이 황종민
펴낸이 양숙진

펴낸곳 (주)현대문학
등록번호 제1-452호
주소 137-905 서울시 서초구 잠원동 41-10
전화 02-2017-0280
팩스 02-516-5433
홈페이지 www.hdmh.co.kr

ⓒ 2013, 현대문학

ISBN 978-89-7275-626-2 04850
세트 978-89-7275-622-4

* 책값은 뒤표지에 있습니다.